Beate Baum
Tödlicher Stoff

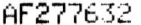

Beate Baum

Tödlicher Stoff

Ein Sherlock-Holmes-Krimi

OKTOBER VERLAG

Münster in Westfalen

© 2018 Oktober Verlag, Roland Tauber
Am Hawerkamp 31, 48155 Münster
www.oktoberverlag.de
Alle Rechte vorbehalten

Satz und Umschlag: Thorsten Hartmann unter Verwendung eines Fotos
von Skitterphoto/Pexels
Druck: Books on Demand GmbH
In de Tarpen 42, 22848 Norderstedt

ISBN: 978-3-946938-44-6

1. Kapitel

»Du gehst also jetzt ins Fitnessstudio.«

Obwohl die Tatsache Sherlock zu amüsieren schien, fühlte John sich geschmeichelt: »Sieht man das?«

»Ja. Im Flur liegt dein Mitgliedsausweis. Allerdings wenig benutzt.«

Hatte er das wirklich vermisst in den vergangenen zweieinhalb Monaten?, fragte John sich. Nachdem sie gemeinsam den griechischen Waffenhändler Adrianós Morakis zu Fall gebracht hatten, war der Detektiv verschwunden. Lediglich zwei Postkarten waren im Verlauf des heißen Sommers eingetroffen. Eine aus einem Dorf in Sussex mit dem Satz »Diese Erholungsurlaube können sehr, sehr langweilig sein« sowie eine aus Berlin, auf der Sherlock ihn auf Deutsch grüßte und feststellte, das Land biete einige »lohnenswerte Rätsel«. Auch das in der Fremdsprache, so dass es John einige Mühe gekostet hatte, den Sinn zu erfassen. Die er sich jedoch voller Sehnsucht nach den gemeinsamen Abenteuern gegeben hatte.

Und nun, an diesem kühlen Septembermorgen, war der Freund aus heiterem Himmel in Hounslow aufgetaucht. John hatte Spätdienst; nur deshalb war er überhaupt zu Hause.

»Magst du einen Tee?«, fragte er. Sie saßen in der kleinen Küche des Reihenhauses. Sherlock sah aus wie immer. Nicht mehr so mager und bleich wie im Frühsommer, aber sehr dünn, die hochliegenden Wangenknochen extrem hervortretend, die Gesichtshaut kaum getönt. Seine grauen Augen, die selbst mit flüchtigen Blicken so viel mehr wahrnahmen als die jedes anderen Menschen bei eingehender Betrachtung, wanderten von einem Punkt im Gewürzbord zu Johns Gesicht.

»Gern«, stimmte er zu. »Wir können aber auch gleich aufbrechen. Du willst doch bestimmt in der Woche, in der Mary ihrer Freundin in Schottland beisteht, lieber wieder richtige Londoner Luft atmen.«

In dem Versuch zu erkennen, was Sherlock zwischen Ingwer, Kreuzkümmel und Rosmarin entdeckt hatte, wandte John sich um. »Woher weißt du das das nun wieder?«

»Ich bitte dich!« Der Detektiv deutete auf den Kühlschrank gegenüber dem Regal, den er nur aus den Augenwinkeln sehen konnte. »Eure Dienstpläne.«

Damit sie selbst den Überblick behielten, waren Marys und Johns Einsatzpläne im Charing Cross Hospital mit Magneten an der Tür fixiert – und die am heutigen Montag beginnende Woche war auf ihrem Ausdruck mit dem Wort »Urlaub« geblockt. Aber Schottland? Die Freundin?

»Der Malt-Whisky als Trost für dich, während sie weg ist«, warf Sherlock gelangweilt hin.

Eine Flasche, die John, bevor der Freund kam, in dem Regal unter dem Gewürzbord deponiert hatte.

»Und natürlich seid ihr beide immer noch viel zu verliebt ineinander, um getrennt Urlaub zu machen«, fuhr der Freund fort. »Also tut Mary jener Freundin, von deren gesundheitlichen Problemen du übrigens schon einmal erzählt hast, einen Gefallen. Wollen wir jetzt?«

»Ja«, sagte John. Doch, genau das hatte er vermisst.

*

Als sie den U-Bahnhof des Vororts erreichten, deutete Sherlock zum Bahnsteig in Richtung Heathrow Flughafen. John nahm seine kleine Reisetasche in die andere Hand und schaute den Freund fragend an.

»Sagen wir es so: Ich habe mich nicht ausschließlich hier hinausbegeben, um dir einen Überraschungsbesuch abzustatten. Es dauert nicht lange.« Er hatte Johns Blick auf die Uhr über dem Ticketschalter bemerkt.

Seit einigen Tagen sei er wieder in London, gab er Auskunft, als sie in einem Abteil voller Geschäftsleute saßen. Jeder von ihnen hatte einen Handgepäck-Trolley neben sich und ein Smartphone in der Hand. Was die Kleidung anging, so wäre Sherlock in seinem dunklen Trenchcoat über einem grauen Anzug als einer von ihnen durchgegangen.

»Hast du Ettie schon von deinem Besuch in ihrer Heimat erzählt?«, fragte John. Die Pathologin Ethel Schafter war Deutsche. Und in Sherlock verliebt, seit sie ihn vor Jahren als Austauschstudentin am St. Bartholomew's Hospital kennengelernt hatte.

»Hat sich noch nicht ergeben.« Der Detektiv schien mit den Gedanken woanders zu sein.

John sah einen der Männer ihm gegenüber auf der langen kunstledernen Bank emsig in sein Telefon tippen. Sherlock hatte ihm Postkarten geschickt. Postkarten! Misstraute er der modernen Technik nun komplett? Etwas anderes beschäftigte John jedoch noch mehr. Er räusperte sich. »Wie war es in Sussex?«

Nach Sherlocks Blick zu urteilen, wusste er im ersten Moment nicht, was sein Freund meinte. Dann verzog er die Mundwinkel zu einem angedeuteten Lächeln. »Ach so, ja. Wie ich geschrieben habe: Langweilig. Aber vermutlich erholsam und gesund. Du bist der Arzt.«

Was wollte er jetzt von ihm hören? John hatte keine Lust auf irgendwelche Spielchen. »Wenn ich dich untersuchen soll, kannst du gern später mit ins Charing Cross kommen.«

Zur Zeit des Morakis-Falls hatte der Detektiv Heroin genommen, auf Johns Intervention hin jedoch damit aufgehört und sich, nachdem der Waffenhändler verhaftet worden war, zu jenem ›Erholungsurlaub‹ entschlossen.

»Das wird nicht nötig sein«, beschied der Freund ihn. »Komm!« Sie hatten die Haltestelle der Terminals 2 und 3 erreicht und verließen noch vor den Geschäftsleuten die Bahn.

Mit ausholenden Schritten bog Sherlock nach links in den Gang ein, enterte, ohne das Tempo zu drosseln, das Laufband und eilte an den rechts stehenden Reisenden vorbei zum Ausgang des U-Bahnhofs. John hatte Mühe, hinter ihm zu bleiben. Zwei Rolltreppen hoch befand sich der Ankunftsbereich von Terminal 2, der jüngsten Erweiterung des riesigen Flughafens. Aber offenbar wollte Sherlock niemanden abholen, denn sie fuhren noch eine Ebene höher und betraten die relativ kleine Abflughalle. Wollte er wieder auf den Kontinent reisen? Warum hatte er ihn dann in die Baker Street eingeladen?

Linker Hand reihten sich die Ticketschalter der verschiedenen Airlines aneinander. Der Detektiv trat an einen Lufthansa-Schalter.

»Guten Tag.« Seine Stimme klang fremd, er hatte einen Akzent wie Ettie. »Mertens, BKA.« Er hielt der blau-gelb gekleideten Angestellten einen eingeschweißten Ausweis entgegen. »Würden Sie einmal bitte nachschauen, ob Dr. Braunstetter auf die 13.33-Uhr-Maschine aus Frankfurt gebucht ist?«

John erwartete, dass die Frau sich weigern würde, diese Informationen preiszugeben, aber der Ausweis musste sehr echt aussehen, denn nach einem winzigen Zögern klickte sie sich durch ein Verzeichnis und nickte dann eifrig.

»Er hat gerade eben eingecheckt, Sir.«

Sherlock dankte ihr freundlich und entfernte sich von dem Schalter, rief eine Nummer an seinem Smartphone auf. »Lestrade … Ja, ich bin wieder im Lande. Hören Sie«, unterbrach er offensichtlich einen Versuch des Inspectors, Konversation zu machen. »Kommen Sie raus nach Heathrow und machen Sie sich um Europa verdient. Martin Braunstetter trifft in knapp zwei Stunden mit Flug LH 8734 aus Frankfurt ein. Verhaften Sie ihn.«

John konnte sich gut das schmerzlich verzogene Gesicht des Scotland-Yard-Ermittlers nach dieser Aufforderung vorstellen.

»Er hat Gelder der Europäischen Zentralbank veruntreut und bereits Kontakte zu ein paar zwielichtigen City-Boys geknüpft«, ratterte Sherlock herunter. »Das Amtshilfe-Gesuch der deutschen Bundespolizei trifft gleich bei Ihnen ein.

Gern geschehen, keine Ursache«, lautete nach kurzer Pause sein Abschiedsgruß, wobei John geschworen hätte, dass Lestrade sich keineswegs bedankt hatte.

*

»Es ist unglaublich, was die Leute so alles in die Welt hinausposaunen«, stellte Sherlock fest, als John nach seinem Dienst im Krankenhaus in der Baker Street eintraf. Er saß vor seinem Laptop und wandte den Blick nicht vom Monitor.

»Das ist wohl so«, gab John vage zur Antwort. Er dehnte und streckte sich, trat hinter den Detektiv. »Wie sieht es mit Abendessen aus?«

»Gern.«

Die aufgerufene Seite war kleinteilig, voller Bilder und Links. Facebook, erkannte John. Sherlock versah ein Katzenbild mit einem

Gefällt-mir-Klick. »Dir und 46 anderen gefällt Humbelpies Link«, erschien auf dem Schirm.

So viel zur Abstinenz von moderner Technik. »In der Tat unglaublich«, attestierte John. »Was um alles in der Welt machst du da?«

Schon mittags hatte er festgestellt, dass die Wohnung so chaotisch aussah wie bei seinem letzten Besuch in den ehemals gemeinsamen Räumen. Das große Wohnzimmer war voller Papiere, Bücher, Zeitungen; die Küche ein Chemielabor mit Mikroskop auf dem Tisch, Petrischalen mit dubiosen Flüssigkeiten darum gruppiert. Er fragte sich, ob der Freund dort jemals aß, ob überhaupt etwas zu essen im Haus war.

»Ich betreibe Studien«, behauptete Sherlock. »Ansonsten das, was die gesamte Menschheit in diesen Netzwerken macht: Lebenszeit vergeuden.«

»Aber du!« Er würde den Ausruf nicht laut vervollständigen: Sherlock Holmes, der intelligenteste Mensch, den er kannte – abgesehen von Mycroft, seinem Bruder.

»Es ist gar kein so schlechtes Mittel gegen Langeweile.« Ein John-Cleese-Video bekam ein »Gefällt mir«.

Vermutlich war es besser, als wenn er Drogen nahm, aber trotzdem: »Hast du keinen Fall – nachdem du die EZB gerettet hast?«

»Wofür mir vermutlich noch nicht einmal Mycroft danken wird.« Sherlock seufzte und scrollte die Seite hinunter.

»Nun ja, für die britische Regierung dürfte es nicht mehr allzu wichtig sein«, meinte John. Ihm knurrte der Magen. Es war neun Uhr abends und abgesehen von einem Sandwich am frühen Nachmittag hatte er seit dem Frühstück nichts gegessen. Er wollte vorschlagen, zum Chinesen zu gehen, als er auf einmal das kleine Foto samt Namen in dem blauen Balken oben auf der Webseite sah. Es zeigte Lestrades attraktive Untergebene beim Yard.

»Stacey Hopkins?!«!«

»Du glaubst doch nicht, dass ich unter meinem Namen bei so etwas mitmache.« Der Detektiv sah ihn an, als zweifele er am Geisteszustand des Freundes. »Na los, lass uns aufbrechen.«

*

Als John am nächsten Morgen aufstand, saß Sherlock in seinem roten Hausmantel vor dem Laptop. Dieses Mal war die Twitter-Seite aufgerufen, links und rechts des kleinen blauen Vogels sah John erneut das Porträtfoto der rothaarigen Yard-Beamtin Stacey Hopkins. Am Vorabend hatte er die neue Freizeitbeschäftigung des Freundes nicht mehr thematisiert, nun konnte er nicht an sich halten:

»Das ist doch nicht dein Ernst!«

Gelangweilt wandte Sherlock sich ihm zu. John konnte nicht sagen, ob er geschlafen hatte oder nicht; unter den steingrauen Augen lagen Schatten, der Blick war jedoch klar und fokussiert. »Ich weiß ja, dass du deine Differenzen mit Sergeant Hopkins hast. Aber –«,

»Wieso Differenzen?«, unterbrach der Freund ihn verständnislos. »Sie hat doch mittlerweile begriffen, dass sie mich nicht belästigen sollte.«

»Belästigen?« Hopkins war eine gewissenhafte Ermittlerin, die sich mit der Rolle, die Sherlock für Lestrade innehatte, nur schwer abfand, und immer wieder auf Einhaltung der Dienstwege beharrte. Womit sie in den Augen des Detektivs offenbar den Stellenwert einer Stubenfliege besaß. Aus Erfahrung wusste John jedoch, dass es wenig Sinn hatte, den Freund darauf hinzuweisen, wie arrogant seine Einstellung war. »Warum hast du mich hergeholt?«, fragte er stattdessen.

Im gleichen Moment dachte er, dass es offensichtlich war: Sherlock hatte ein Suchtproblem, seit seiner Jugend. Wenn er sich langweilte – was sehr schnell passierte, vor allem, wenn er keine befriedigende Arbeit hatte –, suchte er den Ausweg in der Betäubung seiner Sinne. Und sein neuestes Mittel waren nun offensichtlich die so genannten sozialen Netzwerke. Die Einladung an ihn fußte auf der Erkenntnis, dass er Hilfe brauchte. Ein wenig gerührt räusperte John sich.

»Ich dachte, wenn Mary nicht da ist, bist du lieber hier als in Hounslow«, sagte der Detektiv, den Blick auf den Monitor gerichtet.

»Schon, aber –« John legte ihm die Hand auf die Schulter. »Lass uns in die Küche gehen und einen Kaffee trinken.«

Kurz wirkte Sherlock irritiert. »Ich vergesse immer wieder, dass du deine Mahlzeiten brauchst.« Ohne den Laptop zuzuklappen, erhob er sich.

»Du auch.« Johns professioneller Blick taxierte den Freund gründlicher als am Vortag. Er war nach wie vor viel zu dünn.

»Ja, ja.« Der Detektiv ging voran in die Küche und befüllte die braun verklebte Kaffeemachine. Sie immerhin wurde nach wie vor benutzt. »Vermutlich willst du auch etwas essen?«

Anstelle einer Antwort begutachtete der Arzt den spärlichen Kühlschrankinhalt und holte einen Plastikbeutel mit geschnittenem Weißbrot, ein Glas Orangenmarmelade und eine Packung Margarine hervor. Sherlock stellte zwei Steingutbecher auf eine Ecke des Tisches, wobei er eine Metallschale mit einer hellgrünen Flüssigkeit zur Seite schob. John zog eine Grimasse und schaffte etwas mehr Platz.

»Du wolltest also meine Gesellschaft«, begann er, öffnete die Margarine-Schachtel und verschloss sie sofort wieder, warf sie in den Abfalleimer.

»Das habe ich nicht gesagt«, entgegnete Sherlock. »Ich sagte –«,

»Ja, ich weiß«, fiel John ihm ins Wort. »Aber ich kann doch wohl davon ausgehen, dass –«, er stockte. »Dass du lieber mit mir Zeit verbringst als mit deinen Freunden«, er deutete Anführungszeichen an, »auf Facebook.«

Der Freund goss Kaffee ein. »Das hängt ganz davon ab.«

»Wovon?« John hielt sich mit Mühe zurück. Er hatte zwei Scheiben Brot in den altertümlichen Toaster geklemmt. »Sherlock, das ist nicht die Realität!«

»Sehr philosophisch.« Der Detektiv holte einen Teller aus dem Schrank, stellte ihn vor John hin. »Was ist real?«

»Zum Beispiel dieses unzureichende Frühstück«, gab John zurück, nahm einen weiteren Teller und schob ihn dem Freund hin, legte eine Scheibe Brot darauf.

»In der Tat.« Sherlock trank einen Schluck. »Aber schafft nicht das Internet seine eigene Realität? Wie ich gestern bereits sagte, betreibe ich Studien.«

Er ignorierte den Toast, ging zurück in das Wohnzimmer, holte seinen Laptop in die Küche.

»Siehst du hier? Als kleine Demonstration für dich habe ich gerade etwas über den FC Liverpool getweetet – und prompt bekomme ich Werbung für den Bezahlsender, der alle Spiele der Premier League überträgt.«

John nickte nur. Fußball? Seit wann kannte Sherlock überhaupt die Vereine der ersten Liga?

»Und es wird noch besser!« Der Freund wechselte in ein Mailprogramm, in dem Stacey Hopkins über eine gmx-Adresse erreichbar war. »Gleich wird hier eine Nachricht des Vereins eintreffen.«

»Es ist doch bekannt, dass die Netzwerke sich über individualisierte Werbung finanzieren«, wandte John ein. »Und dass der Datenschutz ein Witz ist.«

»In der Tat: ein Witz. Aber die eigentliche Frage lautet: Was für Möglichkeiten bieten diese Plattformen Kriminellen? Vom Offensichtlichen mal abgesehen, dass Einbrecher ein leichtes Spiel haben, wenn sie sehen, dass die ganze Familie in Spanien am Strand liegt, steckt in diesem Spiel mit Identitäten doch ein enormes Potential für Betrüger.«

»Das du jetzt als Stacey Hopkins auslotest.« Falls John dachte, dass Sherlock durch diese Bemerkung klar wurde, dass es nicht in Ordnung war, was er tat, irrte er sich. Der Freund stimmte ihm schlicht zu. Genervt nahm John die Toastscheibe von dessen Teller und aß sie selbst.

*

Als er bereits in der U-Bahn saß, musste sich John wieder einmal klarmachen, dass Scotland Yard nicht mehr im gewohnten Revier nahe dem St. James's Park saß, sondern eine halbe Meile davon entfernt am Themse-Ufer gleich hinter der Westminster Bridge. Er fand es schade; das Gebäude hatte an dem schmalen Broadway immer ein wenig versteckt gewirkt, wie die Verkörperung des englischen Understatements. Der prachtvolle Neubau am Victoria Embankment schien hingegen herauszuschreien, wie bedeutsam man war. Am alten Standort gab es nun ähnliche Wohn- und Bürotürme wie überall in der City. Die Besitzer waren Millionäre aus Abu Dhabi.

Immerhin war der Weg von der Baker Street aus kürzer: Nach drei Stationen mit der Julilee-Linie fand John sich am Ausgang der Station Westminster inmitten von Touristen aus aller Welt wieder, die Kameras und Handys in die Luft reckten, um Big Ben zu fotografieren.

Häufig als Selfie, mit dem Rücken zu dem in der Sonne glänzenden Turm. Bis auf die Brücke drängelten sie sich. Von dort aus versuchten sie die Parlamentsgebäude mit ins Bild zu bekommen.

Auch die Zufahrt, die John passierte, bewacht von zwei Polizisten mit Maschinengewehren, gehörte noch zum Parlament, gleich dahinter lag das helle, achtstöckige Gebäude. Lestrade hatte ihm erklärt, dass sie am neuen Standort besser ausgestattet waren, also ergab der Umzug vermutlich Sinn.

Er hatte Glück. Der Detective Inspector war im Haus. Nach kurzer Rücksprache ließ der diensthabende Beamte an der Pforte John ein und kurz darauf stand er vor Lestrades Schreibtisch. Er schenkte dem sensationellen Ausblick über die Themse auf das Riesenrad und das Aquarium in der Old County Hall am anderen Ufer nur einen kurzen Blick nach der Begrüßung, platzte dann heraus:

»Sherlock braucht einen Fall!«

Guy Lestrade war fünf Jahre älter als der Detektiv; wie er jedoch in seinem Stuhl hing, hätten es auch zehn sein können. Nicht besonders sportlich, ausgeprägter Bauchansatz durch schlechtes Essen, Raucher – er musste aufpassen, diagnostizierte der Arzt, ohne es bewusst wahrzunehmen.

Lestrade seufzte: »Wissen Sie, was für einen Papierkram er mir mit dem Fall dieses Deutschen gerade erst eingebrockt hat? Es weiß doch immer noch keiner, wie all diese Dinge mit der EU jetzt funktionieren.«

John nickte. Er konnte sich gut vorstellen, wie kompliziert die Zusammenarbeit nach dem unseligen Brexit-Entscheid war.

»Ansonsten geht es dem Meisterdetektiv gut?«

»Ja, sonst scheint alles in Ordnung zu sein.« Der Inspector meinte Sherlocks bekannte Schwäche, das war John klar. »Aber er verplempert seine Zeit.« In knappen Worten beschrieb er die jüngste Besessenheit des Detektivs, ließ dabei dessen Verwendung von Hopkins Namen und Foto wohlweislich außen vor. So wohlgesonnen Lestrade Sherlock auch war, John hatte das Gefühl, dass das für ihn zu weit gehen würde.

»Haben Sie nicht irgendetwas für ihn?«

»Sie meinen etwas, was nicht unter seiner Würde ist?« Der Inspector unterdrückte ein Gähnen. John schaute auf seine Armbanduhr. Höchste Zeit, dass er sich aufmachte ins Krankenhaus.

In diesem Moment stürmte Detective Sergeant Stacey Hopkins in den Raum. Unsinnigerweise erschrak John.

»Noch einer!« Erst nach dem Ausruf registrierte die junge Frau Johns Anwesenheit und grüßte ihn mit einem Nicken und einem halb fragenden, ironischen Blick auf den leeren Platz neben ihn, um nach Sherlock zu fragen.

»Oh, nein«, war die Reaktion Lestrades. »Das darf doch nicht wahr sein!« Während er sich schon von seinem Stuhl erhob und nach der über der Lehne hängenden Jacke griff, meinte er: »Vielleicht ist das ja was für unseren Freund: Im Moment sterben Obdachlose wie die Stubenfliegen. Ich schicke ihm mal eine SMS.«

John murmelte Zustimmung, Stacey Hopkins verzog das Gesicht.

2. Kapitel

»Diese Verschwörungstheoretiker können noch einmal richtig gefährlich werden«, lautete Sherlocks Begrüßung, als John am Abend die Wohnung betrat. Wieder saß er vor seinem Laptop.

»Vermutlich. Irgendwann.« Erschöpft ließ der Arzt sich in einen Sessel fallen. Ein Kollege war ausgefallen und er hatte durchgearbeitet, zwei Überstunden gemacht und dennoch das Gefühl, keinem einzigen Patienten gerecht geworden zu sein. Dann zurückzukommen in die Baker Street zu diesem Déjà-vu … »Was ist mit der Gegenwart?«, fragte er unwirsch. »Mit den toten Stadtstreichern? Hast du dich mit Lestrade getroffen?«

»Nicht nötig.« Ohne sich umzudrehen, informierte der Detektiv ihn, dass Mrs Hudson einen Topf Irish Stew gebracht hätte. »Nachdem du heute keine einzige Pause hattest, kannst du das jetzt gut gebrauchen.«

»Wie fürsorglich!« Er hatte keine Lust, den Freund zu fragen, ob er etwas gegessen hatte. Sherlock hörte sowieso nicht auf ihn. Er wollte seine Zeit in diesen Netzwerken vertrödeln – bitteschön.

Entsprechend überrascht war er, als er realisierte, dass der Detektiv ihm in die Küche folgte.

»Du bist im vergangenen Jahrhundert steckengeblieben, John«, attestierte er ihm als Antwort auf die unausgesprochenen Vorwürfe. »Die interessanten Verbrechen der Gegenwart sind allesamt mit dem Internet verknüpft.«

Der Arzt entgegnete nichts darauf und stellte die Herdplatte an. Mrs Hudson war ein Engel. Um nichts in der Welt hätte er an diesem Abend – in dieser Nacht! – noch in ein Restaurant gehen wollen. Und sich dabei Sherlocks wirre Theorien angehört. Die er nun hier vorgetragen bekam:

»Was meinst du, wie der Brexit zustande gekommen ist?«

»Durch irre Politiker, eine größenwahnsinnige Boulevardpresse und tausend Fehler in der Vergangenheit?« Viel zu energisch rührte John in dem Topf herum und legte los über abgehängte Regionen und Arbeitslose, verantwortungslose Abgeordnete und idiotische Großmachts-

Phantasien. Er hatte nicht geahnt, dass er die Energie für diesen Ausbruch noch hatte; anscheinend trieb Sherlocks Ignoranz ihn an.

Der deutete ein Nicken an und holte einen Suppenteller aus dem Hängeschrank, stellte ihn auf die Arbeitsplatte. »Und was waren die Kanäle, über die die Wähler gezielt falsch informiert und eingefangen wurden?«

»Ich erinnere mich noch deutlich an Busse mit der Verheißung, dass das Geld, was an Flüchtlinge geht, dem National Health Service zur Verfügung stehen soll, damit wir endlich einmal wieder vernünftig arbeiten können. Wovon jetzt im Übrigen keine Rede mehr ist.«

»Natürlich nicht.« Der Freund reagierte fast gelangweilt auf Johns Grimm. »Aber die Busse waren ein winziger Tropfen in dem gewaltigen Meer aus Manipulationen, wenn du mir das schiefe Bild verzeihst.«

»Wie war das mit den Verschwörungstheorien?« John füllte den Teller mit dem würzig duftenden Eintopf, nahm einen Löffel aus der Schublade und begann noch im Stehen zu essen. Er war versalzen.

»Dito die US-Wahl«, dozierte Sherlock weiter, ohne auf Johns Provokation einzugehen. »Mein Lieber, das sind Abgründe. Abgründe, die man sich genau anschauen muss.«

»In die du nun schon viel zu lange hineinschaust!« John trug den Teller zum Tisch und ließ sich auf einen Stuhl sinken. »Warum sind die ermordeten Obdachlosen unter deiner Würde? Was ist mit Shinwell Johnson? Vielleicht ist er in Gefahr.« Nur ungern spielte er auf Sherlocks arroganten Informanten an, aber vielleicht brachte der Gedanke an ihn den Freund zur Besinnung.

»Shinwell geht's gut. Sei nicht so pathetisch, es gibt keinen Grund, von Mord zu sprechen! Wir haben es einfach mit einer statistischen Größe zu tun. Clochards haben eine geringere Lebenserwartung als wir braven Bürger.«

John bedachte ihn mit einem ironischen Blick.

»Vergangene Woche gab es Dauerregen, außerdem sind momentan schlechte Drogen im Umlauf.«

John fragte nicht, woher er das wusste.

»Die armen Kerle sind ihren Infektionen erlegen. Kein Grund, das Haus zu verlassen.«

Der Arzt lehnte sich auf dem knarzenden Stuhl zurück und musterte Sherlock: »Ist das genetisch? Verwandelst du dich in einen zweiten Mycroft und willst auch keine ›Beinarbeit‹ mehr machen, wie er es nennt?«

»Wer weiß«, lautete die lapidare Antwort. »Die Frage, wie viel von unserem Verhalten durch Abstammung geprägt ist, wurde ja noch nicht letztendlich geklärt. Aber wo du gerade meinen geschätzten Bruder erwähnst: Er hat uns beide morgen zum Frühstück in seinen Club eingeladen.«

*

John hätte gern auf das Treffen mit Mycroft verzichtet. Nicht nur, dass der ältere Holmes seine intellektuelle Überlegenheit noch mehr herauskehrte als Sherlock; John hatte stets das Gefühl, von ihm für das Verhalten seines Bruders verantwortlich gemacht zu werden. Aber immerhin brachte die Verabredung Sherlock dazu, sich von seinem Laptop loszueisen.

Um neun Uhr saßen sie im Taxi und durchquerten Marylebone und Soho, steckten trotz der frühen Stunde im Chaos am Picadilly Circus fest, wo John dachte, wie praktisch die Tube gewesen wäre, um Londons edelstes Viertel Mayfair zu erreichen.

Der Diogenes-Club residierte in einem neoklassizistischen Gebäude in strahlendem Weiß an der Pall Mall; es war ein Männerbund, in dem strengstes Redeverbot galt. Dem livrierten Diener am Empfang mussten sie sich nicht verständlich machen, er hatte sie erwartet und lotste sie in ein Zimmer, das zu Mycrofts Privaträumen gehörte.

Wie immer im dreiteiligen, maßgeschneiderten Anzug der Inbegriff des eleganten Gentlemans, erhob der ältere Holmes sich aus einem Sessel vor dem Kamin, wo er im *Telegraph* gelesen hatte, und begrüßte sie, deutete auf eine Anrichte mit diversen Schüsseln und Kasserollen.

»Ich dachte, wir bedienen uns selbst; es spart Zeit. Was für den arbeitenden Teil der Bevölkerung nicht ganz unwichtig ist, nicht wahr, John?«

»Natürlich, ja«, antwortete er unbehaglich und wandte sich der reichhaltigen Auswahl zu.

»Das nenne ich ja mal eine hübsche Ironie, dass du dich als arbeitend bezeichnest, Bruderherz!« Sherlock wirkte ehrlich amüsiert. »Und was für eine großherzige Geste, solch ein kalorienreiches Frühstück auftischen zu lassen, von dem du selbst nichts essen darfst, nachdem du schon wieder zugenommen hast.«

John, einen Teller voller Eier und Speck in der Hand, taxierte Mycrofts Figur. Eventuell spannte die Weste im Bereich der mittleren beiden Knöpfe ein winziges bisschen. Er verkniff sich ein Grinsen, als er das Gesicht des Mannes wahrnahm, der seinem Blick gefolgt war.

»Mir geht es gut, danke der Nachfrage.« Mycroft war an den gedeckten Esstisch getreten und schenkte Tee ein. Wo Sherlock in der Baker Street aus angeschlagenen Steingutbechern trank, gab es hier hauchdünne Porzellantassen. »Abgesehen von der Arbeit, die du mit deiner Intervention in die Angelegenheiten der Europäischen Zentralbank generiert hast. Dir dürfte doch nicht entgangen sein, dass die politischen Verhältnisse zwischen Großbritannien und Europa zurzeit etwas ungeordnet sind.«

»Und deshalb soll man Verbrecher laufen lassen?« Sherlock genoss die Situation.

»Deshalb sollte man solche Dinge mit Fingerspitzengefühl hinter den Kulissen klären und nicht den armen Inspector Lestrade zwischen die Fronten schicken.«

John musste daran denken, dass Sherlock stets behauptete, sein Bruder sei die britische Regierung. Was genau Mycroft Holmes tat, hatte er nie herausgefunden.

»Sind wir schon bei Kriegsmetaphern? Interessant.« Voller Genuss aß der Detektiv.

Mittlerweile war John mit dem Besuch versöhnt. Das Frühstück war gut, Sherlock zurück in der Realität, und der Austausch der Brüder bot einige Unterhaltung.

»Ihr hättet euch schlicht früher überlegen müssen, was ihr mit eurem Insel-Größenwahn anstellt«, fuhr Sherlock nonchalant fort.

Das war ungerecht, dachte John. Mycroft war viel zu intelligent, um die Dummheit dieses Brexits unterstützt zu haben.

Entsprechend würdigte der Ältere die Bemerkung keiner Antwort, sondern trank einen Schluck Tee.

»Als kleine Wiedergutmachung möchte ich dich bitten, einen Fall für mich zu übernehmen«, sagte er schließlich.

»Oh, nein!« Nun lachte der Detektiv laut heraus. »Ich werde nicht für dich das Leck ausfindig machen. Ich bin nicht der Handlanger eures erbärmlichen Haufens.«

»Es geht um England, Sherlock!«

Am Wochenende war ein detaillierter Bericht im *Guardian* zu den Brexit-Verhandlungen in Brüssel erschienen, der für reichlich Aufsehen gesorgt hatte, denn er basierte auf Insiderkenntnissen. Es ging um die zu erwartenden Folgen für den Mittelstand, welche Ein- und Ausfuhrzölle Firmen zu erwarten hatten, dass Strafzölle anfallen würden, und weitere Konsequenzen, von denen die Regierung stets behauptet hatte, sie abwenden zu können. Und: Der Text sollte nur der Auftakt zu einer Reihe über die Brexit-Auswirkungen für die verschiedensten Bevölkerungsgruppen sein.

»Ja, Brüsselgate«, bestätigte Sherlock mit einem Nicken Johns Überlegungen.

»Stellen wir mal die These auf, dass unser geschätztes England unheilbar erkrankt ist«, wandte er sich wieder an seinen Bruder, der sichtlich die Kiefer aufeinanderpresste. »Welche Maßnahmen würde man da überhaupt noch vornehmen? Dr. Watson, was meinen Sie? Gerade in Hinblick auf die dürftige Finanzierung des staatlichen Gesundheitsdienstes, über die wir gestern erst sprachen?«

John wurde einer Antwort enthoben, da Mycroft mit der geballten Rechte auf den Tisch hieb. Das Porzellan auf der Damasttischdecke klirrte. »So einfach kannst du es dir nicht machen, Sherlock!«

»Das gute, alte Albion ist dem Untergang geweiht. Sieh es ein. Im Übrigen habe ich auch gar keine Zeit. Ich bin beschäftigt.«

Mycrofts Gesicht zeigte extreme Missbilligung. »Das hätte ich mir denken können, dass für dich tote Clochards wichtiger sind als der Fortbestand unserer Demokratie.« Ohne ein weiteres Wort stand er auf und verschwand durch eine Tapetentür in seinem Büro.

Einigermaßen fassungslos sah John den Freund an. Wenn der stets beherrschte Mycroft so reagierte, war die Tragweite des Artikels größer, als er gedacht hatte. »Meinst du nicht doch –«, begann er.

»Du hast recht. Wenn mein Bruder die verblichenen Stadtstreicher als Fall ansieht, dann haben wir einen!« Sherlock schob seinen noch halb vollen Teller von sich.

*

Mit der knappen Aufforderung »Bart's Hospital« ließ Sherlock sich in den Fond des Taxis fallen und begann, mit den Fingerspitzen auf dem Oberschenkel zu klopfen.

Würde er Mycroft wirklich nicht helfen? Immerhin spielten Informant und Zeitung letztlich den Rechten in die Hände! Zwar waren sie es gewesen, die lautstark den Brexit gefordert hatten, danach aber hatten sie es geschafft, sich aus der Verantwortung zu stehlen und weiter Sympathisanten zu gewinnen. Und für die schlechten Verhandlungsergebnisse in Brüssel konnten sie natürlich erst recht nichts …

Auf dem Strand war zwar viel Verkehr, aber er floss gleichmäßig dahin. Sherlock sah aus dem Fenster und John wusste, dass es wenig Sinn hatte, ihn jetzt anzusprechen. Nach zehn Minuten hatten sie den Beginn der Fleet Street erreicht und bogen nach Norden ab, durchquerten Holborn und standen kurz darauf an der Baracke der Smithfield Ambulance vor dem Gebäude des uralten Saint Bartholomew's Hospital.

Sherlock hatte dem Fahrer einen Geldschein in die Hand gedrückt, war ausgestiegen und durch die Eingangstür auf der linken Seite des Krankenhauses gestürmt, bevor John auch nur das Taxi verlassen hatte.

Durch düstere, kalte Korridore ging es in die Pathologie, wo sie auf eine bass erstaunte Ethel Schafter trafen.

»Hallo Ettie!« John lächelte die Deutsche an.

»Hallo John, schön Sie zu sehen. Sherlock, Sie sind zurück!« Sie musste nicht betonen, wie sehr sie sich darüber freute, ihr ganzes fein geschnittenes, blasses Gesicht strahlte.

»Selbstverständlich bin ich zurück. Wir haben gestern bereits über den toten Obdachlosen gesprochen, wenn Sie sich vielleicht erinnern.«

John warf dem Freund einen Blick zu, der ihn zu ein wenig Freundlichkeit bewegen sollte. Ihn dazu zwingen sollte.

»Natürlich«, Ettie stotterte ein wenig. »Natürlich erinnere ich mich. Aber ich dachte, wenn Sie anrufen und nicht selbst herkommen, dann –«,

»Können wir das Geplänkel überspringen? Ich muss ihn sehen.«

Wieder lächelte John die Pathologin an. »Er war nicht mehr auf Reisen, er war nur zu faul, sich aus der Baker Street wegzubemühen.«

Der Detektiv zog eine Grimasse und wartete darauf, dass Ettie voranging zu einem der Untersuchungstische, auf dem der Leichnam eines unterernährten Mannes lag.

»Ich wollte gerade mit ihm anfangen. Vorher bin ich nicht dazu gekommen, es gab noch einen Todesfall aus Windsor.«

Sherlock hatte sich über die Leiche gebeugt und betrachtete sie aufmerksam.

John nahm keine äußerlichen Verletzungen wahr. Der Mann war zwischen 50 und 60 gewesen, hatte schütteres blond-graues Haar und Bartstoppeln. »Das ist doch gut für uns«, antwortete er Ethel auf ihre entschuldigend wirkende Erklärung. »Sonst wäre unser Freund ja vielleicht jetzt schon in der Gerichtsmedizin.«

»Sie sagten, die anderen seien verschiedenen Infektionen erlegen.« Sherlock hatte seine Lupe aus der Manteltasche gezogen und unterzog eine Stelle an der linken Armbeuge einer genaueren Untersuchung. »Also natürliche Todesursachen für die Akten.« Er sah nicht auf, wanderte mit dem Vergrößerungsglas den Unterarm hinunter.

John nahm ein paar Verfärbungen wahr, eventuell alte Einstiche. »Warum ist Scotland Yard überhaupt daran interessiert?«, fragte er.

»Die Menge macht's«, antwortete Sherlock. »Irgendwann merken auch die Dümmsten etwas.«

Johns Blick sollte den Detektiv daran erinnern, dass er auch erst nach Mycrofts Bemerkung aktiv geworden war, Sherlock hatte sich jedoch gerade an Ettie gewandt: »Von wie vielen Leichen reden wir?«

»Ich hatte schon drei hier«, erwiderte sie. »Alle in der vergangenen Woche.«

»Wie viele es davor schon gab, kann Shinwell uns hoffentlich sagen.« Sherlock richtete sich auf. »Dann haben wir ja jetzt alle zu tun. Gewebe- und Blutproben würde ich selbst heute Nachmittag untersuchen.«

Um eins begann Johns Dienst draußen im Westen der Stadt. Es ergab also kaum Sinn, wenn er Sherlock zu Shinwell Johnson begleitete, der sich meist südlich der Themse aufhielt, überschlug er, während sie das Bart's verließen. Leider.

»Kannst du dir freinehmen?«, lautete die Reaktion des Freundes – auf Johns Gedanken oder dessen Blick auf seine Armbanduhr.

»Wie stellst du dir das vor?« Gleichzeitig spielte er verschiedene Möglichkeiten in seinem Kopf durch. Nur zu gern würde er dem Klinikalltag für einige Zeit entkommen, um mit Sherlock Verbrecher zu jagen.

»Gar nicht. Du weißt doch, mit so etwas Banalem wie einem Angestelltendasein befasse ich mich nicht.« Er setzte sich in nördlicher Richtung in Bewegung, an einem wartenden Taxi vorbei. »Aber gut, dann sollten wir uns beeilen.«

John war ein paar Schritte neben ihm hergegangen, blieb nun aber verärgert stehen. »Vergiss es!« Er wandte sich um.

»Doch, es geht schneller, wenn wir von Barbican bis Liverpool Street Station fahren und dort in die Central wechseln.«

»Schneller wohin?« Nicht zum Charing Cross Hospital. Auch nicht nach Shinwell Johnsons Revier in Lambeth. Und seit wann war Sherlock überhaupt Experte für U-Bahnverbindungen?

»Zu Shinwell natürlich.« Ohne ihn eines weiteren Blickes zu würdigen, überquerte er den kreisrunden West Smithfield Square, wich einem Fahrradfahrer aus und lief an der Markthalle entlang.

Also trieb sich der Informant jetzt im East End herum? Gut, das würde ein bisschen Zeit sparen. Nahezu gegen seinen Willen folgte John Sherlock.

*

Damit hatte Shinwell Johnson sich nicht unbedingt verbessert, dachte John, als Sherlock ihn über die vielbefahrene Bethnal Green Road lotste. Aber logisch, ausgehend von dem angesagten Southwark-Viertel direkt am Fluss mit der Tate Modern und dem Borough Market wurde Süd-London immer schicker. Vermutlich sollte Johnsons altes Quartier im halb verfallenen Anbau des ehemaligen Lambeth Hospitals nun auch in Luxusappartements verwandelt werden, und der Obdachlose hatte sich zwischen den unsanierten Häusern im Nordosten einen neuen Unterschlupf gesucht.

Mit einigen Haken durch kleinere Straßen erreichten sie ein Hochhaus, das seine besten Zeiten lange hinter sich hatte. Aber es war ein bewohntes Gebäude mit Fahrrädern auf Balkonen und Vorhängen vor Fenstern. Deshalb wunderte John sich, als der Freund den Eingang ansteuerte und eine Klingel betätigte.

»Der gute Shinwell ist zu Geld gekommen«, bestätigte Sherlock ungefragt, während er die Treppe in Angriff nahm. Die verbeulten Türen eines Aufzugs waren notdürftig mit rot-weißem Absperrband verklebt.

»Und sesshaft geworden.« John erinnerte sich noch gut an die Belehrungen des jungen Mannes über seine Freiheit auf der Straße.

Als Shinwell Johnson sie in einer Türöffnung im fünften Stock empfing, ärgerte John sich, dass Sherlock die Anstrengung des Aufstiegs weniger anzumerken war als ihm. Einer der beiden Männer würde garantiert eine Bemerkung dazu machen.

»Höchste Zeit, dass du mal wieder ein bisschen Bewegung an der frischen Luft bekommst, mein Lieber«, lautete jedoch Johnsons Begrüßung an Sherlock. »Gut, dass Sie unseren Freund herausgelockt haben, Doc.

Mein Agent hat mir geraten, in Immobilien zu investieren«, hängte er eine Erklärung für die Wohnung an. Die Eigenschaft, auf nicht ausgesprochene Fragen zu reagieren, hatte er mit Sherlock gemein. Wie vieles andere. Ein Agent?

Der große, dünne Mann ging ihnen voran durch einen winzigen Flur in ein kaum möbliertes Wohnzimmer.

»Shinwell hat sein Talent als Schriftsteller mit einem Roman über unser kleines Abenteuer im Frühjahr unter Beweis gestellt.« Sherlock trat an das quadratische, schmutzige Fenster, durch das milchiges Licht in den Raum fiel.

»Was?« John merkte, dass sein Mund nach dem Ausruf offenstand und beeilte sich, ihn zu schließen.

»Der Vorschuss war hoch genug, um die Wohnung anzuzahlen.« Der Informant – wenn er das nun noch war – grinste zufrieden. »Und das Beste ist, der Verlag will mehr davon. Also hast du eine neue Geschichte für mich?«

»Aber – Sie haben über uns geschrieben?« John war entsetzt.

»Du kommst gut weg darin.« Sherlock klang amüsiert. »Nicht immer ganz auf dem Stand des Geschehens, aber stets bemüht.« Er wandte sich zu ihm um, die Mundwinkel nach oben gezogen.

»Du hast es schon gelesen?«

»Shinwell hat es mir netterweise während meines Sussex-Aufenthalts zukommen lassen. Ein wenig Ablenkung, du weißt schon.«

John wollte etwas entgegnen, aber der Freund fuhr fort: »Ist deine Zeit nicht zu knapp, um sie damit zu vergeuden? Shinwell, ich erzähle dir bei Gelegenheit, was ich in Deutschland erlebt habe, aber erst einmal hoffe ich, du bist nach wie vor auf dem Laufenden, was das Leben und Sterben auf der Straße angeht.«

3. Kapitel

Es fiel John schwer, sich auf Shinwell Johnsons Worte zu konzentrieren. Der besserwisserische Stadtstreicher machte Geld mit ihrem – seinem und Sherlocks – letzten Abenteuer? Genug, um eine Wohnung anzuzahlen? Zwar nur eine Bruchbude, aber John wusste allzu gut, dass in London für buchstäblich alles, was noch ein Dach und Wände besaß, schamlos abkassiert wurde.

Mit großer Geste hatte Johnson sie eingeladen, auf einem fleckigen Sofa Platz zu nehmen. Während Sherlock sich in seinem teuren Anzug behaglich auf dem Polster ausstreckte, hockte John auf der Kante. Ihr Gastgeber blieb vor ihnen stehen.

Natürlich sei er noch immer bestens über alles informiert, prahlte er. Sie hätten auch Glück, ihn überhaupt in seiner Behausung angetroffen zu haben, da er nach wie vor ständig unterwegs sei in der Stadt. »Ich bin immer noch deine Augen und Ohren in den Gossen unserer Metropole, mein Freund.«

John musste los. Um eins begann sein Dienst; schon jetzt würde es knapp werden. Falls der Kollege, den er am Vortag vertreten hatte, wieder da war, konnte er vielleicht wirklich Donnerstag und Freitag freinehmen. Das würde einiges erleichtern. Sherlock brauchte ihn und seine Hilfe. Jedenfalls mehr als die dieses Möchtegernschriftstellers, der anderer Leute Erlebnisse niederschrieb und damit reich wurde. Ob der Detektiv sich keine Gedanken machte, dass er dadurch zu bekannt werden könnte, um weiter auf Verbrecherjagd zu gehen?

»Signifikant hohe Zahl an toten Brüdern seit Anfang letzter Woche, in der Tat«, dozierte Johnson auf Sherlocks Nachfrage. »Infektionen allesamt. Verschiedene.«

Mit dem letzten Wort hatte er auf Johns Räuspern reagiert, der einwerfen wollte, dass die Opfer sich vielleicht gegenseitig angesteckt hatten.

»Vorerkrankungen?«, fragte Sherlock.

Shinwell Johnson zuckte die Achseln. »Die meisten, natürlich. Das Leben auf der Straße ist kein Ponyhof.« In einem Fall wusste er jedoch, dass der Verstorbene nur eine ganz leichte Darminfektion gehabt hatte. »Du weißt schon, so was, womit gelangweilte Hausfrauen zum Arzt gehen, was aber für die Jungs eher Normalzustand ist.«

Sherlock wollte Genaueres über diesen Mann wissen, erwartungsvoll war er auf der Couch nach vorn geschnellt.

Johnson bot an, mit ihm gemeinsam dessen Revier aufzusuchen. »Ist nicht weit von hier, am Bahnhof Cambridge Heath.«

»Dann los!« Mit einer geschmeidigen Bewegung stand der Detektiv auf.

John folgte seinem Beispiel. Ob er mit der S-Bahn nach Hammersmith fahren könnte? Nein, das würde viel zu lange dauern. Er musste jetzt schleunigst zur Tube.

*

Das durfte doch nicht wahr sein! Wieder saß Sherlock bei Johns abendlicher Rückkehr in die Baker Street an seinem Laptop. Immerhin aber sah er gleich vom Monitor auf und den Arzt an.

»Du hast schon etwas gegessen. Gut. Dann können wir ja direkt aufbrechen. Hilfreich, dass du die nächsten Tage nicht arbeiten musst.«

Ja, eine Krankenschwester hatte anlässlich ihres Geburtstages nicht nur Kuchen, sondern auch Baguette und Käse mitgebracht. Und er hatte die beiden verbliebenen Arbeitstage in dieser Woche freibekommen. Sherlock hatte das vermutlich aus seinem müden, aber satten und zufriedenen Gesichtsausdruck geschlossen. Er würde ihm nicht den Gefallen tun nachzufragen. Stattdessen gab er nur ein knappes »Wohin?« von sich.

»Nach Pimlico – wo unser letztes Opfer gefunden wurde. Und heute Abend eine Versammlung besorgter Bürger stattfindet.« Am Tonfall des Freundes erkannte John, dass diese Bürger sich keine Sorgen um das Schicksal von Obdachlosen machten, sondern wohl eher das Gegenteil.

Sherlock hatte bereits den Laptop zugeklappt und war auf dem Weg zur Tür, griff sich im Flur seinen Trenchcoat vom Haken. Kurz darauf saßen sie in einem Taxi, unterwegs in den Süden der Innenstadt. In der Abgeschiedenheit des Fonds fragte John den Freund, ob er am Bahnhof Cambridge Heath etwas herausgefunden hatte.

»Vor Ort nicht. Aber Ethel meint auch, dass seine Darminfektion auf keinen Fall hätte tödlich verlaufen dürfen. War ein junger Bursche Anfang 20, noch nicht lange auf der Straße, robuste Natur.« Das ratterte der Detektiv herunter, als sei es eine Nebensache.

Also, schloss John, musste etwas anderes diese nervöse Energie in ihm hervorgebracht haben: »Und sonst?«

»Bei dem armen Kerl gestern lag ein Multiorganversagen vor.«

Das war nicht so spektakulär, fand der Arzt. »Nicht erkannte Sepsis«, vermutete er.

»Infiziert war er mit Borrelia recurrentis«, ließ der Detektiv die Katze aus dem Sack.

»Läuserückfallfieber? Ziemlich selten hier bei uns.« John konnte sich nicht erinnern, in England schon einmal jemanden mit der Krankheit behandelt zu haben. »In Afghanistan hatten wir einmal einen Fall.«

Sherlock nickte nur.

»Wird durch Kleiderläuse übertragen. Muss sofort durch Antibiotika behandelt werden«, führte der Arzt aus. Gleich darauf wurde ihm mulmig. »Da kann sich eine Epidemie anbahnen! Hat Ettie das Ordnungsamt informiert?«

»Selbstredend.« Der Freund klang gelangweilt. »Interessanter ist, dass die Leiche keinerlei Spuren von Läusebissen aufwies. Selten genug bei Clochards, aber der Kollege hatte definitiv nicht unter den kleinen Quälgeistern zu leiden.«

Zügig fuhr der Wagen die breite Park Lane zwischen Mayfair und Hyde Park entlang. John rief sich das Bild des toten Mannes auf Etties Tisch in Erinnerung und rekapitulierte sein Wissen über die durch Bakterien hervorgerufene Infektionskrankheit.

»Häufig sehr unspezifische Symptome«, führte er aus. »Gut möglich, dass man da nichts gesehen hat an der Leiche.« Auch an den Buckingham Palace Gardens ging es flott vorbei. Um diese Zeit waren Londons Straßen endlich einmal halbwegs leer.

»Genau!« Die Tatsache schien Sherlock regelrecht fröhlich zu stimmen. »Gelbsucht oder Einblutungen in die Haut sind häufig, müssen aber nicht sein. Und die Fieberschübe kann man im Nachhinein ohnehin nicht nachweisen.«

John sah nicht, worauf der Freund hinauswollte. »Wir wissen also nicht, ob er an dem Rückfallfieber gestorben ist oder sonst etwas das Organversagen ausgelöst hat.«

Im schummrig gelben Licht unter der Brücke am Victoria-Bahnhof bedachte Sherlock ihn mit einem fast schon verächtlichen Blick. »Wo kamen die Borrelien her? Das ist doch die Frage.«

»Himmel, du kannst einen Läusebiss übersehen haben!« So sehr er sich freute, dass der Freund voll bei der Sache war: diese Diskussion war anstrengend.

»Nein«, behauptete Sherlock schlichtweg – und vermutlich hatte er recht. John wusste, wie gründlich er vorging, wenn sein Interesse einmal geweckt war.

Je weiter sie in Richtung Themse kamen, umso besser situiert wurde das Viertel. Die in warmes Licht altmodischer Straßenlaternen getauchten Häuser an der Belgrave Road waren einheitlich hell gestrichen und in der ersten Etage mit schmiedeeisernen schmalen Balkonen ausgestattet. Etliche trugen Fahnen – den Union Jack, das englische Kreuz, aber auch das EU-Banner – und schienen Hotels zu sein.

»Also hier wurde der Tote gefunden?«, fragte John.

»Eigentlich schon drüben in Westminster, hinter der Vauxhall Bridge.«

In einem distinguierten Wohnviertel, wo die Tate Gallery Besucher aus aller Welt anlockte. Nicht gerade ein typisches Viertel für Obdachlose. Aber auch Pimlico wirkte hier sehr gediegen. Der Fahrer wurde langsamer, schien sich zu orientieren.

»Du meinst also«, kam John auf die Frage des Krankheitsverlaufs zurück, »das Opfer wurde gezielt mit den Borrelien infiziert, die Infektion hat sich auf die Organe geschlagen und so für seinen Tod gesorgt?«

»Dein Fachgebiet: Möglich oder nicht?«

Warum sollte jemand so etwas tun? Aber er kannte die Maxime des Detektivs, wonach die Wahrheit durchaus unwahrscheinlich sein konnte. »Möglich ist es«, sagte er deshalb.

*

»Diese Subjekte sind doch mittlerweile überall!« Der ältere Herr hatte Tonfall und Sprechweise eines Oberstudienrats. »Gestern erst hat einer den Eingang meines Hotels belagert.«

Die Zusammenkunft im »The Duke«, einem Pub in einem Eckgebäude, war bereits in vollem Gange. John ging an die Bar, um ein Pint Ale für sich und ein Tonic für Sherlock zu holen; der Detektiv hatte sich an einem Tisch neben dem großen, dicht besetzten niedergelassen. Ansonsten war die schlichte Kneipe, deren dunkle Wände mit Fischmotiven bedruckt waren, leer.

»Hier vergraulen sie auch die Gäste«, rief der Wirt über die Theke in den Raum hinein.

Außer ihm diskutierten sieben Männer und vier Frauen, allesamt jenseits der 50, über Obdachlose, die anscheinend das Viertel in Massen heimsuchten. Der Tote schien kein Thema zu sein.

Sie hätte eigentlich nichts gegen die armen Kerle, sagte eine mütterlich wirkende Frau. »Am Covent Garden kaufe ich immer diese Obdachlosenzeitschrift, den *Big Issue* –«,

»Das sind ja auch ganz andere, die betteln ja nicht, die wollen was tun für ihr Geld«, befand der Mann neben ihr. »Die hier bei uns gammeln ja bloß rum und belästigen die Leute.« Er stand auf und ging zur Theke; der Wirt ließ Lager in ein Pintglas strömen, griff währenddessen hinter sich in ein Regal und reichte dem Gast eine kleine Chipstüte.

John trank einen großen Schluck Ale. Das Bier von der Camden Town Brewery war gut.

»Das Schlimmste ist ja, dass es immer mehr Ausländer sind«, fand ein bärtiger Mann.

»Osteuropäer«, präzisierte ein Kahlköpfiger. »Die kommen in Scharen in unser Land, nur um hier zu betteln!«

Der Geräuschpegel war angeschwollen und ein junges, asiatisches Paar, vermutlich Touristen, drehte noch im Eingang des Pubs verschreckt wieder um und verschwand.

»Wenn sie nur betteln würden!«, ließ eine sehr dünne Frau mit toupierten Haaren sich aus. »Sie stehlen. Neulich erst hat einer nach meiner Handtasche gegriffen. Wenn ich sie nicht gut festgehalten hätte …«

Ein anderer weiblicher Gast mit auffälligem Hautausschlag nickte. »Kürzlich stand einer vor mir, als ich Spätdienst hatte im Imperial War Museum und hat sich unsittlich entblößt«, sagte sie mit bebender Stimme. »In dem Park da sind sie auch immer.«

»Sie übertragen auch Krankheiten«, warf Sherlock ein.

»Sie sagen es, Sir! Leben Sie auch hier, wenn ich fragen darf?« Der Hotelbesitzer schien so etwas wie der Wortführer der Gruppe zu sein.

»Noch nicht.« Entspannt zurückgelehnt, die langen Beine in den Raum gestreckt, saß der Detektiv da. »Tatsächlich überlegen mein Freund und ich«, wieder einmal spielte er damit, dass viele Leute John und ihn für ein Paar hielten, wieder einmal tat John sich damit schwer, »ob wir eines der hübschen Townhouses«, mit einem Schlenker seiner linken Hand deutete er auf die Belgrave Road, »kaufen. Aber nun sind uns Bedenken gekommen.«

»Siehst du, ich sage es doch!«, »Verständlich« und »Wertverlust« war zu vernehmen. Der Kahlköpfige fragte, welches Haus zum Verkauf stünde.

Das könnten sie nicht sagen, antwortete Sherlock. Es handele sich um ein privates Angebot an sie.

Im Geiste gingen die Anwesenden mögliche Verkäufer durch, das war offensichtlich.

»Deshalb wollen wir die Situation auch nicht ausnutzen, indem wir den Preis der Immobilie drücken«, behauptete Sherlock. John hielt sich zurück. Während der Freund problemlos als potentieller Käufer einer Stadtvilla im Zentrum von London auftreten konnte, würde ihm das niemand abnehmen.

»Das ehrt Sie, mein junger Freund, und seien Sie sicher, dass wir Sie und Ihren Partner sehr gern hier in unserem beschaulichen Viertel willkommen heißen würden«, versicherte der Bärtige.

»Aber so beschaulich ist es ja eben nicht mehr!« Mit fahrigen Bewegungen griff die ekzemgeplagte Frau nach ihrer Zigarettenschachtel. »Wenn das so weitergeht …«, begann sie einen Satz, den sie nicht beendete. Stattdessen ging sie nach draußen.

»Was unternehmen Sie denn konkret gegen die Stadtstreicher?« Die Frage würde aus seinem Mund authentisch wirken, war John sicher.

Wieder sprachen mehrere Leute gleichzeitig. Dass man ja gar nichts machen könnte, einem die Hände gebunden wären, das Gesetz »auf deren« Seite sei.

Als John Sherlock fragte, ob er noch ein Tonic wolle – da weder Essen noch Trinken für ihn eine Rolle spielten, ließ er sich nie dazu herab, eine Runde zu holen –, bemerkte er, dass der Freund einen untersetzten Mann neben dem jetzt freien Platz der Raucherin taxierte. Wenn John sich richtig erinnerte, hatte er den ganzen Abend noch nichts gesagt.

»Und ich hätte gedacht, der tote Clochard drüben in Westminster geht auf ihr Konto.« Das brachte der Detektiv ganz nonchalant vor.

»Was?«, »Wie bitte?« und »Welcher Tote?« war zu hören; einige schienen amüsiert über die Unterstellung, andere entsetzt.

»Gleich hinter der Vauxhall Bridge ist gestern Vormittag einer aufgefunden worden«, warf John ein und ging zur Bar.

»Einer weniger«, hörte er den Detektiv hinter sich, die Stimme absolut gleichgültig.

»Sehe ich genauso«, versicherte der Wirt, während er das Ale zapfte.

Das Gemurmel an dem Tisch klang zustimmend.

∗

»Der verdruckste, dickliche Mann, richtig?« Müde lehnte John sich in dem Taxi-Sitz zurück.

»Nein, er hat nur die Facebook-Seite erstellt und seiner Ehefrau zuliebe ein wenig forsch gestaltet. Das war ihm jetzt peinlich. Dann schon eher sie.«

Die Frau? John forschte in seinem Gedächtnis.

»Stressbedingte Neurodermitis.«

Natürlich – sie hatte neben dem Schweigsamen gesessen. Aber wenn man aus jeder psychisch beeinflussbaren Krankheit gleich einen Verdacht konstruieren wollte …

»Oder ihre Freundin ›Maggie Thatcher‹, sie ist eine Kollegin von dir und hätte somit alle Möglichkeiten.«

»Eine Ärztin? Wieso? Ach, egal.« Er wusste, wen der Freund meinte. Auch bei ihm hatte nicht nur die Erwähnung der beinahe gestohlenen

Handtasche, sondern auch das Äußere der Frau Erinnerungen an die »eiserne Lady« geweckt.

»Ihr Blick zu unserer Hautkranken, als die zum Rauchen hinausgegangen ist, war nicht nur der der besorgten Freundin, sondern der besserwisserische der Fachfrau. Er ähnelte deinem, wenn ich ungesunde Gewohnheiten pflege.«

»Schön formuliert.«

»Und dann war da ihr Gesichtsausdruck, als ich von der Übertragung von Krankheiten gesprochen habe. Er sagte: Dumme Bemerkung, du ängstliches schwules Bürschchen, aber mir soll es recht sein, wenn es meine Interessen befördert.«

»Sie könnte auch Krankenschwester sein.« Erschöpft, wie er war, hatte er dennoch das Bedürfnis, dem Freund etwas entgegenzusetzen.

»Kaum. Dann würde sie nicht das Haus am Dolphin Square besitzen.«

Davon hatte sie gesprochen, fiel John wieder ein. Allerdings –.

»Doch, als Ärztin schon«, reagierte Sherlock wieder einmal auf seine Gedanken. »Wenn sie nicht nur für den National Health Service arbeitet.«

*

Obwohl er völlig übernächtigt war, konnte John erst nicht einschlafen in dem schmalen Bett, das zwei Jahre lang seines gewesen war, und am nächsten Morgen wurde er bereits um halb acht wieder wach. Eine Zeitlang wälzte er sich noch von einer Seite zur anderen, dann stand er auf. In Ermangelung eines Morgenmantels zog er eine Strickjacke über seinen Schlafanzug, ging in die Küche und kochte Kaffee.

Gern hätte er Marys Stimme gehört; aber sie genoss jede Gelegenheit auszuschlafen, deshalb wollte er noch ein wenig mit dem Anruf warten. Stattdessen rief er auf seinem Smartphone die *Guardian*-Seite auf, um zu überprüfen, ob es neue Enthüllungen über die EU-Verhandlungen gab. Zum Glück nicht. Dann begann er, das Netz nach Obdachlosen-Hassern zu durchforsten.

Da er kein Facebook-Mitglied war – und nicht beabsichtigte, eines zu werden –, konnte er auf den blau-weißen Seiten nur wenig lesen;

die Seiten, auf denen er landete, nachdem er schlicht »Obdachlose London Probleme« in die Maske einer Suchmaschine getippt hatte, reichten ihm allemal. Für die Botschaften auf Twitter brauchte er keinen Account – auch wenn er wiederholt aufgefordert wurde, sich einen zuzulegen, während er von einem Hassausbruch zum nächsten klickte. Diese Menschen schienen nicht in dem gleichen England zu leben wie er, in einem mit sozialer Grundsicherung und freier medizinischer Versorgung für jeden, sondern sie waren getrieben von der Angst, zu kurz zu kommen. Weil andere etwas bekamen: Ausländer, Flüchtlinge, »Penner«.

Angeekelt goss er sich Kaffee ein, als Sherlock die Küche betrat, seinen bordeauxroten Hausmantel über dem Pyjama, die grauen Augen sehr wach.

»Ja, unsere Freunde von gestern Abend sind vergleichsweise wohlerzogene Aufbegehrende«, meinte er, nachdem er einen Steingutbecher für sich aus dem Schrank geholt hatte. »Aber wir suchen ja auch welche mit gewissen Fähigkeiten.«

»Die Obdachlosen sind alle verschiedenen Infektionen erlegen«, brachte John müde vor. »Meinst du, jemand hantiert da mit unterschiedlichen Erregern?« Schwer vorstellbar, fand er.

Die grauen Augen des Freundes, die ihn über den Rand des Kaffeebechers hinweg betrachteten, schienen amüsiert. »Wieso das?«, fragte er, als er die Tasse abgesetzt hatte.

»Weil du mich gestern gefragt hast, ob ich es für möglich halte, dass das letzte Opfer gezielt mit den Borrelien infiziert wurde!«

»Es ging genau um das: um Wahrscheinlichkeiten«, lautete Sherlocks Antwort. »Du kannst mir gern das eine Gift nennen, das den Anschein erweckt, die Opfer seien verschiedenen Infektionen erlegen.« Er machte eine Pause. »Dann können wir alles andere außer Acht lassen.«

Er hatte es wieder einmal geschafft, dass John sich sehr dumm vorkam. Nein, könne er nicht, entgegnete er knapp.

Natürlich, das war die perfekte Mordmethode für die Stadtstreicher, die ohnehin häufig an Krankheiten litten und keine hohe Lebenserwartung hatten. Sherlock Holmes selbst hatte die Todesfälle zunächst nicht als Morde angesehen!

»Es kommt ein Virus in Frage, das die Abwehrkräfte extrem reduziert, etwas wie HIV«, versuchte John, Boden gutzumachen.

Er erntete ein gnädiges Nicken.

»Auf HIV hast du getestet?«, fragte er, obwohl er Sherlocks »Natürlich« vorhersah.

»Ich suche am Vormittag im Barts weiter«, fügte er hinzu.

»Müssten die anderen Obdachlosen nicht irgendetwas mitbekommen haben?«, fragte John. Er stand auf und holte das restliche Weißbrot aus dem Kühlschrank, klemmte zwei Scheiben in den Toaster.

Der Freund zuckte die Schultern. »Die meisten da draußen leben schon recht autistisch vor sich hin. Aber Shinwell ist unterwegs, mal sehen, was er herausfindet.«

Dann würde er sich intensiver mit der Ärztin vom Vorabend befassen, beschloss John. Und einkaufen. Auch dieses Frühstück würde wieder nur aus Orangenmarmelade auf ungebuttertem Brot bestehen, da Sherlock sich natürlich nicht darum gekümmert hatte, etwas zu besorgen.

»Weißt du mehr über ›Maggie Thatcher‹?«, fragte er den Freund.

»Joanna Lexington«, kam es wie aus der Pistole geschossen. »Diabetes-Expertin am Chelsea & Westminster Hospital, hat außerdem eine Privatpraxis in der Lupus Street, wo sie vormittags Sprechstunden abhält.«

John kündigte an, ihr auf den Zahn zu fühlen: »Als Kollege, der überlegt, sich in der Nachbarschaft anzusiedeln, sollte ich doch etwas herausbekommen.«

Sherlock schien mit den Gedanken woanders. »Wenn du meinst.«

Traute er ihm das nicht zu?

»Zuerst könntest du aber die Londoner Krankenhäuser abfragen, wie es dort mit schwerwiegenden und außergewöhnlichen Infektionskrankheiten aussieht.«

War er jetzt der Sekretär des Meisterdetektivs?

Sherlock trank einen Schluck Kaffee, ließ sich dann zu einer Art bittender Erklärung herab: »Eine Form der Beinarbeit – metaphorisch gesprochen, du kannst es selbstverständlich per Telefon erledigen –, für die du einfach besser geeignet bist.«

*

201 Kliniken zeigte das Verzeichnis ihm für den Großraum London an. Zweihundertundeine! Selbst wenn er mit jeder nur drei Minuten telefonierte, würde ihn das zehn Stunden kosten. Dafür hatte er sich nicht freigenommen.

Er rief Lestrade an.

Sie würden jeweils die Krankenhäuser im Umfeld der Toten befragen, informierte der ihn; dabei seien bislang keine auffälligen Krankheitsverläufe aufgetaucht. Alle Kliniken der Stadt? Auch dem Detective Inspector schien das wenig einzuleuchten, dennoch versprach er, weitere Recherchen anzuordnen.

»Also ist Sherlock doch bereit, sich mit dem Fall zu beschäftigen?« John hörte das Klicken eines Feuerzeugs und das darauf folgende Inhalieren. »Gut. Ich werde Stacey vorwarnen.«

Sofort hatte John wieder Sherlocks Facebook- und Twitter-Seiten vor Augen und das Lachen, mit dem er in Lestrades einfiel, klang etwas verkrampft.

Da er nicht wie Sherlock den Stadtplan von London abrufbereit im Kopf hatte, musste er den guten alten A-Z konsultieren, um die Lupus Street, wo Joanna Lexington ihre Privatpraxis unterhielt, zu lokalisieren. Sie befand sich nicht nur in Pimlico, sondern sogar direkt an der Vauxhall Bridge Road, der Grenze zu Westminster, wo das letzte Opfer gefunden worden war. Das musste doch etwas bedeuten!

Hatte Ettie eigentlich den Todeszeitpunkt bestimmt? Aber der sagte nichts aus, machte er sich klar, solange sie nicht wussten, was mit dem Mann geschehen war. Gut möglich, dass die Kollegin ihm am Morgen vor ihrer Sprechstunde etwas gegeben hatte, was erst Stunden später gewirkt hatte. Die Frage, wie sie das bewerkstelligt hatte, beantwortete er sich selbst mit dem Vertrauen gegenüber Medizinern. Wenn sie sich als Ärztin vorgestellt hatte, die ehrenamtlich Obdachlose betreute, sollte das ausgereicht haben, ihn ein vorgebliches Stärkungsmittel oder dergleichen schlucken zu lassen.

In der Tube rekapitulierte John, was er über das Chelsea & Westminster Hospital wusste: Es war eine moderne Klinik mit sehr gutem Ruf, die zahlreiche Abteilungen für Unterweisungen zu gesunder Ernährung, Rauchentwöhnung und dergleichen unterhielt. Ein Job als Diabetes-Beraterin dort war bestimmt nicht so aufreibend wie seiner auf der Inneren Station des Charing Cross, wo er mehr oder weniger Mädchen für alles war.

Zu welchen Mitteln würde Joanna Lexington Zugang haben? Insulin konnte für jemanden, der nicht an Diabetes erkrankt war, tödlich sein. Aber abgesehen davon, dass es injiziert werden musste, und man die frischen Einstiche gesehen hätte, war es leicht nachweisbar und ließ es nicht so aussehen, als wären die Opfer ihren Infektionen erlegen.

Es gab Erreger, die schwer im Körper nachweisbar waren – vor allem, wenn zwischen Infektion und Untersuchung ein längerer Zeitraum lag. Das erschwerte die Sache zusätzlich.

Und wie sah es eigentlich mit dem Motiv aus?, überlegte er, während er in Green Park in die Victoria-Linie umstieg. War es ein Wahn, die Stadt »säubern« zu müssen? Abschreckung – um die armen Teufel zurück auf die andere Seite der Themse zu treiben?

Schnell fand er an der belebten Lupus Street zwischen einem Raumausstatter und einer Weinhandlung das Schild »Dr. Joanna Lexington – Private GP« neben einer soliden Holztür. Die Kollegin firmierte als Allgemeinmedizinerin.

Er hatte Glück. Die adrette Vorzimmerdame teilte ihm mit, ein Patient habe abgesagt, und er könnte »Joanna« gleich sehen. Ob er wohl die Freundlichkeit hätte, zuerst den Anmeldebogen auszufüllen?

John räusperte sich und gestand ein, nicht krank zu sein, sondern die Ärztin als Kollege sprechen zu wollen. »Wir haben uns gestern auf der Versammlung im Queen's Arms kennengelernt«, fügte er an, als er den abweisenden Gesichtsausdruck der Frau sah.

Die Helferin wusste anscheinend, wovon er sprach, denn nach kurzem Zögern kündigte sie ihn über eine Sprechanlage an, und kurz darauf saß er in einem hellen, sparsam eingerichteten Zimmer der Frau gegenüber, die ihn mehr denn je an Maggie Thatcher erinnerte. Die Frisur wirkte so altmodisch, als sei sie aus den 80ern, die Mimik war streng, der Händedruck zur Begrüßung fast soldatisch.

»Dr. Watson also, sehr angenehm. Ja, ich erinnere mich, Sie waren gestern mit Ihrem Freund bei unserer kleinen Zusammenkunft.« Unbedingte Neutralität bei der Betonung von »Freund«. Nur der Blick aus eisblauen Augen fragte, was er von ihr wollte.

»Genau. Dann erinnern Sie sich vielleicht auch, dass wir erwägen, herzuziehen.«

Das angedeutete Nicken war ungeduldig.

»Aber wir haben eben auch Bedenken. Deswegen waren wir dort.« Er fragte sich, wie die Patienten sich bei dieser Frau fühlten. Bestimmt zitterten die Zuckerkranken, die etwas Verbotenes gegessen hatten, vor der Konsultation. »Ihre Freundin scheint zum Beispiel ziemlich unter der Situation zu leiden«, folgte er einer Eingebung. »Und da mein Freund ebenfalls sehr sensibel reagiert –« Er beendete den Satz nicht.

Joanna Lexington schien zunächst irritiert, fing sich aber schnell wieder. »Kate? Ja, sie nimmt das alles sehr mit. Ich wünschte – aber das tut hier nichts zur Sache.« Eindeutig war sie kurz davor, ihm die Tür zu weisen. »Also, was kann ich für Sie tun? Um die psychische Gesundheit Ihres Freundes kümmern Sie sich ja bestimmt selbst.«

»Ich versuche es.« Ein wahrer Satz, dachte John und überlegte zugleich, ob er weiter bohren sollte, was diese Kate anging und das Verhältnis der Kollegin zu ihr, entschied sich dagegen. »Ich wollte mit Ihnen sprechen, weil ich im Falle unseres Hauskaufs ebenfalls hier eine Praxis eröffnen würde.«

Er hatte es geschafft, sie zu überraschen: »Das ist sehr freundlich. Aber –«,

»Ich würde davon ausgehen, dass wir uns nicht in die Quere kommen. Ich bin Spezialist für Infektionskrankheiten.« Aufmerksam studierte John das Gesicht der Frau, nahm jedoch keine Regung wahr. »Für meine Zeit als Armeearzt in Afghanistan habe ich mich in der Richtung fortgebildet«, fuhr er fort. »Wir hatten es da auch mit seltenen Infektionen wie Borrelia recurrentis zu tun, wissen Sie.«

Nun reagierte die Kollegin. Doch, sie wirkte etwas verschreckt. »Unangenehme Sache«, sagte sie, schien sich dann zu fassen und äußerte ein kerniges »Gesindelkrankheit!«

John murmelte etwas Zustimmendes.

»Wer weiß, wozu es gut ist, wenn Sie sich mit so etwas auskennen. Wenn die Entwicklung so weitergeht. Und«, nun lächelte sie ihn an, »mit einer militärischen Ausbildung müssten Sie ja gewappnet sein, falls es einmal zu Zusammenstößen mit Obdachlosen kommt. Ich habe Sie gestern gleich als sehr handfest wahrgenommen. Was man ja nicht unbedingt so denkt.«

Von Schwulen, vervollständigte John den Satz im Stillen.

»Insofern denke ich, Sie wären auf jeden Fall eine Bereicherung unseres Viertels, lieber Herr Kollege. Fachlich sollten wir uns eher ergänzen, wie Sie bereits sagten. Lassen Sie mich doch bitte wissen, wenn ich Ihnen irgendwie behilflich sein kann.«

4. Kapitel

»Sie sieht mich als einen Verbündeten! Zuerst fühlte sie sich ertappt, dann hat sie sich aber an mein Auftreten gestern Abend erinnert und meine Bemerkung über das Läuserückfallfieber als geheime Botschaft angesehen.«

Sherlocks Blick über sein Mikroskop hinweg war skeptisch. »Beweise?«, fragte er, und John fühlte sich unsanft aus seinem Höhenrausch auf die Erde zurückgeholt.

Nachdem er die Praxis in Pimlico verlassen hatte, war er schnurstracks zum Bart's gefahren, um dem Freund von seinem Gespräch mit der Ärztin zu berichten. Seine Überlegungen waren ihm absolut schlüssig erschienen. Als Indiz blieb allerdings nur die Begeisterung der Kollegin über seine militärische Vergangenheit und sein Verhalten vom Vorabend.

»Ah ja.« Es war nicht zu überhören, dass Sherlock alles andere als überzeugt war. Immerhin fügte er an, dass sie die Frau im Blick behalten sollten.

»Und hast du was herausgefunden?«

Diverse Proben reihten sich auf der Laborarbeitsfläche aneinander, John machte Gewebeteilchen und Flüssigkeiten verschiedener Konsistenz aus.

»Negativ. Bisher alles negativ.« Der Detektiv richtete sich zu seiner beachtlichen Größe auf, dehnte den Rücken, zog dabei eine Grimasse. »Ich habe noch ein paar Kulturen angesetzt, aber insgesamt ist das ein verdammtes Fischen im Trüben.«

Sein Handy klingelte.

»Shinwell, hast du was?«

Er hörte konzentriert zu, von der Nasenwurzel zog sich eine tiefe Falte bis zum Haaransatz.

»Ich weiß, natürlich. Schick's mir rüber, schnell!«

»Er hat einen Zinken aufgespürt am Fundort der letzten Leiche«, berichtete John, während er auf sein Telefon starrte.

Ein leises »Pling« kündigte den Eingang des Bildes an. Sherlock öffnete es. »Interessant«, murmelte er.

»Was für einen Zinken?«, wollte John wissen.

»Eine Warnung« Sherlock hielt ihm das Smartphone hin.

John sah Mauerwerk mit einer schwer erkennbaren Kreidezeichnung eines langgezogenen Rechtecks, darin ein Klecks und eine Schlängellinie. Für ihn sah es aus wie die typischen Schmierereien, die sich überall in der Stadt fanden. »Wieso Warnung?«, fragte er.

Der Freund reagierte nicht, er betätigte die Rückruftaste des Telefons und wies Shinwell an, die Reviere der anderen Opfer auf ähnliche Embleme abzusuchen.

John vermutete, dass er keine Antwort abwartete, denn er drückte das Gespräch sehr schnell weg und wandte sich an ihn: »Schauen wir uns das mal vor Ort an. Hier komme ich im Moment sowieso nicht weiter.«

»Und die Welt der Bildschirme ist dir nicht mehr genug?«, konnte John sich nicht verkneifen, sprach jedoch schon mit Sherlocks Rücken.

*

»Diese Obdachlosen-Markierungen gibt es seit Ewigkeiten. In den USA wurden sie in der Großen Depression viel benutzt, hier von Zigeunern und heute eben von den Clochards«, erklärte der Detektiv in der U-Bahn.

»Und von Gaunern«, ergänzte John, verärgert, dass ihm der Hintergrund der Zinken nicht gleich eingefallen war. »So können Einbrecher wissen, wo etwas zu holen ist. Ganz ohne Facebook.«

Sherlock ging nicht auf die Bemerkung ein, sondern nickte nur und betrachtete noch einmal das Bild auf seinem Smartphone. »Die Bedeutung von dem hier ist eigentlich klar. Allerdings –« Er verstummte und John fragte nicht, was er meinte. Er hatte keine Ahnung, was der Freund aus den Strichen herauslas.

Von der Tube-Station Pimlico aus hatten sie schnell die vielbefahrene Vauxhall Bridge Road erreicht und überquert. Ohne zu zögern wandte Sherlock sich auf der Westminster-Seite nach rechts, bog dann wieder links ein und folgte damit einem Hinweisschild zur Tate Britain. Gleich an der nächsten Ecke blieb er jedoch stehen. »Ponsomby Place« hieß die schmale Straße, an der schlichte, dreistöckige Townhouses aneinandergereiht waren, die Lichthöfe der ehemaligen Dienstboten-quartiere im Souterrain durch schwarze, schmiedeeiserne Geländer vom Bürgersteig abgegrenzt.

Der Detektiv umfasste die Spitzen am Zaun des Eckhauses und schwang sich mit einer kraftvollen Bewegung darüber, ließ sich hinunterfallen in das Geviert mit seinen Blumenkübeln. John blieb unschlüssig stehen. Er war einen Kopf kleiner als der Freund und wollte sich bei der sportlichen Übung nicht lächerlich machen. Verärgert inspizierte er den Hauseingang, ohne jedoch einen einfacheren Zugang zu sehen und blieb so einfach stehen, verfolgte Sherlocks Bewegungen von oben.

Der hatte seine Lupe aus der Manteltasche geholt und war in die Knie gegangen, inspizierte den Betonboden und das verputzte Mauerwerk. Den Zinken sah John an der Stirnseite, er war recht groß, aber arg verschmiert. Bei der geschlängelten Linie schien den Mann die Kraft verlassen zu haben, der Strich brach ab, nur längs hindurch war die Farbe noch ein Stück über das Mauerwerk verwischt. Mit seinen feingliedrigen Fingern strich Sherlock über den porösen Putz und richtete sich auf. »Sehr gut.«

Mit einem bewundernswerten Klimmzug zog er sich am Geländer wieder hoch und sprang darüber, ging zu der dunkelblau lackierten Eingangstür und klingelte. Kurz darauf wurde ihnen von einer jungen Frau mit einem Säugling auf dem Arm geöffnet. Sie trug eine große, rötliche Hornbrille und hatte einen nachlässig gebundenen Pferdeschwanz.

»Sie kommen sicherlich wegen des Wohltätigkeitsdinners?«, lautete ihre Begrüßung. »Ganz ehrlich: Wir haben uns noch nicht entschieden. Es tut mir leid.« Während sie sprach, wiegte sie das Baby sacht hin und her.

»Es geht um Wohltätigkeit, aber um die, die Sie schon geleistet haben«, entgegnete Sherlock.

Nun sah die Frau ihn aufmerksamer an und bat sie hinein. Dem langgestreckten Küchen-Wohnraum merkte man an, dass Menschen mit Geld und Geschmack ihn ausgestattet hatten. Antiquitäten waren mit hypermodernen Möbelstücken kombiniert; ein Gemälde zeigte eine verfremdete Landschaft, und obwohl John nichts von Kunst verstand, nahm er dessen intensive Wirkung wahr.

»Wann werden Sie die nächste Ausstellung kuratieren?«, fragte Sherlock.

Die Hausherrin war geschmeichelt. »Sie kennen mich?«

»Ihre Anselm-Kiefer-Retrospektive hat Furore gemacht in der Stadt.«

John registrierte die vielen Ausstellungskataloge in einem roh behauenen Regal; dazwischen ein gerahmtes Foto eines Mannes mit einem großen, schwungvollen Autogramm. Aber wie kam Sherlock auf den Namen? Hatte er Ahnung von moderner Malerei?

Die Kunstexpertin war rot geworden. »Vielen Dank. Tatsächlich bereite ich gerade eine Exposition mit DDR-Kunst vor. Ein interessantes Feld, das hier bei uns noch kaum bekannt ist.«

»Leipziger Schule«, warf Sherlock ein. Johns Erstaunen wuchs ins Grenzenlose.

»Auch, aber nicht nur.« Die Frau begann zu lachen, wovon ihr Kind erwachte und zu weinen begann. »Entschuldigen Sie, lassen Sie mich nicht damit anfangen, sonst finde ich so schnell kein Ende.« Leise murmelnd wiegte sie das Baby.

»Schade.« Der Detektiv klang angetan von der Kuratorin und sehr charmant. »Aber wir wollen Sie auch gar nicht lange aufhalten. Es geht um den Obdachlosen, den Sie in dem Lichtschacht vor ihren Souterrain-Räumen haben übernachten lassen.«

Nur schwer schien sie sich vom Anblick ihres Kindes losreißen zu können. »Hugh. Ich habe ihn gestern Morgen gefunden und sofort den Notarzt gerufen, aber es war zu spät.« Die grünen Augen zeigten ihre Traurigkeit.

»Er war schon bewusstlos?«, fragte John.

Sie nickte.

Sherlock fragte, wann sie Hugh das letzte Mal davor gesehen hatte.

»Am Montag gar nicht«, kam sofort die Antwort. Natürlich würde die Polizei genau diese Fragen gestellt haben. »Ciara hier hatte Fieber und wir waren überhaupt nicht draußen. Am Sonntag sind wir alle früh zu meinen Schwiegereltern nach Tottenham aufgebrochen, da habe ich noch ein paar Worte mit ihm gewechselt. Als wir spät zurückkamen, hat er geschlafen.« Sie schluckte. »Dachte ich jedenfalls. Wer weiß ...«

»Er hat die Tage vor der Tate verbracht.« Das war eine von Sherlocks Feststellungen.

Die Frau schaukelte Ciara. »Zum Betteln, ja.«

»Aber Sie haben ihm hier auch etwas zu essen gegeben.«

»Nichts Großartiges. Ein Sandwich oder mal einen Teller Suppe. Er war ein lieber Kerl. Auf seine Art. Er war Deutscher, wissen Sie. Eigentlich hieß er Uwe.« Sie buchstabierte den Namen. »Aber das kann hier keiner aussprechen. Witzig bei meinem Spezialgebiet, nicht wahr? Als«, wieder musste sie schlucken, »als hätte er mich ausgesucht.«

John dachte, dass bestimmt jeder Stadtstreicher solch eine herzensgute Frau auswählen würde. Sherlock fragte, was sie sonst noch über den Mann wusste.

Die Antwort war enttäuschend. Er hätte bloß gesagt, er sei rumgekommen in der Welt, aber nun froh, im schönen London zu sein. »Er hatte Humor, wissen Sie. Auch wenn man immer sagt, die Deutschen hätten keinen. Aber warum wollen Sie das denn alles wissen? Die Polizei war doch gestern schon hier.«

»Wir unterstützen die Polizei, gewissermaßen.«

»Aber – egal, es ist ja gut, wenn das so ernst genommen wird. Sie gehen also von Mord aus.«

Sherlock nickte; John wollte wissen, ob Hugh einmal von einem Arzt gesprochen hätte.

»Ein Arzt? Nein. Obwohl, warten Sie, in der Notunterkunft, wo er zum Duschen hin ist und auch geschlafen hat, wenn es zu kalt wurde, da gibt es ab und zu Untersuchungen.«

John kannte das, er hatte sich auch schon an diesen Freiwilligendiensten beteiligt.

Die Frau seufzte. »Wissen Sie, ich wollte ihn ja überreden, sich um eine Wohnung zu bemühen, er war doch zu alt für dieses Leben und so ganz gesund eben auch nicht mehr … Wenn ich nicht da war, um ihn hereinzulassen, ist er an einem Strick in den Lichtschacht hinunter- und wieder hochgeklettert.«

Sherlock nickte, ihm war das klar gewesen, während John damit eine seiner Fragen beantwortet fand.

»Und das fiel ihm manchmal schon schwer. Eine richtige Unterkunft wäre doch viel einfacher gewesen für ihn.« Sie biss sich auf die Unterlippe. »Ich wäre auch mit ihm auf die Ämter gegangen, aber das wollte er nicht. »Dafür bin ich versaut, hat er gesagt, und sich dann gleich für den Ausdruck entschuldigt.« Sie schüttelte den Kopf. »Wer weiß …«

»Es war seine Entscheidung«, stellte Sherlock fest, aber für seine Verhältnisse hörte es sich regelrecht einfühlsam an.

*

»Hätten wir nicht die Nachbarn noch befragen sollen?«, fragte John, als Sherlock mit entschiedenen Schritten an den Backsteingebäuden der Kunsthochschule entlang in Richtung Tate ging. »Sie könnten verärgert gewesen sein, dass Hugh bei der Frau so freundlich aufgenommen wurde.«

»Nein, sie sind miteinander befreundet«, murmelte Sherlock.

Es lohnte nicht, zu rekonstruieren, wie der Freund diese Erkenntnis gewonnen hatte, beschloss John. Etwas würde in dem Haus gewesen sein, eine Postkarte, ein Foto, eines dieser kleinen Dinge, die fast immer seiner, aber nie Sherlocks Aufmerksamkeit entgingen. Die Bemerkung der Hausherrin, dass Hugh nicht ganz gesund gewesen war, beschäftige ihn noch. Aber die Vorerkrankungen würde Ettie herausgefunden haben.

»Wir müssen seinen Freund aufspüren«, drang die Stimme des Detektivs in seine Gedanken.

»Einen bestimmten?«

»Hypothese. Wenn jemand solch einen fantastischen Platz hat, erzählt er das nicht groß rum. Aber er wollte einen anderen Clochard warnen. Der den Zinken in der Zwischenzeit vermutlich auch schon gesehen hat.«

Es half nichts: »Und was war nun die Warnung?«

»Du hast Äskulapstab nicht erkannt?« Sherlock wirkte ernsthaft erstaunt.

Das altgriechische Symbol der Heilkunst? Unwillkürlich schüttelte der Arzt den Kopf: »Die Schlängellinie soll die Schlange sein? Aber ein Stab war überhaupt nicht da.«

»Natürlich. Der Längsstrich, den er mit letzter Kraft noch angedeutet hat.«

John vergegenwärtigte sich noch einmal die Markierung. »Meinetwegen. Aber wo war nun die Warnung?«

»Gut, das musst du nicht wissen.«

»Sehr gnädig.« Er hasste es, wenn der Freund ihn wie einen Schuljungen behandelte.

»Das Rechteck mit dem Punkt steht für Gefahr.«

»Aber dann deutet doch wirklich alles auf unsere Maggie Thatcher hin!« John war stehengeblieben. Rechts von ihnen führte bereits die Atterbury Street zum Seiteneingang der Tate.

Sherlock hatte die Augen zusammengekniffen; die strahlende Nachmittagssonne wurde von dem hellen weißen Stein des langgezogenen Museumszugangs reflektiert. »Das wäre etwas arg einfach.«

John hätte ihn schütteln können. Durfte nicht auch einmal etwas einfach sein? Er würde weiter über die Kollegin nachforschen. Das war immerhin sein Gebiet, hier würde er etwas herausfinden, worauf der Detektiv nicht so einfach kam.

Der steuerte auf einen Stadtstreicher zu, der direkt an der Ecke saß, vor sich einen Pappbecher von MacDonalds. Er suche Hughs Freund, sprach Sherlock ihn ohne Umschweife an, in der Hand eine Fünf-Pfund-Note.

»Und wenn ich das wäre?«, fragte der Mann zurück.

»Wurdest du nicht so seelenruhig hier sitzen, nehme ich an.«

Der Bettler ließ einen Moment verstreichen, nickte dann bedächtig. »Okay, hast recht. Martin habe ich zuletzt gestern früh gesehen.«

Im Austausch mit dem Geldschein nannte er ihnen diverse Plätze, an denen Hughs Freund sich aufhalten könnte, und die sie nacheinander abklapperten. Erfolglos. Eine reichlich elende Frau in Holborn war überzeugt, dass Martin das nächste Opfer des Killers geworden war, vor dem sich mittlerweile alle fürchteten.

»Wem haben wir denn was getan? Sag mir das! Wem tun wir was?« Mit blutunterlaufenen Augen starrte sie die beiden Männer an.

»Sag du's mir, dann kann ich euch helfen«, erwiderte Sherlock.

*

Am frühen Abend waren sie wieder in der Baker Street, John erschöpft und hungrig, Sherlock ruhelos. Wie ein eingesperrtes Raubtier schritt er im Wohnzimmer auf und ab, während John in der angrenzenden Küche die Lebensmittel auspackte, die er auf dem Rückweg – Sherlock war bereits in die Wohnung vorgegangen – im Tesco Express in der Melcombe Street gekauft hatte.

Die nervöse Energie, die den Freund antrieb, wenn ein Fall ihn herausforderte, war immer wieder beeindruckend. Dabei war er konzentriert wie ein Schachgroßmeister vor dem Spielbrett, und das momentane Feststecken stellte eine persönliche Niederlage dar.

Johns Vermutung, dass er sich Sorgen um diesen Martin machte, hatte er mit einer ungeduldigen Handbewegung beiseitegewischt. Es ginge nicht um einzelne Menschen, hinter der Todesserie stünde etwas Großes, Gefährliches.

»Es gibt grüne Bohnen mit Lammkoteletts«, verkündete John durch die offene Tür.

Sherlocks Antwort bestand in einigen dissonanten Geigentönen. Als John schwer bepackt die Wohnung erreicht hatte, hatte der Detektiv vor seinem Laptop gestanden und in schnellem Wechsel verschiedene Seiten aufgerufen, das Gerät dann mit einem frustrierten Stöhnen zugeklappt.

Die Geräuschkulisse im Wohnzimmer blieb nervtötend. Als die Kartoffeln kochten, gönnte John sich ein kleines Glas Whiskey. Die mit einer dicken Staubschicht bedeckte Flasche stammte noch aus der Zeit, als er Sherlocks Mitbewohner gewesen waren. Damals war er das Verhalten des Freundes gewohnt gewesen. Nun kam er nicht umhin, daran zu denken, wie Mary und er Probleme angingen. Gemeinschaftlich, als Team. Aber man konnte den Detektiv nicht mit anderen Menschen vergleichen, das funktionierte nicht.

Er nutzte die Zeit, seine Liebste anzurufen und genoss es, ihre Stimme zu hören. Allerdings waren die Freundinnen auf dem Weg ins Kino, und so musste er sich schon bald wieder verabschieden.

Der Küchentisch sah zu unappetitlich aus, um darauf zu essen, also trug er die Teller nach nebenan. Sherlock stand reglos am Fenster und schaute auf die Straße.

»Endlich!«, rief er aus.

»Schneller kann man kaum etwas kochen«, entgegnete John.

Erst jetzt wandte der Freund sich um; sein Blick war irritiert. »Shinwell hat Martin aufgetrieben. Sie werden gleich oben sein. Nicht, dass er uns in dem Zustand viel nutzen wird …«

Noch vor der Tate hatte Sherlock den Informanten angerufen und ihn ebenfalls auf den verschwundenen Obdachlosen angesetzt. Er war offenbar erfolgreich gewesen. Aber war Hughs Freund nun tatsächlich das nächste Opfer geworden? Schnell stellte John die Teller auf den Couchtisch und schnitt ein Stück von seinem Kotelett ab, um sich zu stärken, wenn er gleich Erste Hilfe leisten musste.

Der hochgewachsene, dünne Shinwell hatte einen deutlich kleineren Mann umfasst, fast schien er ihn zu tragen. Martin taumelte mit vornübergesacktem Oberköper, sein Kopf hing so weit nach unten, dass das Kinn fast auf der Knopfleiste der schmutzigen Jacke lag. Eilig ging John ihnen entgegen, griff nach dem linken Arm des Mannes und legte ihn sich über die Schulter, ignorierte den strengen Geruch, wollte ihn zu Sherlocks Klientensessel führen.

Den der Detektiv in diesem Moment mit einem kraftvollen Tritt in ihre Richtung beförderte. »Tolle Strategie, mit Angst umzugehen!«, schnauzte er. »Sich komplett angreifbar machen, unfähig zu reagieren. Brillant!«

John war zunächst zu sehr auf seine gewohnten Abläufe konzentriert, um zu realisieren, was der Freund meinte. Erst als er Martins winzige Pupillen wahrnahm, wurde es ihm klar.

Der Blick des Stadtstreichers irrte ohne Fokus von dem Arzt vor ihm zu den anderen im Raum. Sein Gesicht trug die abgezehrten Züge langjähriger Entbehrungen, so dass es schwer war, sein Alter zu schätzen. Um die 50, dachte John.

»Du hast gesagt –«, adressierte der Mann Shinwell. Er hatte einen harten Akzent; vermutlich stammte er ebenfalls aus Deutschland.

Der Informant legte ihm die Hand auf die Schulter. »Ja, ich habe ihm gesagt, dass du Verständnis für Junkies hast!«, herrschte er Sherlock an. »Und ihm helfen wirst.«

Der Detektiv riss seinen Teller vom Tisch und hielt ihn Hughs Freund hin. »Iss was, damit du wieder zu Sinnen kommst!«

Mit einer fahrigen Bewegung griff der Mann nach dem Teller und schob sich ein paar Bohnen in den Mund. Sherlock und Shinwell starrten sich an. Nachdem John sich vergewissert hatte, dass dem Mann keine Lebensgefahr drohte, kehrte er zu seiner Mahlzeit zurück und aß ein paar Bissen im Stehen. Im Raum herrschte eine unangenehme Stille.

Endlich räusperte Sherlock sich. »Wie lange warst du clean?«

»Knapp einen Monat. Hugh, er hatte mir einen Flug in die Heimat versprochen, wenn ich –«,

»Ich wusste es!«, fiel Sherlock ihm ins Wort.

Im gleichen Moment klingelte sein Telefon. Nach einem unwilligen Blick aufs Display nahm er das Gespräch entgegen: »Lestrade! Der nächste? Wir kommen.«

Noch während er der Antwort des Detective Inspectors zuhörte, bedeutete er Shinwell, mit Martin in der Wohnung zu bleiben.

*

»Hampstead?« John dachte, er hätte sich verhört. Zum Glück hatten sie direkt vor dem Haus ein Taxi erwischt.

»West Hampstead«, korrigierte Sherlock. Nervös knetete er seine langen Finger, starrte in den fast dunklen Himmel über dem Regent's Park und schwieg. Bis Johns Handy klingelte. »Sag meinem Bruder, dass ich für seine eitlen Regierungsgeschäfte keine Zeit habe.«

Natürlich hatte er wieder richtig gelegen. Mycroft Holmes begrüßte John mit der ihm eigenen Mischung aus Freundlichkeit und Herablassung, setzte dann an: »Ich weiß, dass Sie beide gerade unterwegs sind in den gediegenen Nord-Westen unserer schönen Stadt.«

John reagierte nicht, auch wenn er am liebsten laut aufgeschrien hätte, warum jeder außer ihm ständig alles im Voraus wusste.

»Das wäre eine überaus günstige Gelegenheit für Sherlock, einmal bei Sir Mortimer vorzusprechen, der in Brüssel, nun ja, eine gewisse Rolle spielt. Immer schon gespielt hat. Sherlock wird schon –«,

Nun wurde es John doch zu viel: »Warum sprechen Sie nicht selbst mit Ihrem Bruder, verdammt noch mal?«

Aber er kannte die Antwort schon. Nicht nur, dass Sherlock neben ihm entschieden den Kopf schüttelte; Mycroft teilte ihm mit, dass der Freund seine Anrufe ignoriere.

»Könnt ihr eure Kindergarten-Spielchen bitte ohne mich spielen?«, herrschte John Sherlock an, nachdem er das Gespräch beendet hatte.

»Alfred Mortimer, richtig?«, lautete die Entgegnung.

5. Kapitel

Die Leiche lag am Eingang des S-Bahnhofs an der Hauptstraße von West Hampstead, dem bodenständigeren Viertel neben dem Prominenten-Wohnort Hampstead. Es handelte sich um eine zierliche Frau Anfang 30 in erstaunlich guter Kleidung. Sie war schön gewesen, mit langen, pechschwarzen Haaren.

Zwei Ermittler der Spurensicherung hatten gerade ihre Arbeit an der Toten abgeschlossen, einer händigte Detective Sergeant Stacey Hopkins einen verschlossenen Plastikbeutel aus. Eine unförmige Tasche steckte bereits in einem großen, durchsichtigen Behälter.

Lestrade nickte Sherlock und John zu.

»Warum haben Sie nicht gewartet, bis ich hier bin?«, giftete der Detektiv mit Blick auf die Beamten in Schutzkleidung.

»Weil es festgelegte Abläufe einzuhalten gibt«, belehrte Hopkins ihn.

Ohne sie zu beachten, beugte Sherlock sich über das Opfer. »Lag sie so hier?«

Lestrade bestätigte, dass die Frau nicht bewegt worden war, sondern genau so auf der Seite gelegen hatte, die Beine wie in einem Krampf angewinkelt.

John hockte sich neben Sherlock und versuchte, etwas aus den zarten Zügen herauszulesen. Die Gesichtshaut war gräulich, das Gesicht schmerzverzerrt. Gut möglich, dass wieder ein Organversagen vorlag. Er schob die Ärmel ihres Blazers hoch und überprüfte die Arme auf Einstichstellen. Die Haut sah makellos aus. Sherlock inspizierte ihr Gesicht, strich fast zärtlich über ein Ohrläppchen, an dem John nun auch ein Loch wahrnahm, dann die Schultern entlang bis zu ihren Händen; öffnete Jacke und Bluse, begutachtete ihre Unterwäsche.

»Ein Glücksfall«, sagte er schließlich. »Sie war kaum einen Monat auf der Straße und wurde noch nicht durchsucht und bestohlen.« Er richtete sich auf. »Darf ich?« Er griff nach der Plastiktüte, die Sergeant Hopkins ihm widerstrebend überließ, drehte und wendete sie. »Sie hatte hier ihr Revier: Da ist eine Bonuskarte des Sandwich-Ladens gegenüber.«

Eine Obdachlose mit Bonuskarte? John schaute ebenfalls auf den Beutel. Hatte sie vielleicht auch noch eine Oyster Card, um mit der U-Bahn in London herumzufahren? Er erkannte ein schmales Portemonnaie.

»Jede Wette, dass da noch ein Handy ist!« Mit einem Schritt war Sherlock bei dem Mann, der gerade die versiegelte Tasche wegtragen wollte.

»Das wird erst im Labor untersucht«, wehrte der ihn ab.

Sherlock schoss einen Blick auf Lestrade ab, der mit verschränkten Armen an die Wand gelehnt stand.

»Geben Sie ihm Schutzhandschuhe und lassen Sie ihn nachschauen.«

Entrüstet blickte Stacey Hopkins ihren Chef an und John musste wieder an Sherlocks Internetseiten mit ihrem Bild denken. Es war absolut unangemessen, aber in diesem Moment fand er es witzig.

Der Detektiv beugte sich über die Tasche und beförderte ein paar Kleidungsstücke hervor, darunter einen Schal, der nach echtem Kaschmir aussah, und einen leichten Regenmantel. Er legte alles im Innern des voluminösen Plastikbeutels ab. Ein Kulturbeutel tauchte auf, und John, der keine Handschuhe hatte, bat den Freund, ihm den Inhalt zu zeigen. Vielleicht fanden sie dort Medikamente. Das Täschchen barg jedoch nur Waschzeug, Zahn- und Haarbürste, Zahnpasta und drei Cremetuben. Die Frau und ihr Besitz erweckten eher den Eindruck, dass da jemand einem modernen Alltag entkommen wollte in einer Art Abenteuerurlaub als den von Obdachlosigkeit. Er taxierte die Wände in der Nähe. Vielleicht hatte sie ebenfalls noch eine Markierung hinterlassen.

»Na also!« Sherlock hielt ein Smartphone in der Hand. »Das nehme ich mit.«

»Das geht nicht, Guy!« Stacey Hopkins war außer sich.

»Ich bringe es Ihnen morgen früh in die Baker Street, nachdem die Kollegen ihre Chance hatten.« Lestrade nickte den Männern von der Spurensicherung zu.

»Ihr Problem, wenn dank der Verzögerung ein weiterer Clochard ins Gras beißt!«, giftete Sherlock.

»Hättest du dich früher aus deiner Höhle herausbewegt, stünden wir jetzt vielleicht nicht hier!«, zischte John ihm zu.

Den Unterkiefer vorgeschoben, die Miene versteinert, steckte der Detektiv das Telefon zurück in die Tasche und überließ diese den Männern. »In der Geldbörse dürften Sie ein paar Pfandscheine finden«, verkündete er in beißendem Tonfall. »Da haben Sie morgen auch ein bisschen was zu tun.« Das ging an Sergeant Hopkins.

∗

»Also ist die Finanzkrise so schlimm, dass sogar betuchte Einwohner aus Hampstead obdachlos werden?«, fragte John im Taxi. Er würde die unglaubliche Äußerung des Freundes an Lestrade nicht noch einmal aufgreifen.

Immerhin hatte Sherlock die Maßregelung akzeptiert. »Vermutlich schon«, setzte er an. »Aber die Frau kam nicht von dort; sie hat sich die Gegend extra als Revier ausgesucht, weil sie dort niemand kennt, sie sich aber trotzdem sicher fühlte – unter ihresgleichen, gewissermaßen.«

»Was aber nichts gebracht hat«, erinnerte John.

Sherlock schwieg, begann dann urplötzlich herunterzurattern: »Sie hat ihren gut verdienenden Mann für einen Liebhaber verlassen, mit dem sie sich dann aber schnell zerstritten hat. Dann war sie auf sich allein gestellt. Sie war Filmemacherin, Freiberuflerin, und bald finanziell am Ende. Natürlich hat sie sich geschämt. Sie dachte, vor dem Winter bekommt sie einen Auftrag oder kommt so irgendwie an Geld und ist wieder weg von der Straße.«

Im Dunkel des Taxis starrte John ihn an. So sehr er immer versuchte, Sherlocks Methoden anzuwenden, so wenig hatte sich ihm davon erschlossen.

»Wer in solchen Dessous auf der Straße landet, hatte vorher eine heiße Liebesaffäre.« Er genoss es, seine Erkenntnisse vor ihm auszubreiten, das wusste John. Aber er gönnte es ihm, wenn die Schlussfolgerungen so faszinierend waren.

»Ihre Kamera hatte sie bereits versetzt, ebenso wie den Schmuck. Was sie trug, war teuer, aber es war die Art Kleidung, die Künstler tragen. Künstler, die draußen arbeiten – zwar schick, aber auch warm und praktisch. Wäre sie Malerin oder Bildhauerin gewesen, hätte man das an den Händen erkannt. Bleibt Film. Sie hatte Haltungsschäden durch das Hantieren mit der schweren Kamera – Einzelkämpferdasein als Filmemacherin.« Sherlock machte eine Pause. »Und dann war da noch diese Visitenkarte einer Produktionsgesellschaft in ihrer Tasche.« Er wedelte mit etwas weiß Schimmerndem herum.

»Und du meinst, Lestrade und Hopkins haben genug zu tun, auch wenn du ihnen das vorenthältst?«

»Bei ihrer Arbeitsgeschwindigkeit allemal.«

Sie hatten die Baker Street erreicht und der Detektiv stürmte die Treppe in den ersten Stock hoch. John folgte ihm langsamer. Die Luft im Wohnzimmer war mittlerweile erfüllt von dem muffig-sauren Geruch der Obdachlosigkeit – den die Frau, wie John jetzt klar wurde, nicht ausgeströmt hatte. Martin hockte wie ein Häufchen Elend auf dem Sofa. Shinwell hatte den Londoner Stadtplan an der Wand aufgehängt und ihn mit etlichen bunten Nadeln versehen. Auf dem Tisch standen die beiden Teller, leer.

»Wofür hat Hugh Geld bekommen?«, überfiel der Detektiv den Stadtstreicher.

Verunsichert sah Martin ihn an. »Was?«

»Er hatte dir einen Flug nach Deutschland in Aussicht gestellt, wenn du clean bleibst. Wie wollte er das finanzieren?

Der Obdachlose zog die Schultern hoch. »Hat er nicht gesagt.«

»Diesen Zinken hast du gesehen?« Er hatte auf seinem Smartphone das Bild der Markierung von Hughs Platz aufgerufen.

Der Mann nickte. Die Wirkung des Heroins war vergangen, bald würde er Entzugserscheinungen bekommen.

»Weißt du, worauf er damit anspielt? Wofür das hier steht?« Sherlock tippte auf die Schlängellinie.

Wie in Zeitlupe schüttelte Martin den Kopf und presste heraus, dass er bloß das Symbol für Gefahr erkannt hatte.

»Wäre ja auch zu schön gewesen«, sagte der Detektiv und wandte sich übergangslos Shinwell zu: »Gute Übersicht. So wird es noch einmal ganz klar.«

John presste die Kiefer aufeinander. Er würde nicht fragen, was klar war. Stattdessen hakte er noch einmal bei dem Stadtstreicher nach: »Hattet ihr mal mit einer Ärztin zu tun, die Maggie Thatcher ähnelt?«

Shinwell drehte sich interessiert grinsend um, Martin verneinte. In einer Notunterkunft würde eine Ärztin Freiwilligendienste leisten, die aber ganz anders aussehe.

»Nicht wie die Eiserne Lady, sondern wie ein Engel. Das ist sie auch für uns.« Es handele sich um eine Deutsche, fügte er noch hinzu.

Sherlock gab ein ungeduldiges Geräusch von sich und winkte John zu sich. Sieben bunte Nadeln steckten verstreut auf der großen Fläche des kleinteiligen A-Z-Plans – in Hackney im Nordosten, in New Cross und Parsons Green im Süden und überall dazwischen. Sherlock platzierte eine weitere am Bahnhof in West Hampstead, damit waren die vier Himmelsrichtungen markiert. »Was siehst du?«

Sollte er jetzt wie ein Schuljunge vorgeführt werden? »Ganz London ist abgedeckt«, stellte John widerstrebend fest.

»Nirgendwo zwei nahe beieinander, immer sind etliche Tube-Stationen zwischen den Opfern«, präzisierte Sherlock.

John zuckte die Achseln.

»Womit eindeutig ist, dass unsere Maggie Thatcher aus dem Rennen sein dürfte. Sie ist vielleicht wahnsinnig genug, in ihrer direkten Umgebung Säuberungsaktionen vorzunehmen, aber bestimmt nicht so besessen, das in ganz London zu tun.«

Wie konnte der Detektiv sich da so sicher sein? Aber John musste zugeben, dass es plausibel klang.

»Siehst du nun, dass es wichtiger gewesen wäre, die Infos aus den Kliniken einzuholen?«

So souverän wie möglich antwortete John, dass er das delegiert habe.

»Gut, ist ohnehin reine Statistik.«

»Die Opfer kannten sich nicht«, meldete Shinwell sich zu Wort. »Kaum jemand bewegt sich so weit von seinem Kiez weg. Warum auch.«

»Logisch«, fand Sherlock, um sofort das Thema zu wechseln. »Wie viele von euch haben ein Smartphone?«

John dachte, er hätte sich verhört. Die tote Frau in West Hamstead hatte eines gehabt, aber sie schien ja auch ein Sonderfall gewesen zu sein.

Shinwell Johnson schien es nichts auszumachen, weiter als Stadtstreicher angesprochen zu werden. Er antwortete ohne Zögern: »Etwa die

Hälfte. Für die, die frisch rausgefallen sind aus dem sozialen Netz, ist es die letzte Verbindung zu ihrem bürgerlichen Sein, andere besorgen sich ein gebrauchtes mit Prepaidkarte. Und natürlich zirkulieren jede Menge Gestohlene.«

Keine dieser Feststellungen überraschte Sherlock. Natürlich nicht. »Hatte Hugh eines?«, fragte er Martin.

»Ja. Es ist ihm aber am Sonntag geklaut worden. Da war er noch stocksauer.« Er begann zu zittern, obwohl er seine dicke Jacke anbehalten hatte.

»Bei den anderen Opfern sind auch keine mehr gefunden worden – spätestens nach ihrem Tod gestohlen. Deshalb ist die Frau ja solch ein Glücksfall.«

Ohne ein weiteres Wort verschwand Sherlock in sein Schlafzimmer, kehrte nach kurzer Zeit zurück und drückte Martin einen Tablettenstreifen in die Hand, sagte dabei etwas Unverständliches, vermutlich auf Deutsch.

»Ich brauche jetzt meine Ruhe«, verkündete er dann an niemand Bestimmtes gerichtet.

Der Obdachlose würgte zwei Pillen herunter. Shinwell ging widerspruchslos zur Tür, bedeutete Martin, sich ihm anzuschließen. »Gehabt euch wohl«, verabschiedete er sich von Sherlock, deutete ein Verbeugung in Johns Richtung an: »Dr. Watson.«

Noch bevor sie aus der Wohnung waren, hatte der Detektiv seinen Laptop aufgeklappt. John war versucht, nach den Tabletten zu fragen, sagte dann aber nichts, sondern ging in die Küche, um sich ein Sandwich zu machen.

Zurück im Wohnzimmer blickte er Sherlock über die Schulter und erkannte die Facebook-Seite; der Freund hatte etwas in ein rechteckiges Feld neben Stacey Hopkins' Bild getippt und klickte auf den blauen »posten«,-Button, drehte sich dann zu ihm um, wobei er den Monitor verdeckte.

»Warum sind wir eigentlich überhaupt gestern nach Pimlico?« John hatte den Eindruck, dass der Freund die ganze Zeit von einem großen, London umspannenden Verbrecher-Netzwerk ausgegangen war, und fühlte sich blamiert.

»Um irgendwo anzusetzen«, antwortete Sherlock friedlich. »Auch wenn du es gern glauben willst: ich kann nicht hellsehen. Es braucht doch immer wieder die elende Beinarbeit.« Er hielt inne, sein Blick schweifte zu dem Sandwich in Johns Hand. »Und ich könnte mir vorstellen, dass wir heute noch einmal raus müssen. Also mach ein Nickerchen oder koch dir ein neues Abendessen, aber halte dich bereit.« Ohne eine Antwort abzuwarten, wandte er sich wieder dem Bildschirm zu und betätigte ein paar Klicks.

∗

»Auf, auf! Das Spiel geht weiter.«

Im fahlen Licht der durch das Fenster hereinscheinenden Straßenlaterne hatte John Mühe, Sherlocks Silhouette wahrzunehmen. Er war wirklich eingeschlafen, obwohl er sich bloß ein paar Minuten auf seinem Bett ausruhen wollte. Wobei ihn das Leck bei den Brexit-Verhandlungen beschäftigt hatte. Mühsam richtete er sich auf und sprach den Gedanken aus, den er im Wegdämmern gehabt hatte:

»Könnte nicht deine Freundin bei der BBC dir helfen, den Informanten des *Guardian* ausfindig zu machen?« Noch immer hörte sich das Wort Freundin im Zusammenhang mit Sherlock falsch an.

»Deb? Vielleicht, ja. Aber jetzt beeil dich – wir müssen auf eine Party!« Damit war er bereits aus dem Zimmer.

Mit der Rettung des Vereinigten Königsreich konnte man sich vermutlich Zeit lassen. Fahrig stolperte John hinter Sherlock her in den Flur und aus dem Haus, in Richtung Marylebone Road. Es war eine der seltenen Gelegenheiten, wo er froh war über die Taxi-Vorliebe des Freundes, so konnte er auf der Rückbank langsam wach werden.

Bei aller Müdigkeit spürte John die nervöse Energie, die Sherlock ausstrahlte, und fragte sich, ob er etwas genommen hatte. Kokain, sein altes Laster? Er versuchte aus dem scharf gezeichneten Profil mit dem kantigen Kinn und der langen, schmalen Nase etwas herauszulesen, vergeblich, da er die Augen nicht klar sehen konnte.

Es war eine kurze Fahrt; über die Gower Street erreichten sie das Univiertel Bloomsbury.

»Gehen wir auf eine Studentenfeier?« Es gab kaum etwas, wozu John mit seinen 36 Jahren weniger Lust gehabt hätte als auf ein jugendliches Saufgelage mit albernen Witzen.

»Sei nicht so misanthropisch«, stichelte Sherlock. »Wir mischen uns unter junge Forscher. Es wird dir gut tun, mit dem frischen Geist von Jungakademikern zu tun zu haben.«

John wollte entgegnen, dass er praktizierender Arzt war und kein Wissenschaftler, dann aber siegte seine Neugierde, was für eine Informationsquelle der Freund aufgetan hatte.

Das Taxi hielt vor einem Sandsteingebäude im weniger schicken Teil des Viertels am Uni-Krankenhaus; Sherlock sprang heraus und überließ es ihm zu zahlen, während er bereits mit ausholenden Schritten zur Haustür stürmte und klingelte. John schaffte es gerade noch, hinter ihm das Gebäude zu betreten, bevor die Tür wieder zufiel, gab sich dann aber keine Mühe, im Treppenhaus an seinen Fersen zu bleiben.

Im dritten Stock stand die Wohnungstür offen, lautes Stimmengewirr drang heraus, schon im Flur traf er auf eine Gruppe von drei jungen Männern. Sherlock sah er nicht.

John deutete einen Gruß an, aber das Trio nahm ihn gar nicht wahr, also begab er sich in Richtung des höchsten Geräuschpegels. Die Wohnung ähnelte Sherlocks in der Baker Street: solide Altbausubstanz, durchaus sanierungsbedürftig, aber sehr heimelig. Abgezogene Holzdielen und rau verputzte Wände kündeten vom Geschmack der Bewohner, die erstaunlicherweise altmodischen Jazz hörten, wie er feststellte, als er sich im Wohnzimmer inmitten von knapp 20 Menschen wiederfand. Ella Fitzgerald hatte kaum eine Chance gegen die diversen Gesprächszirkel, die sich zusammengefunden hatten, dennoch probierten zwei Frauen und ein Mann vor einer Box träge Tanzbewegungen. An einer Seite war auf einem halbhohen Regal eine Bar eingerichtet. Gin schien besonders angesagt zu sein, gleich drei verschiedene Flaschen gab es, gerade bediente ein bärtiger Mann sich aus einer.

Sherlock stand daneben und schaffte es trotz seines dunklen Trenchcoats inmitten der Gäste, die allesamt etwa zehn Jahre jünger waren und Kapuzenpullover oder T-Shirts mit Aufdrucken von Comichelden sowie in auffälliger Anzahl Wollmützen trugen, nicht aufzufallen. Er schien sich weniger für die Trinkgewohnheiten als für ein hohes Bücherregal gegenüber zu interessieren. Oder für die junge Frau im knappen Minirock und Schnürstiefeln davor? John bahnte sich einen Weg zu ihm.

»Schon wieder Deutsche«, bemerkte der Detektiv.

»Die Frau?«

»Auch. Und eine der Bewohnerinnen.«

John nahm eine Flasche zur Hand. Rhabarber-Gin, las er auf dem Etikett. Er goss sich einen kleinen Schluck in ein Glas.

»Eine Deutsche, die sich diese teuren Modegetränke leisten kann«, versuchte er, mit dem Freund mitzuhalten. »Das Pfund ist wirklich im Keller.«

»Gar keine so schlechte Schlussfolgerung«, meinte Sherlock gönnerhaft. »Immer vorausgesetzt, sie bekommt ihr Gehalt oder ihr Stipendium in Euro. Aber die Flaschen waren Mitbringsel. Wohingegen die Buchrücken verraten, dass hier Briten, Amerikaner und Deutsche leben.«

John probierte den Gin, er schmeckte sehr gut.

Sherlock lieferte ungefragt die Erklärung für seine Feststellung: »Die englischen und US-amerikanischen Buchrücken sind so bedruckt, dass man zum Lesen den Kopf nach rechts dreht, dabei sehen die amerikanischen marktschreierischer aus. Die deutschen sind in die andere Richtung ausgerichtet. Die Frau ist von links nach rechts an dem Regal entlanggegangen: in einer deutschen Bibliothek kann man so problemlos alle Titel lesen, für die englischen musste sie aber immer wieder ihren Kopf drehen.«

»Cool, Mann!«, fand der bärtige Gintrinker. Er jedenfalls war nicht deutsch, sondern so schottisch, dass John Probleme hatte, ihn zu verstehen. Was vielleicht auch an den Schnäpsen lag, von denen ihr Gegenüber schon einige durchprobiert haben dürfte. »Neuer Prof? Tschuldigung: Lukas«, er streckte erst Sherlock, dann John eine schmale Hand entgegen. »Bin der Freund von Leonie, der Deutschen, die hier wohnt, genau.«

»Nein, ich arbeite nicht an der Uni, aber danke für die Blumen«, sagte der Detektiv und nannte ihre Namen. »Uns hat Dennis gesagt, wir sollen doch mal vorbeischauen«, behauptete er nonchalant. »Du weißt schon, Dennis Jones.«

»Klar, der ist aber gar nicht da, oder?« Er ließ seine Blicke durch den Raum schweifen.

Er hätte ihn auch noch nicht gesehen, gab der Detektiv zu. »Aber wer weiß, wenn er handfesten Ergebnissen auf der Spur ist, hat er die Party bestimmt vergessen.«

Lukas lachte kehlig. »Kann gut sein, stimmt. Ich hab ihn ewig nicht gesehen. Kommt er denn voran?«

»Ich denke schon.«

»Hatte ja ganz schön Schwierigkeiten in letzter Zeit mit der weiteren Finanzierung –« Er brach ab und winkte einer Frau mit roten, langen Haaren zu, machte sich mit einem »man sieht sich« auf den Weg zu ihr und fiel geradezu in ihre Arme, küsste sie leidenschaftlich.

»Wer ist dieser Dennis?«, fragte John. »Und an was forscht er?«

Sherlock hatte die offene Rhabarber-Gin-Flasche zur Hand genommen und roch daran, stellte sie zurück auf das Regalbrett. »Jemand, dessen Spur ich aufgenommen habe«, begann er, als ein aschblonder, gedrungener Mann in ihrem Alter vor ihnen auftauchte.

»Sherlock Holmes! Das gibt es ja nicht. Was machst du denn hier?«

»Feiern, was sonst? Hallo Carl.«

Der Mann brach in schallendes Gelächter aus. »Das wäre ja mal ganz was Neues!« Er wandte sich zu John um und streckte ihm die Hand entgegen. »Carl Janners. Wir haben zusammen studiert, dieser Kerl und ich. Sie sind sein – Freund?«

»John Watson. Wir sind befreundet, ja.«

»Wie auch immer. Freut mich, da fühle ich mich hier nicht ganz so uralt. Meine Forschungsgruppe hat sich sowieso bloß verpflichtet gefühlt, mich einzuladen.«

Sherlocks Augen verengten sich zu Schlitzen. »Forschungsgruppe? Wo?«

»Ja, das war schon früher seine Vorstellung von Party-Small-Talk«, adressierte Carl Janners John. »Ich habe promoviert und friste jetzt mein Leben als schlecht bezahlter Mittelbau-Dozent hier am UCL«, sagte er dann gutmütig. »Und du?«

»Das mit dem ›schlecht bezahlt‹ sieht man«, lautete die Antwort, die John weniger der Unverschämtheit wegen irritierte, sondern weil er den Mann durchaus gut gekleidet fand.

Der Dozent lachte wieder, etwas gequält allerdings. »Ich weiß, du wolltest immer höher hinaus.«

Das fand John interessant, solch eine Schlussfolgerung hätte er aus dem arroganten Verhalten des Freundes nie gezogen.

Sherlock machte sich nicht die Mühe, darauf zu reagieren: »Momentan interessiere ich mich sehr für die Forschung«, behauptete er. »Vor allem für die von Dennis Jones. Kennst du ihn?«

»Sagt mir nichts. Aber wenn du dich damit beschäftigst, ist es ja bestimmt ein Hochbegabter. Solche habe ich nicht in meiner Gruppe.«

»Was sollten sie da auch?«, murmelte Sherlock, immer noch laut genug, dass sein ehemaliger Kommilitone es hören konnte – der sich prompt mit einem gerade noch höflichen »Mach's gut« verabschiedete.

John gönnte sich einen zweiten Schluck Rhabarber-Gin; die Musik war zu etwas Lautem, Rockigen gewechselt. »Can't stand me now«, verstand er eine Textzeile und dachte, dass es jemand speziell für den Detektiv aufgelegt haben könnte.

»Das hast du ja großartig hingekriegt«, attestierte er ihm. »Ist dir vielleicht schon einmal die Idee gekommen, dass du mit etwas Freundlichkeit mehr von den Menschen erfahren könntest?«

»In den meisten Fällen dürfte das eher ineffizient sein«, antwortete Sherlock und ließ ihn stehen, steuerte auf eine sehr junge Frau mit streng gescheitelter Frisur zu, die in einer kleinen Gruppe am Fenster stand.

6. Kapitel

Er sei fest davon ausgegangen, Dennis auf der Party zu treffen, hörte John, als er dazu stieß. Er müsse mit ihm reden, habe jedoch sein Handy mit allen Kontaktdaten verloren. Die junge Schönheit ließ ihren Blick leicht angetrunken von Sherlocks Gesicht zu dem Smartphone in seiner Hand gleiten und strahlte ihn an.

»Hast du WhatsApp? Dann schick ich dir seine Nummer.«

»Wenn ich Mark Zuckerberg etwas mitzuteilen habe, rufe ich ihn an«, beschied Sherlock sie ohne Zögern.

»Alter, du hast Mark Zuckerbergs Nummer?«, mischte ein männlicher Kapuzenpulliträger sich begeistert ein, während die Frau glucksend auflachte.

»Dann eben nicht«, meinte sie bedauernd und zückte ihr Telefon, las eine Nummer vor, die der Detektiv in sein Handy eintippte.

»Besten Dank.« Ohne der Frau oder dem jungen Mann, der ihn noch immer verwirrt anblinzelte, ein weiteres Wort zu gönnen, forderte er John auf mitzukommen.

Der spürte mittlerweile den Gin und seine Müdigkeit nur zu deutlich, so dass er nichts dagegen hatte, die Party zu verlassen. Noch im Treppenhaus wählte Sherlock die Nummer, beendete den Ruf gleich darauf. »Mailbox«, murmelte er.

»Was daran liegen könnte, dass es gleich zwei ist«, meinte John.

»Vielleicht.« Sherlock hörte sich nicht überzeugt an.

In der Baker Street öffnete er sofort seinen Laptop und nahm keine Notiz von irgendetwas außerhalb des Bildschirms.

Am nächsten Morgen traf John ihn genau so wieder an. War er gar nicht im Bett gewesen? John versuchte sich daran zu erinnern, welche Kleidung der Freund am Vorabend getragen hatte, kam aber nicht darauf.

»Gut, dass du endlich auf bist. Und da kommt auch Lestrade.«

Endlich? Es war halb acht und John war noch immer todmüde, hatte aber nicht mehr schlafen können.

Tatsächlich stolperte gleich darauf der Detective Inspector in die Wohnung. Er sah komplett übernächtigt aus – im Gegensatz zu Sherlock, der wach und fokussiert wirkte, lediglich eine Stelle unterhalb seines rechten Ellenbogens massierte. John kündigte an, Kaffee zu kochen.

»Ich wusste, dass es Zeitverschwendung war, ihre sogenannten Experten erst an das Handy zu lassen«, lautete die Begrüßung des Detektivs.

»Vermutlich werden Sie jetzt das Passwort, an dem alle gescheitert sind, sofort herausfinden.« Lestrade ließ sich in einen Sessel fallen und schloss die Augen, als John mit dem Kaffee aus der Küche zurückkehrte, schnarchte er leise.

Sherlock hatte tatsächlich schon Zugang zu dem Handy bekommen und wischte darauf herum. John stellte ihm einen gefüllten Becher hin.

»Du kanntest das Kennwort?«

»Ich wusste, was sie beruflich macht, ich hatte ihren Namen von der Bonuskarte, konnte also herausfinden, was sie bereits gemacht hat, ihre nicht-beruflichen Vorlieben waren auch bekannt«, legte er los. »Was sie in Zukunft vorhat ebenso – da war die Visitenkarte der Produktionsgesellschaft. Wie schwer sollte das wohl sein?«

Er kam voran, gut. John ließ ihn mit dem schlafenden Lestrade allein und trug seinen Kaffee zurück in die Küche, um sich ein Sandwich zu machen.

Nur wenige Minuten später hörte er ein Geräusch, zustimmend und frustriert zugleich, dann, wie der Freund sehr laut den Detective Inspector aufforderte aufzuwachen.

»Wir müssen nach Bethnal Green, schnell!« Sherlock hatte bereits seinen Trenchcoat übergeworfen, als John zu ihm stieß. Lestrade stand mit leerem Blick neben ihm.

»Nicht zu Shinwell Johnson!« Kopfschüttelnd verneinte der Detektiv den Gedanken seines Freundes. »Zu Dennis Jones.«

Im Taxi ging er auf keinerlei Fragen ein, trommelte unruhig mit seinen langen Fingern auf den Oberschenkeln, während Lestrade in seiner Ecke zusammensackte und wieder die Augen schloss. Die Straßen waren voll, der Berufsverkehr sorgte dafür, dass es nur stockend in Richtung der strahlenden Morgensonne vorwärtsging. Sobald sie King's Cross Station hinter sich gelassen hatten, kamen sie schneller voran. Um zwanzig vor neun hatten sie eine unspektakuläre Seitenstraße südlich der Hackney Road erreicht, das Taxi hielt vor einem zwei-stöckigen Backsteingebäude, dessen Fensterrahmen mit abplatzender weißer Farbe bedeckt waren. Sherlock war aus dem Wagen, bevor der komplett zum Stehen gekommen war, überließ es seinen Mitfahrern, sich um die Bezahlung zu kümmern.

John drückte der mürrischen Fahrerin 30 Pfund in die Hand; 70 Pence Trinkgeld mussten ausreichen. Gemeinsam mit Lestrade schloss er zu dem Detektiv auf, der vor der grünlackierten Haustür stand und seine linke Handfläche fest auf das gesamte Klingelbord gepresst hatte. Endlich betätigte jemand den Öffner und sie gelangten in einen muffi-gen Flur. Wenige Meter entfernt stand eine alte, schwarze Frau, die sie aus ihrer Erdgeschosswohnung heraus in kaum verständlichem Cock-ney anherrschte, was ihnen einfiele, zu dieser Uhrzeit Sturm zu läuten.

Lestrade zückte seinen Ausweis. »Scotland Yard. Wir müssen zu –« Fragend blickte er Sherlock an.

»Dennis Jones.«

Die Frau reagierte mit einem mürrischen Achselzucken. Sie trug einen bunt gemusterten Polyestermorgenmantel.

»Weiß, jung, klein, dünn, blond«, bot Sherlock an.

»Oben, rechte Wohnung.« Mit einem letzten misstrauischen Blick auf die drei Männer schloss die Frau ihre Tür, da war der Detektiv schon die Treppe hochgestürzt, immer zwei Stufen auf einmal nehmend.

Pochen an der Wohnungstür, Dagegenhämmern – nichts. Sherlock machte einen Schritt zurück. »Auf drei.«

Lestrade streckte seinen Arm wie eine Barriere vor dem Detektiv aus. »Dafür brauche ich einen Durchsuchungsbefehl.«

Sherlock musterte ihn abfällig. »Der Fachterminus lautet Gefahr in Verzug, wenn ich mich nicht irre.«

Ohne weiteren Kommentar ließ der Inspector den Arm sinken, holte tief Luft und zu zweit warfen sie sich gegen die Tür und brachen das morsche Holz aus dem Schnappschloss. Sie stolperten in eine düstere Diele, John direkt hinter ihnen. Der Detective Inspector ging voran und stieß die Türen zu einem düsteren Badezimmer und einer verdreck-ten Küche auf. Die nächste Tür ließ sich kaum öffnen, Lestrade drückte kräftig dagegen. Eine Sekunde später sahen sie, dass ein lebloser Körper sie blockiert hatte.

Weiß, jung, klein, dünn, blond. Dennis Jones. John schob den Inspector zur Seite, der bereits sein Telefon in der Hand hatte, und beugte sich über den Mund des Mannes, konnte keine Atmung feststellen. Lestrade forderte einen Rettungswagen an, John tastete am Hals nach dem Puls. Nichts. Er suchte den Blick des Detective Inspectors und schüttelte leicht den Kopf.

Sherlock schlug in einer für ihn ungewöhnlichen Gefühlsregung kurz beide Hände gegen sein Gesicht, hockte sich dann neben den Toten. Auch er näherte sich dem Mund des schmalen Mannes, schien jedoch daran zu riechen. Dann strich er mit seinen Fingerkuppen fast zärtlich über dessen linke Handinnenfläche und beugte sich über den linken Oberschenkel, gab auch hier wieder Schnüffelgeräusche von sich.

Ohne etwas zu sagen, richtete er sich auf und begann, in dem kleinen Zimmer auf und ab zu gehen, blieb vor dem Schreibtisch stehen, starrte darauf sowie auf die Wand dahinter.

Lestrade rief seine Kollegen im Yard an, verlangte nach den Experten der Spurensicherung. »Kein Obdachloser«, stellte er fest, nachdem er aufgelegt hatte. »Aber Sie gehen trotzdem davon aus, dass er in die Reihe gehört?«

Der Detektiv begann zu lachen. Kurz nur, aber er lachte. Es klang gruselig.

Vermutlich waren seine Nerven nach der schlaflosen Nacht überstrapaziert, dachte John. Er richtete sich auf und sah den Freund, der sich zu ihnen umgedreht hatte, besorgt an.

»In gewisser Weise«, sagte der. »Er hat die anderen getötet. Nicht ermordet, aber getötet.«

»Wie bitte? Sherlock, Sie sagen mir jetzt sofort alles, was Sie wissen! Ist Ihnen klar, dass das hier hätte verhindert werden können, wenn Sie nicht immer Ihre gottverdammten Alleingänge machen würden?«

Wieder lachte der Detektiv, jetzt wirkte es wie ein heiseres Bellen. »Das hier hätte verhindert werden können, wenn Sie mir gleich gestern Abend das Smartphone überlassen hätten, Lestrade. Und das wissen Sie auch!«

John blickte von einem zum anderen: »Hört auf, beide! Und ja, Sherlock, ich will jetzt auch wissen, womit wir es zu tun haben. Und komm mir nicht damit, dass es offensichtlich ist! Du hast sein Handy geortet, daher kanntest du die Adresse, soweit komme ich noch mit.«

Sherlock bewegte den Kopf zu einem angedeuteten Nicken. Er knetete seine langen, schmalen Finger. »Dennis Jones arbeitete in der Pharmaentwicklung. Er hatte einen neuen Wirkstoff auf Basis eines natürlichen Antibiotikums isoliert«, teilte er dann nüchtern mit.

Natürlich. Antibiotika konnten extreme Nebenwirkungen haben. Ersatzstoffe auf pflanzlicher Grundlage vermutlich ebenso.

»Und für die klinischen Studien hat er Clochards akquiriert«, folgerte John.

»Tests, Erprobung des Mittels an Menschen«, erklärte er auf Lestrades fragenden Blick hin. Zugleich dachte er: So etwas gibt es nicht. Nicht hier im London des 21. Jahrhunderts.

Aber der Freund bestätigte es: »Er hatte das auf der Facebook-Seite eines obdachlosen Bloggers angeboten, ganz offen.«

Sherlock verstummte. John wunderte sich nicht mehr, dass es Stadtstreicher gab, die einen Blog führten, sondern fragte sich, wann Sherlock diese Seite gesehen, und warum er auf das Telefon der getöteten Frau gewartet hatte.

»Aber die Rückmeldungen waren sehr indifferent, also konnte ich nur auf persönliche Nachrichten an die Mail-Adresse, die er gepostet hatte, hoffen«, lieferte der Freund eine Erklärung. »Madlin Usher, die Tote von gestern Nacht, hatte ihm geschrieben. Und er hat ihr in einer Antwort-Mail seine Handynummer mitgeteilt.«

Mit Gepolter betraten drei Ermittler der Spurensicherung die Wohnung. Lestrade bedeutete John und Sherlock, nach draußen zu gehen.

»Also sind die toten Obdachlosen einem wahnsinnigen Forscher zum Opfer gefallen?«, fragte er noch einmal kopfschüttelnd.

»Ja. Ettie wird die entsprechenden Substanzen finden.« Der Detektiv zog das Smartphone der toten Frau am West Hampsteader Bahnhof aus seiner Manteltasche, reichte es Lestrade mit den Worten »für Ihre Beweisaufnahme« und lief die Treppe hinunter.

»Aber welche Substanzen?«, rief der Inspector ihm hinterher. »Und was ist das Passwort?«

»Ich schicke ihr eine Nachricht.« Die zweite Frage ließ er unbeantwortet.

*

Sherlock war nicht in die Baker Street zurückgekehrt. John schaute in alle Räume, war versucht, im Schlafzimmer nach Drogenvorräten zu forschen, ließ es dann. Der Laptop stand noch geöffnet auf dem Couchtisch, kleine Jagdmützen trieben über den Bildschirm. John beförderte ihn zurück in den aktiven Modus und die Facebook-Seite poppte auf.

Er scrollte an Fotos und Texten von ihm unbekannten Menschen entlang, erfuhr, wer krank war und wer in einer überfüllten Tube stand, fragte sich, warum man so etwas in die Welt hinausschickte.

Ein Stück weiter unten sah er einen Text von Sherlock alias Stacey Hopkins. Er war um 9.49 Uhr am Vorabend erschienen:

Hab gerade ein Angebot gesehen, an Medikamenten-Tests teilzuneh-men. Das Geld ist verlockend, aber ich hab auch ein bisschen Schiss. Hat jemand Erfahrungen mit so was?

Gleich nachdem er Shinwell und Martin aus der Wohnung gewor-fen hatte, war Sherlock also schon auf der Spur der Medikamenten-Tests gewesen.

Die Antworten halfen nicht weiter, sie reichten von »notwendig für die Forschung« und »kalkulierbares Risiko« bis zu dem Bericht einer Frau, die einmal an einer Studie teilgenommen hatte und danach lange Zeit an Beschwerden litt. Ein Mann hatte gepostet, er hätte sich als Stu-dent mehrmals zur Verfügung gestellt und es sei immer unproblema-tisch gewesen. »Leichtverdientes Geld.«

Mit einem Klick auf Stacey Hopkins Bild gelangte John zu dem Profil, das der Detektiv angelegt hatte. Immerhin war »seine« Stacey nicht Sergeant Detective der Metropolitan Police, sondern Büroange-stellte aus Yorkshire. Sie war in Hull zur Schule gegangen und lebte nun als Single in Manchester. Sie mochte die Beatles und den FC Li-verpool sowie die Fernsehserien »Death in Paradise« und »The Knick« – Sherlocks Favorit, das wusste John. Sie hatte 135 Facebook-Freunde. Den Kopf ihrer Seite zierte eine Aufnahme der ehemaligen Getreide-börse in Manchester, wenn John das prachtvolle Gebäude richtig ein-ordnete. Ihr letzter Post war derjenige, den er gerade auf der Startseite gelesen hatte.

John schaute sich die Chronik des Browsers an, um nachzuverfolgen, welche Seiten Sherlock aufgerufen hatte. Es dauerte etwas, bis er den Blog des Obdachlosen fand, von dem der Freund gesprochen hatte. Vor genau drei Wochen war dort von Dennis Jones das Angebot gemacht worden, »gegen gute Bezahlung an einer ungefährlichen Überprüfung von natürlichen Antibiotika« teilzunehmen. Warum war das bislang niemandem aufgefallen? Spätestens als die Nachrichten vom Tod mehrerer Stadtstreicher die Runde gemacht hatten, hätte doch einer der »Brüder«, wie Shinwell sie nannte, die Verbindung ziehen müssen.

Oder war genau das passiert und dieser »Bruder« hatte jetzt zur Selbstjustiz gegriffen? Ebenso wie Lestrade war er davon ausgegangen, dass Dennis Jones sich selbst getötet hatte. Die verschlossene Wohnungstür, keine sichtbare Gewaltanwendung ... Andererseits hatte die Leiche auf dem Fußboden gelegen, gleich an der Zimmertür, und er hatte keine Schlaftabletten, kein Gift irgendwo in dem Raum gesehen.

John schätzte, dass der Mann etwa acht Stunden tot gewesen war, als sie ihn gefunden hatten. Den genauen Zeitpunkt würde die Autopsie ergeben, ebenso wie die Todesursache. Er schaute auf die Uhr unten rechts auf dem Bildschirm. Kurz vor elf. Vielleicht wusste Ettie jetzt schon etwas. Und wo war Sherlock? Ging er von Mord aus? Und suchte nun Shinwells Kumpel auf? Warum hatte er ihn nicht mitgenommen?

Kurz dachte er daran, über Handyortung das Smartphone des Freundes ausfindig zu machen, fand es dann jedoch unwürdig. Aber was sollte er sonst tun? Als Arzt interessierte ihn natürlich, wie die Obdachlosen nun genau zu Tode gekommen waren. Dieser Dennis Jones hatte ihnen also ein Präparat verabreicht, das auf natürlicher Basis wie ein Antibiotikum wirken sollte. Solche Stoffe gab es. Spontan fiel John Teebaumöl ein, das gegen Hautentzündungen half und mitunter sogar bei Staphylokokken, wenn Penicillin & Co versagten.

Dieses von Dennis Jones entwickelte Mittel aber hatte dann in der Anwendung genau das Gegenteil bewirkt und bestehende Krankheiten verstärkt, vielleicht sogar erst hervorgerufen. Auch so etwas gab es. Präparate, die bei Tierversuchen positive Wirkungen erzielten, taten das nicht notwendigerweise auch bei Menschen. Genau deswegen wurden Medikamente unter klinischer Aufsicht getestet – um bei Problemen rechtzeitig eingreifen zu können. John erfasste eine ohnmächtige Wut auf den kleinen, dünnen, toten Jungen, der geglaubt hatte, das ignorieren zu können mit seiner Hinterhofforschung.

Er ließ seinen Blick durch den Raum schweifen. Unfassbar, wie Sherlock in diesem Chaos etwas wiederfand. Aber er tat es. Und nicht nur das, sein Gehirn wurde so stimuliert …

Pharmaforschung war ein ganz eigenes Gebiet und John kannte sich nicht wirklich damit aus. Er wusste allerdings, dass die klinischen Tests mit menschlichen Probanden von den Firmen in Zusammenarbeit mit großen Kliniken durchgeführt wurden. Da ging es um viel Geld – im Voraus zu investieren, später zu verdienen. Dennis Jones schien hingegen nur von seinem Forscherdrang beseelt gewesen zu sein.

Wo war Sherlock? Besorgte er sich – geplagt von Schuldgefühlen wegen des toten Jungen – gerade Drogen?

Unsinn, das tat er nicht.

Vielleicht kümmerte er sich um Mycrofts Anliegen; suchte diesen Adligen in Hampstead auf oder konsultierte die attraktive Deborah Bellamy bei der BBC.

Passend zu seinen Gedanken poppte ein Chatfenster auf: *John, ich nehme an, Sherlock ist nicht in der Nähe?*

Mycroft Holmes.

Spontan wollte John den Laptop zuklappen oder zumindest das Kameraauge am oberen Bildschirmrand abdecken. Er riss sich zusammen und tippte eine knappe Antwort. Die Replik des Älteren war kryptisch. Er könne sich gut vorstellen, dass sein Bruder ihn demnächst um Unterstützung bitten würde und John solle ihm ausrichten: *Die gibt es nicht ohne Gegenleistung.*

In dem Moment betrat Sherlock die Wohnung. Er schien clean, hatte aber vier rote Kratzer an der rechten Wange, einer blutete noch. John schloss den Rechner, einem hysterischen Lachausbruch nahe: »War das Deborah?«

»Deb ist Rechtshänderin«, sagte Sherlock lediglich, um gleich darauf mit Blick auf seinen Laptop zu fragen: »Fündig geworden?«

»Ja«, bestätigte John schlicht. »Und dann hatte ich wieder einmal das Vergnügen mit deinem Bruder.«

»Natürlich«, murmelte der Freund und verschwand im Bad.

Da er die Tür nicht schloss, folgte John ihm und holte das Fläschchen Jodersatz aus dem Spiegelschrank, versorgte die Wunde. »Dann hast du dich mit diesem Blogger oder einem anderen Obdachlosen angelegt?«, vermutete er.

Sherlock zuckte zusammen. »Warum sollte ich das tun?«

Natürlich würde die Überlegung falsch sein, John äußerte sie trotzdem: »Weil einer von ihnen Dennis Jones auf dem Gewissen hat? Immerhin lag er nicht auf seinem Bett.«

»Unsinn. Der arme Teufel hat Schlaftabletten genommen, weil er Schuldgefühle hatte. In dem Pub, wo er sich Mut angetrunken hat. Das Kleingeld, das er an der Theke zurück bekam, hat sich deutlich in seiner rechten Hosentasche abgezeichnet, der Biergeruch hing noch an seinen Lippen und die linke Hand, mit der er das volle Glas getragen hat, war klebrig. Wie das immer passiert mit diesen Pintgläsern, ist die Flüssigkeit übergelaufen. Danach hat er sich die Hand an seiner Jeans abgewischt.« Abrupt stoppte Sherlock seinen Redefluss.

John nickte. Das wäre eine Erklärung dafür, dass keine Mittel in der Wohnung gefunden worden waren.

»Und diese Schuldgefühle haben ihn bis zuletzt umgetrieben. Er konnte sich nicht einfach hinlegen, ist auf- und abgegangen, bis er hingeschlagen ist.« Sherlock schaute in den fleckigen Spiegel, ohne eine Regung preiszugeben. Seine Augen lagen in tiefen Höhlen, die Wangen waren hohl. »Das war seine Freundin«, sagte er endlich. »Penelope. Seltsame Nerd-Frau. Unerwartete Gefühlsreaktion.«

»Unerwartet? Sie hat vermutlich von dir erfahren, dass ihr Freund sich getötet hat!«

»Ja.«

Die Art und Weise, wie Sherlock ein zweites Mal in den Spiegel blickte, und die Unruhe, die er ausstrahlte, zeigten seine Gewissensbisse.

»Du musstest erst eine Antwort auf das Testangebot abwarten und brauchtest Dennis Jones' Telefonnummer, um ihn aufzuspüren«, erinnerte John ihn.

»Es wäre möglich gewesen, seinen Mail-Account zu hacken und Lestrade hätte darüber auch den Standort ermitteln können«, stellte der Freund nüchtern fest. »Ich habe den Zeitrahmen, der mir blieb, falsch eingeschätzt.«

Und deine Eitelkeit hat dich daran gehindert, Scotland Yard auch ohne Zeitdruck um Hilfe zu bitten, dachte John. Laut sagte er jedoch: »Es hätte trotzdem zu spät sein können.«

»Wie auch immer.« Abrupt wandte Sherlock sich um und verließ das Bad, ging ins Wohnzimmer, wo er seine Geige aus dem Koffer holte und zu spielen begann. Dissonante Töne, die sich nicht zu einer Melodie fügten.

John folgte ihm langsam. Warum hatte der Freund überhaupt Dennis Jones' Freundin aufgesucht, wenn er nicht an dem Selbstmord des jungen Forschers zweifelte? Was wollte er herausfinden?

Endlich erklangen ein paar harmonische Töne, direkt danach beendete Sherlock sein Spiel. »Ich muss noch einmal in die Wohnung.«

*

»Das ist noch nicht die ganze Geschichte«, lieferte der Detektiv im Taxi den Anfang einer Erklärung. Johns Fragen, was seiner Meinung nach dahinterstecke, ließ er jedoch unbeantwortet. »Wir haben zu wenig Fakten.«

Zur Mittagszeit war die Hackney Road deutlich belebter und selbst in der schmalen Teesdale Street sah man Leute auf dem schadhaften Bürgersteig. Als sie vor dem Haus Nummer 112a standen, fragte John, ob Dennis Jones' Freundin das zweite Zimmer bewohnte. Falls er gleich einer Frau begegnete, die gerade von Sherlock Holmes erfahren hatte, dass ihr Freund Selbstmord begangen hatte, wollte er sich darauf einstellen.

Der Detektiv schenkte ihm jedoch wieder einmal einen seiner verständnislosen Blicke. »Natürlich nicht. Solch ein Verhältnis hatten sie nicht.«

Ohne Umschweife klingelte er bei der alten Schwarzen im Erdgeschoss und teilte ihr mit, sie müssten noch einmal nach oben, in die Wohnung von Mr Jones. Die Frage, was denn mit »dem Jungen« sei, ließ er unbeantwortet und lief die Treppe hoch. John legte einen Zeigefinger an seine Lippen, um die Mieterin einzubeziehen und sie zu besänftigen.

Obwohl auch Lestrade von einer Selbsttötung ausging, war die Wohnungstür versiegelt – gewesen. Nun hing das gelbe Klebeband mit dem schwarzen Aufdruck lose herunter. Vorsichtig drückte Sherlock die zerstörte Tür auf und machte einen Schritt in den Flur, schaute sich um. John wünschte, er hätte seine Pistole dabei. Er ballte die Fäuste, um sich zu wappnen.

Plötzlich hörten sie ein Geräusch. Ein dicklicher, junger Mann asiatischer Abstammung kam mit einer Rotlichtlampe in den Händen aus der Küche.

»Was machen Sie hier? Verschwinden Sie!« Der Mitbewohner. Das zu erkennen, musste man kein Detektiv sein. Trotz der Worte wirkte sein Auftreten ängstlich.

John streckte ihm beruhigend die Arme entgegen. »Keine Angst, wir –«,

»– werden dich nicht für deinen Cannabis-Anbau belangen«, fiel Sherlock ihm ins Wort. »Wir wollen uns hier bloß ein bisschen umsehen.«

»Sie sind von der Polizei? Das Band da an der Tür – ich bin gerade erst aus Newcastle zurückgekommen …«

Mit der Stimme, die er für unangenehme Patientengespräche reserviert hatte, fragte John den Mann nach seinem Namen, informierte den jungen Jason dann vom Tod seines Mitbewohners. Ob sie zur Kripo gehörten, ließ er offen.

»Dennis? Was? Aber warum? Er hat doch niemandem – er war doch nie …«

»Er hatte keine Feinde, willst du sagen?«, fragte John nach.

Sherlock verdrehte die Augen. »Seine Freunde interessieren mich mehr.«

Jason hielt noch immer die Lampe in der Hand. »Was? Wieso?« Verlegen stellte er sie auf den abgetretenen PVC-Fußboden, blickte von John zu Sherlock und zurück. »Keine Feinde, aber auch kaum Freunde.« Der junge Mann schluckte. »Er hat ja immer nur gearbeitet. Kaum mal in den Pub gegangen, oder so was.« Er verstummte, schien sich zu fragen, ob er gerade etwas Schlechtes über einen Verstorbenen gesagt hatte.

»Schon klar: Ihr hattet keine Gemeinsamkeiten, weil er nicht daran interessant war, seine Gehirnzellen mit welchen Mitteln auch immer zu reduzieren.«

»Wäre ja schön, wenn das für jeden intelligenten Menschen gelten würde!«, wies John Sherlock in die Schranken. »Hat er mit dir über seine Arbeit gesprochen?«, fragte er den Mitbewohner, was der Detektiv mit einem irritierten Kopfschütteln quittierte.

»Nicht wirklich, nein. Ich meine, ich hab ja noch nicht mal studiert. Aber Dennis,« Jason holte tief Luft. »Aus Dennis wäre bestimmt mal was richtig Großes geworden, etwas Besonderes.«

7. Kapitel

Im Zimmer des Toten ging Sherlock zum Schreibtisch. Nun nahm John wahr, dass nicht nur die Tischfläche mit handbeschriebenen Zetteln, Computerausdrucken, Skizzen und Tabellen bedeckt war, sondern dass Dennis Jones auch die verblichene Blümchen-Tapete mit Notizen überzogen hatte.

Er erkannte die Strukturformeln für zwei Aminosäuren sowie die für Phenylessigsäure. Eine chemische Gleichung, mit der er nichts anfangen konnte, war dick umkringelt.

Den Laptop, der am Morgen noch auf dem Tisch gelegen hatte, hatte die Spurensicherung mitgenommen, ebenso sein Handy.

»Wussten wohl mal wieder nicht, was sie wollten«, kommentierte der Detektiv und nahm ein Blatt Papier in die Hand, brütete darüber, blätterte ein Skript durch.

»Er hat in letzter Zeit mehr hier gearbeitet als an der Uni«, stellte er mit einem Blick zu Jason fest.

Der junge Mann war ihnen gefolgt und unschlüssig in der offenen Zimmertür stehengeblieben; jetzt stimmte er zu, dankbar, etwas beitragen zu können. Dennis sei kaum noch ins Institut gegangen, dafür habe zu den seltsamsten Tages- und Nachtzeiten in seinem Zimmer Licht gebrannt. »Oft habe ich ihn da auch auf- und abgehen hören.« Er zuckte die Schultern. »Die paar Schritte, die man machen kann. Oder er ist vor sich hin murmelnd in die Küche gekommen. Einmal hatte ich eine Freundin da, die fand das ganz schön seltsam.«

John dachte, dass das alles ihn an seinen ehemaligen Mitbewohner erinnerte und empfand Mitleid mit Jason. Sherlock fragte, seit wann Dennis so viel zu Hause gearbeitet habe.

Genau konnte Jason es nicht sagen. Etwa seit einem Monat, meinte er.

»Gut, danke.« Sherlock war mit ihm fertig, er wandte sich wieder dem Schreibtisch zu. John grinste den Mann bemüht aufmunternd an und folgte Sherlocks Beispiel. Jason schlich davon.

John sah ein amtliches Schreiben, adressiert an eine Penelope Millerham in Maida Vale, und nahm es zur Hand. »Die Freundin«, vermutete er.

Sherlock ließ ihn mit einem Geräusch wissen, dass die Schlussfolgerung keine große Leistung war.

»Und sie weiß so gar nichts über ihn – außer, dass er vor sechs Wochen ihr Auto gefahren und ein Ticket bekommen hat?«

»Sie konnte mir sagen, dass seine halbe Stelle an der Uni über Drittmittel finanziert wurde. Alpha-Health, die große Pharmafirma, war wohl auch sehr interessiert an seiner Forschung – also an der seiner Arbeitsgruppe. Dummerweise haben die beiden sich vor über drei Wochen gestritten und sie hat seitdem nichts mehr von ihm gehört.«

»Hat sie gesagt, worum es bei dem Streit ging? Immerhin war das der Zeitpunkt, als er diese fragwürdigen Tests angeboten hat.«

»Nein«, lautete Sherlocks einsilbige Antwort und John dachte, dass es ihm nicht ähnlich sah, eine solche Frage unbeantwortet zu lassen. Der Detektiv hatte seine langgliedrigen Finger auf dem Tisch aufgestützt und die Stirn in Falten gelegt, er starrte die Wand mit dem Gekritzel an.

John dachte laut nach: »Große Pharmafirma?«, meinte er, »und eine Stelle an der Uni – würden wir dann nicht bei diesen beiden Adressen etwas erfahren?«

Er wollte aktiv werden, nicht dumm danebenstehen, während der geniale Detektiv Aufzeichnungen mit Formeln studierte, die Lestrade und die Spurensicherung für unwichtig gehalten hatten. Wenn es ihm um die Zusammensetzung des Präparats ging, das der junge Forscher entwickelt hatte, sollten sie genau diese Informationen doch von seiner Arbeitsgruppe bekommen.

»Gleich.« Sherlocks Tonfall war ungeduldig. Er rieb an seinem Ellenbogen und dehnte den Arm, wandte sich dabei einem Regal zu, dessen Borde teilweise unter der Bücherlast durchhingen. Da waren wissenschaftliche Werke wie »Nosokomiale Infektionen«, das John auch kannte, worin es um die gefürchteten »Krankenhaus-Keime« ging, und eine Abhandlung über griechische botanische Medizin von der Antike bis zur Mitte des 19. Jahrhunderts, aber auch Reißerisches wie »Die Antibiotika-Lüge«. An die 20 Titel rings um die Problematik standen da, aus etlichen schauten Zettel heraus. Der Detektiv schaute sich jeden einzelnen an, studierte Dennis Jones' Notizen darauf.

Die Standardwerke zur Pharmakologie trugen allesamt die Registrierung der Uni-Bibliothek. Logisch: Im Institut würde die gesamte Literatur vorhanden sein, so dass ein Nachwuchs-Wissenschaftler sich den Kauf der teuren Werke sparen konnte. Wenn Dennis Jones allerdings ernsthaft hier gearbeitet hatte, brauchte er sie.

Außerdem waren in dem Bücherregal ein Comic-Sammelband, Tolkiens Hobbit-Trilogie und etliche Abenteuerromane sowie ein paar Wörterbücher. Auf anderen Brettern befanden sich Plastikfiguren irgendwelcher Science-Fiction-Filme, DVDs, eine benutzte Kaffeetasse und einige Medikamentenpackungen. John kannte die Namen: Es waren allesamt Präparate zur Leistungssteigerung. Sherlock schaute sie sich genauer an, verzog die Mundwinkel zu einem traurigen Grinsen, legte sie zurück.

*

Wieder das Uni-Viertel, dieses Mal direkt das UCL, das University College London. Das Medizingebäude war ein langgezogener Bau im Süden des ausgedehnten Geländes. John kannte es nicht, er hatte seinerzeit am King's College studiert. Sherlock war in Cambridge gewesen, dennoch steuerte er mit traumwandlerischer Sicherheit über den südlichen Campus-Zugang die Abteilung für biochemische Pharmakologie an. Hinter einer gläsernen Doppeltür hielt er inne, klopfte an dem nächstgelegenen Raum und trat gleich darauf ein, fragte nach der Arbeitsgruppe von Dennis Jones.

»Den Flur hinunter, dritte Tür rechts«, folgte die gelangweilt klingende Antwort.

Mit eiligen Schritten erreichte Sherlock den genannten Raum, betrat auch diesen ohne Zögern. Es handelte sich um ein Labor von der Größe eines Wohnzimmers, in dem sich drei junge Leute befanden.

»Können wir helfen?« Die zierliche Frau im weißen Kittel sah von einem Mikroskop auf. Sie war Mitte zwanzig und hörbar Australierin, sie wirkte abweisend.

Wenn er es für sinnvoll hielt, konnte Sherlock im Bruchteil einer Sekunde seinen Charme aktivieren: »Ashley, richtig?«, fragte er mit einem gewinnenden Lächeln.

Die Frau wirkte verwirrt.

»Ashley Beard«, vervollständigte Sherlock. »Dr. Beard, nehme ich an. Ihr Name steht an dem Schild an der Tür – ebenso wie ihre beiden.« Er nahm die beiden Männer ins Visier, die an einem Schreibtisch vor Laptops saßen.

Die entschlossen sich, nicht zu reagieren; Ashley wandte ein, dass ihr Titel auf dem Schild nicht genannt würde.

Sherlock machte eine Handbewegung, mit der er andeuten wollte, er habe sie als Chefin erkannt. John vermutete, dass Dennis Jones' Freundin ihm gesagt hatte, dass dessen Arbeitsgruppe von einer Frau von Down Under geleitet wurde. Auch wenn diese Penelope selbst ein Nerd war: Frauen registrierten so etwas. Vor allem aber wurde ihm klar, dass an der Uni noch niemand vom Tod des jungen Wissenschaftlers wusste.

»Ein gut ausgestattetes Labor haben Sie hier.« Nach der Eile schien der Detektiv nun alle Zeit der Welt für eine Plauderei zu haben. John konnte nichts Besonderes an den Arbeitsplätzen entdecken; ähnlich konnte man auch die Reaktionen der drei Wissenschaftler deuten, die in einem fragenden Blick Ashleys, Schulterzucken und irritiertem Kopfschütteln auf Seiten der Männer bestand.

»Da möchte man doch sofort bei ihnen anfangen, bei solch guten Bedingungen.«

Darauf gab es gar keine Reaktion mehr.

»Vor allem, da Sie sich mit so einem faszinierenden Feld beschäftigen«, fuhr Sherlock nonchalant fort. »Antibiotika-Substitute.«

Nun taxierte der jüngere Mann ihn misstrauisch, sein Blick blieb an den Schrammen auf der Wange hängen.

Die Frau fragte kühl: »Sie sind vom Fach?«

»Ich forsche auch, ja. Sherlock Holmes – Chemiker und beratender Detektiv für Scotland Yard.«

Ashley Beard zuckte zusammen und versuchte es zu kaschieren, indem sie einen Schritt zur Seite trat und eine Zentrifuge in Gang setzte.

»Scotland Yard interessiert sich für unsere Forschung?«, fragte der Mann, der Sherlock bereits vorher ins Visier genommen hatte, in defensivem Tonfall.

»Die Tierversuche waren erfolgreich.« Der Detektiv ging nicht darauf ein, sondern brachte seine These als Feststellung vor. Er wurde mit einer widerstrebend zustimmenden Kopfbewegung des Mannes belohnt. »Die gesamte präklinische Phase ist abgeschlossen.«

Die Frau schaute nur einmal kurz zur Seite, während beide Männer nun ihre Ablehnung diesem Eindringling gegenüber offen in Haltung und Mimik zur Schau trugen.

Unbeirrt fuhr Sherlock fort: »Prüfung der Wirksamkeit und der Toxikologie an Tieren – erfolgt. Nun geht es in die entscheidende Phase: die klinische Prüfung.« Er trat an das Mikroskop, an dem Ashley gearbeitet hatte, und blickte durch die Okulare. »Und da macht Alpha-Health auf einmal Probleme. Nach der ganzen monatelangen Arbeit«, sprach er laut und deutlich weiter. »Bis Sie grünes Licht bekommen, können Sie nichts tun. Unbefriedigend, so etwas.« Er richtete sich wieder auf.

»Die machen das schon noch«, ließ sich der ältere Mann vernehmen. »Das dauert eben, die ganze Bürokratie.«

John behielt Ashley Beard im Blick. Soweit er es beurteilen konnte, gab es keinen Grund für sie, weiter vor dem leise summenden Gerät zu stehen und den weißen Kunststoff anzustarren. Sehr gerade stand sie da, man konnte ihre Anspannung sehen.

»Dennis konnten Sie nicht davon überzeugen«, ließ Sherlock fallen.

Ashley drehte sich ruckartig um und schoss einen zornig wirkenden Blick auf den Detektiv ab; der Mann schien die Vergangenheitsform nicht zu registrieren. Er zuckte die Achseln: »Dennis will, dass alles so läuft, wie er sich das denkt. Aber so funktioniert das eben nicht.«

Die Frau wandte sich wieder der Analyse-Apparatur zu.

»Wollen Sie mit uns unsere Gruppendynamik diskutieren?«, wies der jüngere Mann Sherlock ab. John dachte, dass er ihn am Vorabend auf der Party gesehen hatte. Oder rührte der Eindruck von dem Kapuzenpullover mit Dr.-Who-Aufdruck und dem Zottelbart her, wodurch er den meisten Gästen dort ähnelte?

»Nein, nein, keine Angst.« Sherlock zog einen Notizblock aus der Manteltasche und kritzelte ein paar Zeilen auf das oberste Blatt, das er abriss und auf die Arbeitsfläche neben die Zentrifuge legte.

*

»Sie wusste von Dennis' Alleingang«, versuchte John sich an einer Schlussfolgerung, als sie in der Nachmittagssonne an dem steinernen Torbogen standen, durch den sie zurück auf den Torrington Place gelangen würden.

Sherlock nickte.

»Aber sie hat noch keine Ahnung, dass er tot ist?«

»Nein.« Er hielt inne, als überlege er, ob er dem Freund mehr erklären sollte, entschied sich dagegen. »Sie fühlt sich mitschuldig am Tod der Obdachlosen«, fuhr er stattdessen fort. »Und sie hat Angst, für ihr Mitwissen belangt zu werden. Deshalb versucht sie die ganze Geschichte sogar vor den beiden Kollegen zu verbergen. Gleichzeitig weiß sie, wie wichtig es ist, das Präparat schleunigst anzupassen.«

Von überall her strömten junge Leute dem Tor zu. Es war Freitag, die meisten würden geradewegs den nächsten Pub ansteuern. Auch Sherlock setzte sich in Bewegung; langsamer als auf dem Hinweg gingen sie durch die Gasse.

»Ist das Mittel nicht jetzt durch nach diesem Desaster?«

»Du bist wirklich kein Wissenschaftler.«

John verzog das Gesicht. Er hatte nie behauptet, einer zu sein.

»Das war ein Rückschlag, natürlich, aber der Weg wird weiter beschritten werden.«

John verkniff sich einen Kommentar, gerade als Arzt verstand er nur zu gut, was der Freund meinte: effektive Ersatzstoffe für Antibiotika waren auf Dauer unabdingbar. »Was war deine Botschaft an Ashley?«

Der Detektiv hatte die Arme vor dem Oberkörper verschränkt. »Dass sie sich keine Sorgen machen muss, wenn sie mit uns über die Hintergründe spricht.«

»Du vermutest, dass Dennis Jones nur ein Handlanger war – aber eben nicht von Alpha-Health.« Kein Pharma-Unternehmen würde auf der Basis solcher Tests arbeiten.

»Das ist genau die Frage. Immerhin wären Antibiotika-Substitute nicht nur eine große Hoffnung für die Menschheit, sondern versprechen auch gewaltige Gewinne. Ein Gespräch mit den Verantwortlichen in der Entwicklungsabteilung dort ist es allemal wert.« Direkt neben ihnen kreischte ein Mädchen schrill auf. Sherlock sah irritiert zu ihr hinüber, bevor er sein Smartphone aus der Tasche zog, um die Uhrzeit abzulesen. »Halb drei. Jetzt erreichen wir dort nichts mehr. Dürfte ohnehin schwierig werden …« Er hatte die Stirn in Falten gelegt.

Natürlich: Bei solch einem Konzern Kontakt zu maßgeblichen Leuten zu bekommen, war auch für ihn keine Kleinigkeit. In dem Moment fiel John etwas ein, was er vor einiger Zeit gelesen hatte. War es in einer Fachzeitschrift gewesen oder im *Guardian*? Egal. Es ging darum, dass die britische Regierung Anteile in immenser Höhe von Alpha-Health gekauft hatte. Der Konzern war nun de facto ein Staatsbetrieb.

Wie um alles in der Welt hatte Mycroft Holmes gewusst, dass es eine Verbindung von den toten Stadtstreichern zu dem Unternehmen gab?

»Das wäre vielleicht der Zeitpunkt, deinem Bruder zuzusagen, dass du dich um das Leck in Brüssel kümmerst«, teilte er Sherlock mit und erklärte ihm seinen Gedankengang.

Der nickte, ließ sich ausnahmsweise nicht darüber aus, dass ihm das längst klar gewesen sei, sondern meinte nur fast fröhlich: »Wir dürften Mycroft an diesem Wochenende ohnehin noch zu Gesicht bekommen. Jetzt warten wir doch erst einmal ab, was Ms Beard uns berichtet. Sie sollte so um sechs in der Baker Street auftauchen.« Damit drehte er sich ohne ein weiteres Wort um und steuerte mit ausholenden Schritten wieder den Campus an.

Was sollte das jetzt bedeuten? Er ging davon aus, dass die Wissenschaftlerin zu ihm kommen würde?

Danke fürs Einweihen in deine Pläne, schickte John dem Freund in Gedanken hinterher, während er sich mit den Studenten auf das schmiedeeiserne Portal zutreiben ließ.

Was sollte er nun anstellen? Nach Hounslow zu fahren, lohnte sich kaum. Von hier aus würde er fast eine Stunde brauchen. Ein paar Lebensmittel für Marys Rückkehr einkaufen konnte er auch am morgigen Tag noch. Nein, er würde in der Baker Street ein wenig Schlaf nachholen. Es schadete nichts, sich auf einen weiteren langen, anstrengenden Abend einzustellen.

*

»Ich weiß, wer Sie sind.« Dr. Ashley Beard war bereits um halb sechs in der Baker Street eingetroffen. Wie stets, wenn Sherlocks Prognosen einen kleinen Fehler aufwiesen, verspürte John eine Mischung aus Erleichterung und Enttäuschung. »Ich hab was über Sie in der Zeitung gelesen.«

Trotz ihrer klaren Worte wirkte die junge Frau verwirrt und unsicher. Nach Aufforderung des Detektivs hatte sie sich sehr aufrecht in einem Sessel niedergelassen, ihre blauen Augen irrten im Raum herum. Sie holte tief Luft: »Sie haben geschrieben, dass ich nichts zu befürchten habe …«

»Sie haben ja versucht, Dennis von diesen Tests abzuhalten.«

»Woher – egal, stand ja in dem Artikel, dass das Ihre Tricks sind.«

»Tricks sind etwas für Zirkuskünstler. Ich rede von der Art und Weise, wie Sie sich heute Nachmittag verhalten haben – eine Mischung aus schlechtem Gewissen und Trotz. Jetzt sehe ich mich durch Ihre Körperhaltung und das Handy, das Sie aus der Jackentasche geholt haben, um mir die E-Mail zu zeigen, in der Sie ihm Konsequenzen angedroht haben, bestätigt.«

Wie in Zeitlupe richtete Ashley den Blick auf das Smartphone in ihrer linken Hand.

Sherlock hatte die ganze Zeit an den Kaminsims gelehnt dagestanden, nun stieß er sich mit einer ungeduldigen Bewegung ab. »Tee? Und Sie können auch gern rauchen, wenn es Ihnen hilft.«

Als Ashley Zustimmung murmelte, erwartete John, dass der Freund ihn auffordern würde, den Kessel aufzusetzen – aber er ging selbst in die Küche.

»Ich bin nicht die Chefin unserer Arbeitsgruppe«, begann die Frau unvermittelt. Geistesabwesend holte sie eine Packung Zigaretten hervor, zog eine heraus und steckte sie an. »Das ist Professor Han Chin. Es ist eher so, dass sich das ergeben hat, intern, dass ich gewissermaßen den Hut aufhabe.«

John stellte eine bronzene Schale vor sie auf den Tisch, die Sherlock als Aschenbecher für Klienten nutzte, und nickte. In der Hinsicht hatte sich das akademische Leben seit seiner Promotion nicht verändert. Wenn es gut lief, entstanden Hierarchien aus der Qualifikation heraus.

Ashley Beards nächster Themenwechsel traf ihn komplett unvorbereitet: »Die Polizei war bei uns im Labor. Sie haben gesagt, dass Dennis tot ist. Dass er Selbstmord begangen hat.« Nun war ihr Blick wild, wie ein in die Enge getriebenes Tier starrte sie ihn an. »Was ist hier los? Warum haben Sie uns das nicht gesagt?«

»Weil es in dem Moment nicht relevant war.« Sherlock trug das Teetablett herein. »Sie sind Wissenschaftlerin, halten Sie uns also jetzt nicht mit so etwas auf!«

Das war selbst für ihn rüde; die schmale Frau zuckte zusammen und schien ihn anschreien zu wollen, führte dann aber nur ihre Zigarette an den Mund und inhalierte tief.

Danke, dass du versucht hast, den zu erwartenden Gefühlsausbruch mir zu überlassen!, adressierte John in Gedanken den Freund.

»Auch, wenn Sie nicht offiziell die Leitung der Arbeitsgruppe innehaben, wenden die Männer sich im Zweifelsfall an Sie«, hakte er bei dem ein, was Ashley vorab gesagt hatte.

»Was auch Dennis getan hat, als er dieses – sagen wir mal – unmoralische Angebot bekommen hat«, übernahm Sherlock die Initiative.

Die Frau schien den Rauch schlucken zu wollen. »Dennis ist – war – von uns vieren am meisten drin in dem Thema«, sagte sie schließlich. »Wie besessen ab einem gewissen Punkt. Hat Tag und Nacht gearbeitet. War sicher, dass wir die Lösung für eines der großen Menschheitsprobleme gefunden haben.«

John nickte, Sherlock saß zurückgelehnt in seinem Sessel und trank einen Schluck Tee. »Aber Alpha-Health hat in einem anderen Tempo gearbeitet als er«, lautete seine Schlussfolgerung.

»Es gibt bei so was immer mal wieder Verzögerungen«, sagte Ashley, sichtlich um Fassung bemüht. »Aber in diesem Fall kam es nach der Präklinik so richtig zum Stocken.«

»Was Dennis gegen den Strich ging.«

Gierig zog sie an der Zigarette. »Als Alpha-Health die klinische Prüfung definitiv verschoben hat, wollte er das einfach nicht einsehen.«

»Dabei waren die Zweifel offensichtlich berechtigt«, schob John ein.

Ashley verzog den Mund zu einer bitteren Grimasse. »Offensichtlich, ja.« Sie zerquetschte den Zigarettenfilter zwischen Daumen und Zeigefinger. »Ich war zu dem Zeitpunkt wenig involviert. Und Dennis hielt sie einfach für Idioten, die nicht in der Lage waren, seine Arbeit zu verstehen.«

Die Haltung kam John bekannt vor. Sherlock reagierte nicht.

»Ich hab zu vermitteln versucht. Alpha-Health wollte ja nichts Unmögliches, nur noch ein paar weitere Versuchsreihen mit Affen, aber Dennis hat sich da reingesteigert, dass es jetzt endgültig nichts mehr wird, und die ganze Arbeit umsonst war und die Menschen weiter mit den ganzen Antibiotika vergiftet werden und irgendwann nichts mehr hilft und –« Abrupt verstummte sie und drückte die Zigarette aus. Den Tee hatte sie nicht angerührt.

»Also brauchen wir Mycrofts Hilfe gar nicht«, stellte John an Sherlock gerichtet fest. »Wenn Alpha-Health sich so eindeutig positioniert hat.«

Der sagte nichts dazu, sondern hakte bei Ashley nach: »Dann hat Dennis Ihnen gesagt, dass er ein Angebot von einer anderen Firma hat.«

»Nein.« Sie nahm den Teebecher in beide Hände, als wollte sie sich die Finger daran wärmen. »Im Gegenteil.«

Sie stockte und John sah gebannt von ihr zu Sherlock.

»Gesagt hat er«, fuhr Ashley fort, wobei sie gegen einen Gefühlsaufruhr ankämpfen musste, »dass er das jetzt alleine durchzieht. Er sucht sich Freiwillige und erstellt seine eigene Studie und wenn er die Ergebnisse hat, würden wir schon sehen.« Sie stürzte einen großen Schluck Tee hinunter.

»Weiter!« Sherlock hatte sich erwartungsvoll in seinem Sessel vorgebeugt.

»Das war so absurd, das konnte ich einfach nicht ernst nehmen. Wissen Sie, so was ist genau geregelt. Das allein auf die Beine zu stellen, geht gar nicht.« Nacheinander schaute sie die beiden Männer mit Tränen in den Augen an. »Natürlich war er wie besessen von dieser Entwicklung, aber so was konnte er doch nicht bringen. Ich hab gedacht – ich weiß nicht, was ich gedacht hab.« Sie ließ den Kopf sinken.

»Doch«, stellte Sherlock unerbittlich, wenngleich in mildem Tonfall fest. »Sie wissen es: In ihren Augen wollte er sich wichtigmachen.«

Ashley Beard begann hysterisch zu lachen. »Ja, verdammt! Dennis war ein Spinner, der in seiner Welt lebte mit seinen Formeln, aber nicht in der Realität, wo Anträge gestellt werden müssen und man die ganze Bürokratie hat.« Sie schniefte laut auf und Sherlock zog ein blütenweißes Taschentuch aus seiner Jacketttasche, reichte es ihr.

»Dafür war immer ich zuständig. Und deshalb kam es mir auch so vor, als wenn das eine alberne Drohung war, mit der er mich dazu bringen wollte, das hinzukriegen. Also, dass wir ohne Verzug weitermachen können.« Sie platzte mit einem Geräusch heraus, das Lachen oder Weinen sein konnte, und hielt sich das Taschentuch vor den Mund.

Während John sich Sorgen um ihren Gesundheitszustand machte, nickte Sherlock: »Ja, so war es wohl. Ein letzter Versuch, sein Vorhaben doch noch gemeinsam mit dem Team auf legalem Wege voranzubringen.«

Ashley gab ein zustimmendes Geräusch von sich, dabei liefen ihr Tränen die Wangen hinunter.

Wenn die Zustimmung des Detektivs teilnehmend geklungen hatte, wurde er nun wieder sehr nüchtern: »Aber Sie haben ihm klargemacht, dass an den weiteren Tests kein Weg vorbeigeht«, stellte er fest.

»Ich habe es versucht. Aber das wollte er gar nicht mehr hören.«

John fragte, wann und wo der Streit stattgefunden hatte.

»Das war vor knapp vier Wochen, am Dienstag nach dem Freitag, an dem Alpha-Health die weiteren Tests verlangt hat. Im Institut, aber frühmorgens. Noah und Max waren noch nicht da.« Sie steckte sich eine weitere Zigarette an.

»Drei Tage bevor er das Angebot auf dieser Facebook-Seite gemacht hat«, rekonstruierte John.

Ashley nickte vage. Wusste sie davon?

Sherlock fragte nur, wie es weiterging. Er fixierte die Zigarettenschachtel und massierte sein rechtes Ellenbogengelenk.

Wieder inhalierte die Wissenschaftlerin tief, bevor sie sprach. »Er ist raus, hat die Tür zugeknallt. Ich wollte das nicht so stehenlassen und bin hinterher.« Ihre Mundwinkel zuckten unkontrolliert.

»Und?« Mit seinen langen Fingern griff der Detektiv nach der Packung und drehte sie in den Händen herum.

»Er stand im Flur am Fenster und hat telefoniert. Auf Deutsch.«

Sherlock warf die Zigaretten auf den Tisch zurück und sprang auf.

»Meine Großmutter kommt aus der Schweiz, deshalb kann ich die Sprache. Besser als er jedenfalls.« Sie lachte tonlos. »Er hat gesagt, dass er es macht.«

»Ja! Und dann?«

Bedrückt zog Ashley die schmalen Schultern hoch. »Nichts mehr. Er hat mich kommen gehört und ist rausgegangen. Wenn ich danach versucht habe, mit ihm darüber zu reden, hat er mich abgewiesen. Ja, ich habe ihm Konsequenzen angedroht, aber nichts getan.« Mit einer heftigen Bewegung drückte sie die zweite Zigarette aus und begann wieder zu schluchzen, griff nach Sherlocks Taschentuch, das sie auf den Tisch gelegt hatte. »Sagen Sie mir nicht, dass ich es hätte melden müssen. Das weiß ich, seit mir klar ist, dass die toten Obdachlosen auf sein – auf unser Konto gehen.«

8. Kapitel

»Also brauchen wir das Handy«, stellte John fest.

Er hatte sich um Ashley gekümmert, die ihm einer ernsten Stressreaktion nahe schien, und Sherlock nach einem Beruhigungsmittel gefragt. Woraufhin der Detektiv eine Packung Flurazepam aus seinem Schlafzimmer geholt hatte – verschreibungspflichtige Tranquilizer. Mit einem Blick hatte John dem Freund zu verstehen gegeben, was er davon hielt, dass er solche Präparate besaß, und die Schachtel eingesteckt, nachdem er Ashley versorgt hatte.

Nun saß die Frau in einem Taxi nach Hause und Sherlock war viel zu absorbiert von dem Fall, um für eine Diskussion über seine Suchtgefährdung empfänglich zu sein, deshalb konzentrierte auch John sich auf die jüngste Entwicklung: »Und besser auch den Laptop.«

»Deutsch«, murmelte Sherlock. »Ich wusste es.«

»Was wusstest du?«

»Dass das eine Rolle spielt. Du hast doch die Wörterbücher bei Dennis Jones gesehen.«

Als John nichts entgegnete, seufzte der Detektiv auf. »Und du machst dir Sorgen um meine Wahrnehmungsfähigkeit?«

»Weniger darum«, versuchte der Arzt dagegenzuhalten.

»Gut, reden wir von Denkleistung: Glaubst du wirklich, du kannst jemanden, der einen jungen Forscher dazu bringt, gegen sämtliche Kodizes der Wissenschaft zu verstoßen, über die Handynummer oder die E-Mailadresse ermitteln? Er – oder sie – hat natürlich ein Telefon mit Prepaidkarte benutzt und eine nur für diesen Zweck aktivierte Mailadresse. Und beide sind spätestens seit den ersten Todesfällen nicht mehr erreichbar.« Während er sprach, ging er im Raum herum.

John fühlte sich blamiert. Wieder einmal. »Und was schlägst du vor?«

»Natürlich müssen wir uns trotzdem die Geräte anschauen.«

John starrte ihn wütend an.

»Um Schlussfolgerungen aus den Mails oder dem benutzten Alias zu ziehen. Also ja, wir sollten nun schnell zum Yard. Aber ansonsten: Cherchez l'allemand!«

*

In der Tube-Station kaufte John zwei Sandwiches; er hatte am Vormittag einen Bagel gegessen, sonst nichts, und fühlte sich wie ein Zombie. Sherlock, der mit Lestrade telefonierte, während er in dem kleinen Laden war, zog eine Grimasse, als John ihm eine der dreieckigen Plastikschachteln in die Hand drückte.

»Dir fehlt der Dienst in der Klinik, was?«

»Kann sein. Gut, dass ich mit dir genug zu tun habe.«

Zehn Minuten später mussten sie sich in Westminster durch wahre Touristenhorden hindurchkämpfen. Früher Freitagabend: Alle Wochenendgäste wollten Big Ben und die Houses of Parliament im Glanz der letzten Sonnenstrahlen sehen, danach würden sie die Themse entlangschlendern und am Charing-Cross-Bahnhof nach Soho einbiegen. Sherlock nutzte seine Wendigkeit, schreckte auch nicht vor dem Einsatz der Ellenbogen zurück. Das »Sorry« dazu lieferte John, der in seinem Windschatten folgte.

Vor dem Gebäude von Scotland Yard stand Lestrade und rauchte. Mittlerweile war er sichtlich am Ende seiner Kräfte. Die Bartstoppeln vom Morgen stachen noch mehr ins Auge, auf der bleichen Haut sahen sie wie ein dicker Schmutzfilm aus. Das Weiße seiner Augen war rot durchzogen.

»Sie sollten gesünder leben, Inspector«, ließ Sherlock ihn wissen. »Nicht wahr, Dr. Watson?«

John verdrehte die Augen in Lestrades Richtung und sagte nichts.

Er würde es sich zu Herzen nehmen, antwortete der Beamte. »Da haben Sie wohl einmal eine zu dicke Lippe riskiert«, fügte er hinzu und deutete auf die Kratzer an Sherlocks Wange.

Der Detektiv verzog gelangweilt die Mundwinkel; Lestrade trat die Zigarette aus und führte sie in sein Büro. »Wie angenommen Suizid. Überdosis Schlaftabletten«, informierte er sie auf dem Weg.

John nickte, Sherlock knetete seine Hände und schien mit den Gedanken woanders.

»Und Ethel hat den Wirkstoff, den Sie ihr genannt haben, bei dem letzten der toten Obdachlosen nachgewiesen. Wie sie sagte, ist ihr der Wirkmechanismus nicht klar, aber –«,

»– nach Ausschluss aller anderer Möglichkeiten war Dennis Jones' Prüfpräparat verantwortlich für das Ableben«, beendete Sherlock seinen Satz. Sie hatten das Büro des Inspectors erreicht.

»Es gab Hintermänner bei diesen ungeheuerlichen Menschenversuchen«, sagte Lestrade, indem er sich an seinem Schreibtisch niederließ. John hatte den Eindruck, dass er nicht so recht wusste, ob er eine Frage stellen oder eine Aussage machen wollte.

»Hintermänner! Wie aufregend.« Sherlock fuchtelte mit seinen Händen herum. »Wir brauchen die Verbindungsdaten für Dennis' Handy, es geht um einen Anruf am frühen Morgen des 6. Septembers«, forderte er übergangslos. »Und seinen Mailwechsel der vergangenen vier – sagen wir besser sechs Wochen.«

Lestrade starrte ihn an, als würde er seinen Verletzungen gern weitere hinzufügen.

John konnte es ihm nicht verdenken. Er räusperte sich. »Die Leiterin der Arbeitsgruppe am University College London wird noch eine Aussage machen.« Mit knappen Worten gab er wieder, was Ashley ihnen gesagt hatte.

Lestrade schnaufte wütend auf. »Soll ich jetzt dankbar sein, dass sie überhaupt noch herkommen wird?«

»Wenn Sie sie mit einer zutreffenden Schlussfolgerung von Ihren Fähigkeiten überzeugt hätten, hätten Sie vielleicht früher das Vergnügen gehabt.« Der Detektiv warf einen Blick aus dem Fenster auf das imposante London Eye. »Aber wie hätte das passieren sollen?«

»Sherlock, kann es sein, dass du immer noch unterzuckert bist?«, versuchte John ihn zur Räson zu bringen. Es waren die Schuldgefühle, dachte er. Der große Detektiv hatte etwas falsch eingeschätzt und damit konnte er nicht umgehen.

»Nein, Herr Doktor, ich will bloß möglichst schnell die verantwortungslosen Hintermänner«, Sherlock betonte das Wort auf absurde Art, »aufspüren und ihnen das Handwerk legen.«

Lestrade schien zu müde, um sich mit dem Detektiv zu streiten. Er zog einen USB-Stick aus seiner Hemdtasche. »Laptop und Handy sind noch bei den Experten, aber hier haben Sie alles, was Sie brauchen.« Er warf den Speicher auf seinen Tisch.

»Na, also. Kann ich Ihren Rechner benutzen?«

Der Detective Inspector zuckte die Achseln und erhob sich schwerfällig aus seinem Stuhl, ging um den Schreibtisch herum, ließ sich auf einen der Besucherplätze fallen. Er schloss die Augen, sein Kinn fiel herab und fast sofort erklang ein leises Schnarchgeräusch.

»Allerliebst«, kommentierte Sherlock, der den Stick angedockt hatte und sich durch die Verzeichnisse klickte.

John schaute über seine Schultern und sah, dass er die Verbindungsdaten aufgerufen hatte.

»Hier«, der Detektiv fuhr mit dem Cursor eine Zeile entlang. »Der Anruf muss es gewesen sein: 6.9., 7.48 bis 8.01 Uhr. Da gab es also schon konkretere Absprachen, 13 Minuten sind lang … britisches Mobiltelefon, aber über die Nummer werden auch Lestrades Experten nichts herausfinden.« Er scrollte die Seite hinunter. »Hier und hier und hier – noch drei Anrufe von dieser Nummer, aber nichts mehr nach …«, er wartete ab, bis er das Ende der Auflistung erreicht hatte, »nach dem 19.9. Am 20. wurde der erste Tote gefunden.« Er fuhr die Zeilen noch einmal hinauf. »Ja! 1. September, 21.09 bis 21.13 Uhr – das war der erste Kontakt.«

Lestrades Schnarchen wurde lauter. Sein Kopf rutschte zur Seite und er drohte, vom Stuhl zu fallen, blinzelte ins Licht und versuchte, wach zu werden. John wollte ihn auffordern, nach Hause zu gehen, da hatte er schon wieder die Augen geschlossen und atmete tief und gleichmäßig.

»Jetzt die Mails.« Sherlock ging in den zweiten Ordner. In dem Verzeichnis waren zwei Unterordner, einer mit Dennis Jones' UCL-Adresse, einer mit einer privaten. Sherlock rief die Korrespondenz über den AOL-Account auf.

Die Daten der eingegangenen Nachrichten lagen recht weit auseinander; John sah Zeilen wie »Halo-Abend«, »Star Trek Into Darkness« und »Wochenende«. Die letzte war von Penelope Millerham und aus reiner Neugierde hätte er sie aufgeklickt. Sherlock scrollte jedoch weiter, bis er auf eine mit dem Betreff »Natürlich« stieß. Absender: Helfer@gmx. co.uk

Heiser lachte er auf. »Wunderbar, Helfer!« Er klickte auch diese nicht auf, sondern ging bis an den Anfang der Liste zurück, um die erste Mail des Absenders zu finden. Sie war am 30. August bei Dennis Jones eingegangen.

Hi Dennis, es war ein interessantes Gespräch am Samstag. Lass uns das gern einmal vertiefen. Liebe Grüße, Joe.

»Klarname?«, wunderte John sich.

»Kaum«, meinte Sherlock. »Dennis hat erst einmal nicht geantwortet, sehr untypisch für ihn. Party? Zu viel getrunken und zu viel erzählt?«

»Dann kam Joes Anruf«, ordnete John ein.

Lestrade schien seine Position gefunden zu haben, zusammengesackt hing er in dem Stuhl und schlief tief und fest.

Sherlock klickte die nächste Mail von »Helfer« auf, sie stammte vom Morgen des 2. September:

Hi Dennis, abwarten ist total okay, kein Problem. Aber wir sollten nicht warten, bis es zu kalt ist. Würde alles unnötig verkomplizieren. Hier ist alles okay – melde dich einfach. LG, Joe

Dieses Mal hatte der junge Forscher geantwortet:

Super, heute wollen die Bürokraten uns ihr Urteil verkünden. Wenn sie die Sache noch weiter verschleppen, reicht es mir. Melde mich bei dir. Bis dahin, Dennis

John hatte Lestrades Wochenkalender herangezogen. »Das war am Freitag, als Alpha-Health weitere Tests verlangt hat. Am Dienstag darauf hat Dennis dann eingewilligt, es auf die illegale Tour zu machen.«

Sherlock brauchte keinen Kalender. John wusste, dass er die Daten allesamt im Kopf hatte und in diesem Moment auch darüber nachdachte, wann er hätte intervenieren können, wenn er sich früher für den Fall interessiert hätte. Weit zurückgelehnt lag er in Lestrades Bürostuhl und starrte an die Decke.

John klickte die nächste Mail von Joe auf:

… du wirst sehen, das wird ein Riesenerfolg, hieß es einen Tag nach dem Telefonat. *Und du bist der zweite Robert Koch.*

Dennis' Antwort hatte ihn einmal mehr als Nerd ausgewiesen, es war der »vulkanische Gruß« von Mr. Spock: *Lebe lang und in Frieden.*

John stöhnte auf und fragte sich zugleich, warum er den Spruch zuordnen konnte. Nun gut, es half beim Trivial Pursuit und vielleicht ja auch hier. Sherlock hatte dem Mailwechsel keine Beachtung mehr geschenkt, nun stellte er fest:

»Danach kommt nur noch eine Mail von Dennis an ihn oder sie. Vor neun Tagen, nachdem der erste Tote gefunden wurde.«

Joe, irgendwas ist schiefgegangen, der totale Horror, weiß nicht, was tun, melde dich asap, Dennis

»Aber Joe schweigt.« Vermutlich würde außer John nur Mycroft in Sherlocks Tonfall seine Gefühle hören. Nach wie vor hatte er den Blick zur Zimmerdecke gerichtet.

»Der erste Tote hatte noch für keinerlei Aufsehen gesorgt«, argumentierte John.

»Ja«, sagte Sherlock lediglich und John beschloss, es dabei zu belassen.

»Ashley sagte, das Telefonat war auf Deutsch – aber die Mails hier sind alle auf Englisch«, brachte er stattdessen vor.

Immerhin ein Punkt, der den Detektiv veranlasste, sich wieder aufrecht hinzusetzen: »Und fast perfekt. Joe wird schon lange hier leben. Trotzdem bleiben die kleinen Fehler – oder Eigenheiten.« Der emotionslose Blick seiner grauen Augen traf Johns. »Wieder nichts bemerkt?«

Lestrade veränderte seine Haltung und begann erneut zu schnarchen.

»Ein erster Hinweis ist, dass Joe seine Mailadresse groß geschrieben hat. Im Deutschen beginnen alle Substantive mit einem Großbuchstaben, das war vermutlich ein Reflex.«

Sherlock ließ John kaum die Zeit, einen skeptischen Laut von sich zu geben, bevor er in seiner schnellsten Sprechweise fortfuhr. »Umgekehrt verhält es sich mit der Schreibweise nach der Anrede. Natürlich ist es unlogisch, dass wir nach dem Komma groß fortfahren, deshalb machen fast alle Ausländer diesen Fehler. Plus die Falschschreibung von ›bis‹. Die Kurzform von ›until‹ wird mit zwei und nicht mit einem l geschrieben, wie dir bekannt sein sollte.«

John schüttelte entnervt den Kopf.

»Schließlich dann noch die falsche Zukunftsform bei der Prophezeiung, dass Dennis der nächste Robert Koch sein würde. Auch unsere Futur-Varianten sind nicht einfach für Nicht-Muttersprachler.«

»Das alles könnte genauso gut von einem Einheimischen stammen, Mr Queens-Englisch!«, insistierte John. »Hör dir doch mal die Kids in der U-Bahn an.«

»Ja, es ist schrecklich«, lautete Sherlocks Antwort. Er stand auf. »So, noch einmal nach Maida Vale.«

Bevor sie das Büro verließen, versuchte John, Lestrade zu wecken, ohne Erfolg.

*

Penelope Millerham lebte auf einem Hausboot. Und sie war eine klassische Schönheit. Auf dem Weg vom Bahnhof Paddington nach Little Venice hatte John Sherlock nahegelegt, ihn mit Dennis Jones' Freundin reden zu lassen, da er meinte, das besser hinzubekommen als der Freund. Nun stand er überwältigt vor der vielleicht 25-jährigen Blondine, die ihn fast um einen Kopf überragte, deren perfekte Formen trotz der weiten Cargo-Hose und des groben Strickpullovers zu erahnen waren, und deren ebenmäßige Gesichtszüge an die einer antiken Göttin erinnerten. Ihre ganze Erscheinung passte zu der wild-romantischen Schönheit des Areals, die solch einen Kontrast zu der Wegstrecke unter der Stadtautobahn hindurch und über die Warwick Avenue bildete.

Nachdem Sherlock John auffordernd angeschaut, er jedoch kein Wort herausgebracht hatte, holte der Detektiv vernehmlich Luft und bat um Verzeihung, sie am Morgen mit der Nachricht vom Tod ihres Freundes überfallen zu haben.

Sherlock entschuldigte sich? Besaß Penelope Millerham übernatürliche Kräfte?

»Nein, nein.« Ihre Stimme klang rau und nun sah John den kornblumenblauen Augen auch an, dass sie geweint hatte. »Mir tut es leid.« Sie deutete auf die Wange des Detektivs. Ihre Finger waren noch feingliedriger als Sherlocks.

John räusperte sich. »Ms Millerham, guten Abend. Mein Name ist John Watson. Mein aufrichtiges Beileid zu Ihrem Verlust.«

»Danke. Nennen Sie mich Penelope.« Mit einer Handbewegung lud sie die beiden ein, auf dem Sofa Platz zu nehmen, das ihr vermutlich nachts als Bett diente. Die hochgewachsene Frau wirkte zu groß für den kleinen Innenraum des Bootes. »Möchten Sie Wein? Ich habe die Flasche gerade geöffnet.«

Dafür fehlte schon sehr viel von dem Grauburgunder.

John nahm das Angebot an, Sherlock bat um ein Glas Wasser. Während Penelope sich in der winzigen Kombüse zu schaffen machte, sah der Detektiv seinen Freund fragend an. John tat, als wisse er nicht, was er meinte, formte seinerseits lautlos das Wort »Nerd-Frau« und schickte ein mimisches Fragezeichen hinterher. Sherlock nickte nachdrücklich.

»Sind Sie Künstlerin?«, fragte John, als die Schönheit ihnen auf einem wackligen Holzstuhl gegenübersaß.

»Nein. Informatikerin.« Sie trank einen großen Schluck Wein.

Natürlich. Heutzutage würden sich Künstler solch ein Hausboot in Little Vernice kaum noch leisten können.

»Penelope«, offenbar hatte Sherlock beschlossen, nicht länger darauf zu warten, dass John die Initiative ergriff, »Sie haben mir gesagt, dass Dennis und Sie sich vor über drei Wochen gestritten haben. Und Sie wollten mir den Grund nicht verraten. Das ist in Ordnung ...«

»Mr Holmes – Sherlock«, fiel sie ihm ins Wort. Dafür, dass sie bereits eine halbe Flasche Wein intus hatte, sprach sie sehr deutlich. »Bei unserem Streit ging es um etwas sehr Privates. Nicht darum, ob Dennis' Testreihe ethisch vertretbar war, was Sie zu vermuten scheinen.«

Selten hatte John den Detektiv bislang sprachlos erlebt, nun starrte er die junge Frau eine gefühlte Ewigkeit lang nur an.

»Wollen Sie damit sagen«, schaltete John sich ein, »dass Sie von der Erprobung der Antibiotika-Substitute an Obdachlosen wussten?«

»Natürlich nicht«, wies Penelope die Schlussfolgerung zurück. »Sonst hätte ich mich ja strafbar gemacht, nicht wahr?«

»In Ordnung.« Sherlock hatte sich wieder gefangen. Er trank einen Schluck Wasser. »Wissen Sie, wer ›Joe‹ ist?«

»Joe?« John hatte den Eindruck, dass sie sich extra dickhäutig gab. »Ich kannte einen in der Grundschule, aber ich nehme nicht an, dass Sie den meinen.«

»Dieser Joe hat Dennis auf die Idee gebracht, Stadtstreicher als Versuchsobjekte zu«, John zögerte, entschied sich dann für ein möglichst neutrales Verb: »nehmen.«

»Tut mir leid.« Penelope schloss einmal kurz ihre blauen Augen. »Ich habe mich herausgehalten aus seiner Forschung.«

»Wollen Sie etwa behaupten, Sie hätten darüber gestritten, dass er irgendwelche Sexpraktiken wollte«, brauste John auf, »aber dass er Menschen missbraucht hat, hat Sie nicht interessiert?«

»Eher umgekehrt«, murmelte Sherlock.

»Was?«, fragte John irritiert.

»Nichts.« Eine Bewegung auf dem Wasser ließ das Hausboot ein wenig schaukeln.

Penelope leerte ihr Glas: »Dennis und ich waren uns in fast allen Dingen einig«, behauptete sie, ihre Aussprache wurde ein klein wenig schwammig. »Und meinen Sie nicht auch, dass eine Diskussion erlaubt sein muss, welche Risiken man für die Forschung eingeht – für etwas, das sich als Segen für die Menschheit erweisen kann?«

»Genau das wird in Ethikkommissionen diskutiert!« John hatte sich sehr aufrecht hingesetzt. »Das kann niemand für sich allein entscheiden.«

Die Frau achtete gar nicht auf ihn, sondern sah Sherlock an.

»Interessante Frage allemal«, stimmte der ihr zu. John hätte ihn ohrfeigen können. Dann fügte der Freund aber sehr kalt an: »Nachdem es bei Dennis jedoch so kolossal schiefging, hat er seine eigene Entscheidung nicht mehr ertragen.«

Penelope zuckte zusammen, als habe sie ein Schlag getroffen. »Ja«, sagte sie nur, den Blick gesenkt.

Sherlock ließ nicht locker: »Und wenn einer von Ihnen ein wenig weitergedacht hätte, wäre Ihnen klargeworden, dass es auch um knallharte wirtschaftliche Interessen geht!«

Sie schaute nicht auf.

»Dennis ist benutzt worden – und Sie können mir dabei helfen herauszufinden, von wem. Wenn Sie also wissen, wer ihn kontaktiert hat, dann sagen Sie es mir, verdammt noch mal!«

Ihre einzige Reaktion bestand darin, die Weinflasche an den Mund zu heben und die restliche Flüssigkeit herunterzustürzen.

»Waren Sie mit ihm gemeinsam am Samstag, 27. August, auf einer Party?«

Penelope machte eine fahrige Geste.

»Erzählen Sie mir jetzt nicht, dass Sie sich nicht erinnern! Wo sich ihr Privatleben ansonsten in Chat-Zirkeln und auf Pornoseiten abspielt.«

Wieder zuckte sie zusammen, John konnte nicht anders, als sie anzustarren.

»Hochintelligente IT-Expertin, Freiberuflerin. Probleme mit anderen Menschen«, ratterte der Detektiv herunter. »Dennis haben Sie über ein normales Dating-Portal kennengelernt, stimmt's?«

Penelope wandte sich komplett ab und sah angestrengt aus einem der kleinen Fenster. Über dem trüben Wasser ging die Dämmerung in Dunkelheit über. An der anderen Seite des Hafenbeckens leuchteten vereinzelte Lichter.

»Vermutlich waren Ihre Probleme damit vorprogrammiert.« Sherlock war unerbittlich und John fürchtete, gleich die zweite Frau an einem Tag medizinisch versorgen zu müssen.

Als sie sich wieder ihnen zuwandte, wirkte sie jedoch geradezu gefasst. »Vielleicht. Ja, ich war mit auf dieser Party, aber ich habe mich nicht wohlgefühlt dort und bin bald wieder gegangen. Wie Sie selbst sagten: Probleme mit anderen Menschen. Dürfte Ihnen nicht unbekannt sein, oder?«

»Nein.« Nun hörte man die Erschöpfung in Sherlocks Stimme. »Also können Sie nicht sagen, mit wem Dennis sich dort unterhalten hat?«

Sie schüttelte nur den Kopf.

»Wo fand die Party statt?« John wollte endlich wieder den Anschluss an die beiden finden, während er noch herauszufinden versuchte, wie der Freund seine Schlüsse gezogen hatte. Gut, da lag ein teures Notebook im Stand-By-Modus auf einem kleinen Pult und Penelopes Aufmachung sprach nicht dafür, dass sie an diesem Abend noch ausgehen wollte. Andererseits: Wer würde das schon tun am Tag, an dem der Freund sich umgebracht hatte? Doch – die meisten würden wohl eine Freundin aufsuchen. Und auch die anderen Kleidungsstücke, die achtlos in dem Boot herumlagen, taugten weder für einen normalen Bürojob noch für irgendwelche angesagten Bars. Bestimmt hatte Sherlock dann noch etwas aus ihren sehr kurzgeschnittenen Nägeln und den platten Fingerkuppen deduziert. Fast hätte er ihre Antwort verpasst.

»Es war so ein riesiges Treffen am UCL, keine private Party.« Sie hätte Dennis dort schnell aus den Augen verloren.

9. Kapitel

»Wow! Was war das?« John war abrupt stehengeblieben, kaum dass sie den Steg des Hausboots verlassen und auf dem ehemaligen Treidelpfad wieder festen Boden unter den Füßen hatten.

»Eine Frau mit der erotischen Ausstrahlung einer Brigitte Bardot und dem Verstand eines –«, Sherlock zögerte. »Vielleicht nicht direkt eines Oppenheimer, aber –«

»– eines Sherlock Holmes?«

»Sehr witzig.« Er setzte sich in Richtung Paddington in Bewegung. »Was ihr in einer nach wie vor chauvinistischen Gesellschaft einige Probleme bereitet.«

»Du hättest mich schon vorwarnen können.«

»Hätte ich.« Der Freund schaute ihn amüsiert an. »Aber so war es eine gute Gelegenheit für ein kleines Experiment am Rande: Die Wirkung solch einer außergewöhnlichen Frau auf einen durchschnittlichen, dahergelaufenen Mann.«

John schnappte nach Luft.

»Du bist glücklich verlobt und vermutlich stimmt bei euch auch im Bett alles.«

John dachte nicht daran, den Köder zu schlucken und in der winzigen Pause etwas zu sagen.

»Nun seid ihr gerade mal fünf Tage nicht zusammen und du hast prompt angefangen zu sabbern, sobald du Penelope gesehen hast.« Er grinste.

»Ich habe nicht gesabbert!« John betonte jede einzelne Silbe.

»Metaphorisch gesprochen. Und obwohl du ansonsten nicht der Schnellste mit logischen Schlussfolgerungen bist, hast du messerscharf erkannt, dass ihre Differenzen mit Dennis etwas mit Sex zu tun haben mussten.«

»Bloß umgekehrt«, wiederholte John Sherlocks Äußerung.

»Ja, da ist dir deine Wunschfantasie in die Quere gekommen. Penelope Millerham ist den Männern so überlegen, dass sie sich danach sehnt, von ihnen dominiert zu werden.«

»Dann wärst du also der Richtige für sie.«

»Käme auf den Versuch an«, war Sherlocks Antwort, und während John noch an sich halten musste, ihn nicht anzustarren, hängte er beiläufig die Frage an, ob Mary am morgigen Tag nach Hause käme.

»Nein, erst am Sonntag. Was ich sehr schade finde.« Warum hatte er das Bedürfnis, das zu betonen? »Denn wie du schon sagtest: Wir sind glücklich miteinander, und ja, auch im Bett ist alles wunderbar.« Sie waren wieder auf der lauten Warwick Avenue gelandet. »Und sie hat also Dennis darin bestärkt, diese Tests vorzunehmen?«

Sherlock knetete seine langen Finger. »Sie hat ihm so etwas wie den philosophisch-intellektuellen Überbau geliefert.«

John fühlte sich auf einmal todmüde und erschöpft. »Schluss für heute?« Sie könnten etwas vom Chinesen mitnehmen in die Baker Street und dann schlafen, den ganzen Wahnsinn für ein paar Stunden vergessen.

»Für mich noch nicht. Aber wenn du nicht mehr kannst …«

*

Noch einmal abgepackte Sandwiches – dieses Mal aus dem Marks & Spencer am Bahnhof Paddington – und sie saßen in der U-Bahn gen Osten. Sherlock wollte die Wohnung in Bloomsbury aufsuchen, in der am Vorabend die Party stattgefunden hatte.

»Eine sehr einseitige Ernährung, Herr Doktor«, war sein Kommentar gewesen, als John ihm die Box in die Hand drückte. Was der Arzt kaum leugnen konnte.

»Woher wusstest du eigentlich von dieser WG – und der Party?«, fragte er. »Also wieso hast du vermutet, dass du dort Informationen über Dennis Jones bekommst?«

Sherlock schluckte den letzten Bissen seines Hühnchensalat-Sandwiches herunter. Dafür, dass er so getan hatte, als wenn er nichts wollte oder brauchte, hatte er es geradezu verschlungen. »Facebook, natürlich.«

»Also du kannst da alles lesen?«

»Im Wesentlichen die Posts meiner«, er deutete Anführungszeichen an, in der linken Hand noch die Plastikbox, »Freunde. Aber es wollen sehr viele Menschen mit einer attraktiven Frau wie Stacey Hopkins befreundet sein. Das habe ich genutzt und gezielt Freundschaftsanfragen an Leute geschickt, die etwas mit Pharmakologie zu tun haben.« Er zuckte die Achseln. »Außerdem gibt es erstaunlich viele, die alles öffentlich posten.«

»Aber wie …?«

»Virtuelle Beinarbeit. Hin- und herklicken, Verbindungen beobachten, Rückmeldungen lesen. Letzten Endes ist es reine Mengenlehre: Wer von all denen, die da interagieren, kennt sich auch in der Realität? So gab es eben einige Hinweise im Umfeld von Dennis Jones auf diese Party.«

John nickte und dachte einmal mehr, dass er sein Leben niemals so öffentlich ausbreiten würde.

»Wenig gesunde Form der Beinarbeit übrigens. Belastet die Gelenke doch arg einseitig.« Er legte die Sandwichbox neben sich auf die Bank und rieb wieder an dem Punkt unterhalb seines Ellenbogens.

John lag die Bemerkung auf der Zunge, er habe ihn ja gewarnt. Aber dann wären sie in den Ermittlungen noch nicht so weit. Ein Punkt erschien ihm jedoch nach wie vor sehr unlogisch: »Wir wissen also jetzt, dass Dennis Jones von einem Joe angestachelt wurde, diese unprofessionelle Testreihe zu fahren. Aber wie wäre es weitergegangen, wenn die Probanden nicht gestorben wären? Welcher Pharmakonzern würde mit den Ergebnissen arbeiten?«

Sie hatten Euston Square erreicht und stiegen aus, fädelten sich in den Strom der Menschen in Richtung des südlichen Ausgangs ein.

»Ja, das ist so ein Punkt«, räumte Sherlock ein.

Bei einer Firma aus Russland oder Afrika könnte er es sich vorstellen, meinte John. »Aber eine deutsche?«

»Nicht die Sprache mit dem Land verwechseln«, entgegnete der Detektiv. »In Russland zum Beispiel leben viele Deutsche, oder auch in Argentinien – zumindest in der Vergangenheit waren es dort häufig diejenigen mit wenig moralischen Bedenken.«

*

Kurz darauf erklommen sie wieder die Treppen in dem hochaufragenden Gebäude in der Huntley Street. Im dritten Stock wartete der junge, bärtige Schotte, mit dem sie sich am Vorabend unterhalten hatten. Ob er sie erkannte, war nicht eindeutig, auf jeden Fall wirkte er enttäuscht.

»Ich dachte, es wäre der Lieferservice. Was –?«

»Lukas, richtig?« Sherlock bemühte sich, freundlich zu klingen, John hörte aber seine aufsteigende Ungeduld. »Chemie-Post-Doc am UCL, stimmt's?«

Das konnte er nur geraten haben, dachte John und wurde durch Lukas' Antwort bestätigt:

»Nein, Physik-Doktorand. Also um was geht es?« Es war klar: Nach der Party am Vorabend war er auf einen ruhigen Abend aus und unwillig, sie hineinzulassen. John konnte es ihm nicht verdenken, dennoch kam ihm die Rolle des Vermittlers zu.

»Wir haben uns doch gestern unterhalten«, begann er in freundlichem Konversationston, als Sherlock ihm auch schon ins Wort fiel:

»Da war diese große Party vor knapp fünf Wochen im UCL. Warst du da?«

»Wann auch immer, Mann. Zu diesen Riesenevents gehe ich nie.« In seiner harten, kehligen Sprechweise wirkte die Feststellung sehr abweisend.

Was Sherlock nicht störte. »Deine Freundin, sie ist Deutsche.« Mit diesem Satz schob der Detektiv sich einfach an dem jungen Mann vorbei in den Flur; der schaute ihm einigermaßen fassungslos hinterher.

John fiel ein, dass er ihnen von der deutschen Freundin erzählt hatte. Aber dieser Lukas selbst hatte Dennis Jones doch gekannt und sogar gewusst, dass er Probleme mit der Finanzierung seiner Forschung hatte! Warum fragte Sherlock ihn nicht danach? Mit ein wenig Höflichkeit, um seine Chancen auf eine Antwort zu erhöhen? »Wir stören nicht lange«, versicherte er so jovial wie möglich.

»Leonie ist sehr erkältet«, sagte Lukas, und John hörte den Beschützerinstinkt in seiner Stimme. Gemeinsam folgten sie dem Detektiv.

In der Wohnung waren die Spuren des Vorabends noch nicht komplett beseitigt. Im Flur standen zahlreiche leere Flaschen aufgereiht, in der Küche, die Sherlock angesteuert hatte, war der Fliesenboden fleckig und klebrig. Die junge Frau, die sie auf der Party kurz gesehen hatten, saß in einem Korbstuhl in eine Decke gehüllt, ihr langes rotes

Haar war im Nacken zusammengebunden. Auf dem Tisch stand ein dampfender Steingutbecher.

Sherlock ließ sich ihr gegenüber nieder und setzte sein mitfühlendstes Gesicht auf. Es täte ihm leid, dass es ihr nicht gut gehe, versicherte er. »John ist Arzt, vielleicht kann er etwas für Sie tun.«

Ja, dachte der Doktor, die Arme in Ruhe lassen. Die Antwort der Deutschen klang heiser, aber wohlwollend:

»Der Tee reicht, denke ich, und gleich gibt's noch eine Hot-Sour-Suppe, das ist die beste Medizin.«

»Und dann ab ins Bett!«, machte Lukas klar, dass die Eindringlinge bald wieder verschwinden sollten. In dem Moment klingelte es und er ging zurück in den Flur.

John setzte sich. Auf dem Tisch lagen zwei Gedichtbände. Keats' »Auf eine griechische Urne« aufgeschlagen mit dem Buchrücken nach oben, in Novalis' »Hymnen an die Nacht« steckten etliche Zettel. Neben Leonies Teetasse lag ein Bleistift.

»Sie sind Literaturwissenschaftlerin«, stellte er stolz fest. Davon hatte Sherlock keine Ahnung.

Der Blick des Detektivs besagte, dass das irrelevant war.

»Ja«, bestätigte Leonie. »Komparatistin, um genau zu sein.«

Als befürchte er, John würde Zeit mit einem Gespräch über die geisteswissenschaftlichen Fachbereiche vergeuden, kam Sherlock wieder gleich zur Sache: »Sie können uns doch bestimmt etwas über die deutsche Community hier in London sagen.«

John dachte an die Überlegungen vor wenigen Minuten und fragte sich, wie das dazu passte.

»Gehen Sie zu solchen Treffen?«

Leonie zuckte die Schultern. »Ab und an. Manchmal ist es ganz nett, einmal wieder deutsch zu sprechen.«

»Also geht es um die Sprache Novalis'«, stellte John fest, was ihm eine Grimasse von Sherlock einbrachte.

Die junge Frau lächelte. »Ja, genau.«

Ihr Freund kehrte in die Küche zurück und holte mehrere Behälter aus einer Papiertüte, löste die Abdeckfolie von einer Plastikschale und schob sie Leonie hin, legte einen Plastiklöffel und etliche hauchdünne Servietten daneben. Sie begann zu essen.

»Welche Nationalitäten sind denn vertreten in der Community?«, fragte Sherlock.

Leonie hatte den Mund voll Suppe, so dass Lukas schneller war mit seiner harschen Entgegnung: »Was interessiert euch das eigentlich?« Er setzte sich zu ihnen, öffnete Kartons mit Reis, Gemüse und etwas, das wie Ente aussah, befreite ein Paar Stäbchen aus der Papierummantelung und begann zu essen.

Bei den Ingwer- und Koriander-Düften wurde John fast schlecht vor Hunger. Das Sandwich war nicht annähernd genug gewesen. Er brauchte seine gesamte militärische Disziplin, sich zu beherrschen und das Gespräch wieder diplomatisch in die richtigen Bahnen zu lenken.

»Es geht um Dennis Jones. Du hast gestern gesagt, dass er Schwierigkeiten hatte, sein aktuelles Forschungsprojekt zu finanzieren.«

Der Schotte zuckte die Achseln. Leonie hatte ebenfalls offensichtliche Schwierigkeiten, die Verbindung von Johns Ausführungen zu Sherlocks Frage herzustellen.

»Die Treffen solcher Communitys sind ja manchmal gut, um wichtige Leute zu treffen.« John fand, er hatte eine elegante Überleitung hinbekommen, die Blicke der drei anderen am Tisch bezeugten allerdings das Gegenteil. »Netzwerken und so«, hängte er an.

»Dennis ist kein Deutscher«, meinte Lukas nur.

Leonie fragte ihn, ob sie diesen Dennis kennen würde.

»Ich glaube nicht«, antwortete er. »Und zu seinen Problemen an der Uni weiß ich nur, was er mir vor Ewigkeiten mal erzählt hat«, wandte er sich an die beiden Männer. »Also was soll das alles?«

»Dennis hat sich gestern Nacht umgebracht«, ließ Sherlock die Katze aus dem Sack.

»Was?« Obwohl sie ihn nicht gekannt hatte, war Leonie geschockt.

Lukas starrte den Detektiv an. »Warum?«

»Das versuchen wir herauszufinden. Vermutlich, weil er nicht damit leben konnte, dass durch seine Versuche Obdachlose zu Tode gekommen sind.« Sherlock selbst litt noch immer darunter, dass er den Fall nicht früher aufgegriffen hatte, das hörte John deutlich heraus.

»Versuche an Obdachlosen? Dennis?« Lukas war fassungslos, das war klar. »Was redest du da?«

»Ohne Zweifel. Die Pharmafirma, die die Studie bislang finanziert hatte, wollte weitere Tierversuche, aber Dennis hat stattdessen auf eigene Faust mit Menschenversuchen begonnen.« Formulierte Sherlock das extra so drastisch wie möglich?

Falls ja, bestand die Wirkung auf Lukas nicht darin, dass er redseliger wurde. Er legte die Stäbchen auf den Tisch und verharrte regungslos. Aus dem rechten Mundwinkel lief ein Tropfen Gemüsesud in seinen Bart; er schien es gar nicht zu merken.

»Aber vermutlich gab es«, John zögerte, Lestrades Wort »Hintermänner« auszusprechen, tat es dann trotzdem. »Eine andere Firma«, fuhr er fort, »irgendjemanden, der das Potential der Antibiotika-Substitute erkannt hat und daran verdienen wollte. Die suchen wir.«

»In der deutschen Community?«, wollte Leonie wissen. Sie hatte ebenfalls ihren Löffel abgelegt und zog die Decke enger um sich.

Sherlock bestätigte das, und sie beantwortete sehr sachlich seine Frage zu den Nationalitäten. Sie habe neben Deutschen, Österreichern und Schweizern bei einem Treffen einmal zwei Russlanddeutsche sowie eine Frau aus Kasachstan angetroffen. »Ach so, und einmal war auch ein Luxemburger da.«

»Aber Dennis –«, ließ Lukas sich vernehmen. »Wieso soll er denn sowas gemacht haben? Ich meine, klar war er nicht von dieser Welt, wenn er einem Ergebnis auf der Spur war –«,

»Das ist genau der Punkt«, fiel Sherlock ihm unbarmherzig ins Wort. »Für ihn war seine Forschung das Wichtigste überhaupt, oder?«

Anstelle einer Antwort schob der junge Mann sich erst einen Bissen Ente in den Mund, nickte dann.

»Wenn du also irgendetwas weißt, was uns weiterhilft, irgendjemanden, mit dem er sich im letzten Monat getroffen hat, dann verrat uns das!« Wenn nicht, halt den Mund, klang da durch und Lukas kniff die Augen zusammen, als müsste er Tränen zurückhalten.

»Haben Sie auf diesen Treffen einmal jemanden aus der Pharmabranche angetroffen?«, wandte Sherlock sich wieder an Leonie.

Sie schüttelte hilflos den Kopf. »Aber man spricht natürlich nicht immer mit jedem, und so oft bin ich ja gar nicht da.«

Abrupt wechselte der Detektiv das Thema. »Ich habe gestern Abend einen alten Bekannten hier getroffen: Carl Janners, Chemie-Dozent am UCL. Kanntet ihr ihn vorher?«

Wieder verneinte die junge Frau, aber Lukas' Blick durch einen dünnen Tränenschleier hindurch war zornig und sein Schottisch fast unverständlich: »Bekannter von dir, ja? Der Schmarotzer – an der Uni immer nur Dienst nach Vorschrift, aber bei jeder Party dabei. Dass du den Namen überhaupt in Zusammenhang mit Dennis nennst!«

*

»Egal, was du sagst: Wir gehen jetzt etwas essen!«, forderte John, kaum dass sie aus der Wohnungstür heraus waren. Ihn interessierte brennend, warum der Freund seinen ehemaligen Kommilitonen erwähnt hatte, aber er würde zusammenbrechen, wenn er nicht in den nächsten Minuten etwas zu sich nahm.

Sherlock bedachte ihn mit dem Blick, bei dem er sich immer wie eine seltene Spezies vorkam. »Takeaway muss reichen«, beschied er ihn.

John seufzte, fügte sich dann in sein Schicksal. »Hier entlang«, übernahm er die Führung und schlug den Weg zur nahen Drummond Street ein, wo sich mehrere indische Restaurants aneinanderreihten.

»Dein alter Kumpel ist also ein Nassauer«, sagte er, als er endlich im »Sizzling Bombay« seine Order aufgegeben hatte.

»Carl ist nicht mein alter Kumpel«, reagierte Sherlock, und John erinnerte sich wieder an die offen zur Schau gestellte Abneigung am Vorabend.

»Himmel, so was sagt man halt so«, meinte er, war jedoch schon auf die Abfuhr vorbereitet.

»Ich vergesse immer wieder, dass du keine Probleme mit all diesen dummen Redewendungen hast. Würde die Menschheit schweigen, anstatt solche Plattitüden von sich zu geben, die Welt wäre ein besserer Ort!«

Sie standen im Eingangsbereich des Lokals, in dem die unvermeidliche Sitar-Musik ebenso wie ein kitschiger Springbrunnen plätscherte. John war zu erschöpft, um noch länger zu stehen und setzte sich auf einen Barhocker neben der Eingangstür. Draußen versuchte gerade ein Fahrer, seinen SUV in eine viel zu kleine Parklücke zu manövrieren. Aus der Küche drangen indische Sprachfetzen. Sämtliche Tische in dem Restaurant waren besetzt; sie hatten Glück, dass sie die einzigen waren, die etwas zum Mitnehmen bestellt hatten.

Sherlock wurde von seinen Gewissensbissen getrieben, deshalb verhielt er sich einmal mehr wie ein Ekel, dachte John und versuchte, es nicht persönlich zu nehmen.

»Kann man nicht recht einfach herauskriegen, ob es Pharmafirmen hier in London gibt aus einem dieser Länder, in denen auch Deutsch gesprochen wird?«, wechselte er das Thema. »Einem jener Länder mit wenig moralischen Bedenken, wie du es genannt hast.«

»Längst überprüft«, entgegnete er, rieb dabei die Stelle an seinem Ellbogen. »Es gibt keine solche Firma hier. Überhaupt ist der Markt fast komplett zwischen US-amerikanischen, britischen und europäischen Firmen aufgeteilt.«

»Ja aber …«

»Genau.«

Was sollte das nun wieder heißen? Der Detektiv zog sein Smartphone hervor und wischte darauf herum. Nach kurzer Zeit rief er eine Nummer auf und hielt das Telefon ans Ohr.

»Carl! Schön, dass du so hübsch ordentlich im Londoner Telefonbuch stehst.«

Einer der zierlichen Kellner näherte sich, in der Hand die Kartons mit Johns Tandoori-Hühnchen und Sherlocks vegetarischem Curry.

»Sherlock Holmes. Ich dachte, nachdem wir uns gestern wiedergesehen haben, könnten wir noch ein wenig plaudern.«

John rutschte von dem Hocker, zahlte, gab ein fürstliches Trinkgeld und trat hinaus auf die Straße, wo er sich gleich über das Essen hermachte. Was nicht einfach war im Stehen. Wenige Augenblicke später kam Sherlock heraus.

»Du solltest nicht so schlingen, das ist ungesund«, befand er und teilte ihm mit, dass sie mit seinem ehemaligen Kommilitonen in dessen Stammkneipe verabredet seien.

»Du wirst diesen Fall heute Nacht nicht lösen«, rief John ihm in Erinnerung, was der Freund lediglich mit einem entschlossenen Blick beantwortete.

*

Carl Janners' Lieblingslokal war ein hübsch altmodischer Pub hinter dem Bahnhof Liverpool Street. Er saß mit einem Freund auf der gepolsterten Bank in einer Ecke; vor ihnen auf dem niedrigen Tisch standen zwei leere Pintgläser, zwei weitere enthielten noch einen Rest dunkel schimmerndes Ale. In der Kneipe herrschte der übliche Freitagabendbetrieb, vor der Theke standen die Gäste in Zweierreihen, der Geräuschpegel war enorm.

»Ah!« Dankbar ließ John sich auf einen freien Hocker den beiden Männern gegenüber fallen und begrüßte sie, adressierte dann Sherlock, der stehengeblieben war: »Ich nehme ein Newcastle.«

Er hatte das Essen bezahlt und war viel zu erschöpft, an der Bar anzustehen; das sollte der Freund nun tun. Sherlock erhob keine Einwände, sondern achtete sogar die Gepflogenheiten und fragte Carl und seine Begleitung, was sie nehmen würden – wenn auch in einem Tonfall, der signalisierte, dass sie seiner Meinung nach genug hatten. Carl ließ sich davon nicht irritieren und schloss sich John an, sein Freund winkte ab und verabschiedete sich gleich darauf.

»Ein geselliger Typ, unser Carl«, meinte Sherlock, sobald er seinem ehemaligen Kommilitonen das Glas gereicht hatte. John fühlte sich an den Gebrauch dieser Wendung in Zeugnissen erinnert. Er war sich sicher, dass Sherlock es genauso meinte und kurz durchzuckte ihn der Gedanke, ob der Freund sich für früher erfahrene Demütigungen rächen wollte.

Der Mann reagierte gelassen: »Das hat dir noch nie jemand vorgeworfen, oder?«

Der Detektiv hatte sich auf den freigewordenen Platz neben ihn gesetzt und hob sein Glas Tonic. »Ich denke nicht, nein.«

John trank einen Schluck Ale und fragte sich, wie Sherlock auf die Art etwas herausfinden wollte.

»Vor zwei Jahren war er am Ende: Geschieden, pleite, Krise«, stellte der Detektiv fest.

»Ja, ich weiß, das konntest du damals schon, Mr Superhirn. Bist du hergekommen, um mir meinen Abend zu versauen? Ich hätte wunderbar noch ein bisschen mit Gary plaudern können …«

»Aber ihr hängt doch ständig hier zusammen ab. Da warst du doch eher neugierig, was ich dir zu bieten habe für dein kleines Business.«

Das ließ John aufhorchen. Carl zuckte betont gleichgültig die Achseln.

»Keine Angst, John weiß Bescheid«, versicherte Sherlock. »Also wie ich gestern schon sagte: Ich interessiere mich sehr für die Forschung. Und ich weiß, dass du mir Kontakte vermitteln kannst.«

An der Theke brach ein alter, besoffener Ire in ohrenbetäubendes Gelächter aus. Carl Janners lehnte seine breiten Schultern an die Wand, Arme vor dem Bauch verschränkt.

»Für dich?«, fragte er herablassend.

»Ich arbeite für einen Konzern auf dem Kontinent«, behauptete der Detektiv. »Arzneimittel.«

John bemühte sich, seine Faszination nicht zu zeigen.

»Der würde gern den Einstieg in die neue Generation der Insuline schaffen.«

Der Uni-Dozent präsentierte ein Pokerface.

»Und sich einen Kontakt natürlich etwas kosten lassen.« Sherlock trank einen Schluck Tonic.

Wie er auf ihn gekommen sei, fragte Carl nun endlich. Der Detektiv wedelte nur mit der freien Hand herum.

Tatsächlich habe er an der Uni einen sehr großen Bekanntenkreis, führte der Dozent aus. Und mitunter könne er Menschen zusammenbringen, »zum gegenseitigen Vorteil – und nicht zu meinem Nachteil.« Er lachte zufrieden.

»Ich sage ja: der gesellige Typ«, schob Sherlock in neutralem Tonfall ein.

Jemand hatte die Musik laut gestellt und in Verbindung mit all den Stimmen ringsum machte eine grässliche Techno-Version von »It's My Life« es fast unmöglich, etwas zu hören. Deshalb entging John Carls Antwort.

Sherlock sprach danach extra laut. »Ja, das wäre sehr schön, wenn du diesen Peter für mich ansprechen könntest. Du kannst ihm auch gern meine Karte geben.« Er holte sein schmales Visitenkarten-Etui aus der Jackettasche und reichte seinem ehemaligen Kommilitonen eine.

Der erstarrte, als er den Text las: »Beratender Detektiv –«,

»Genau. Und du sagst uns jetzt, wen du an Dennis Jones vermittelt hast. Unendlich dumm, mein Lieber, gestern Abend ohne jegliches Nachdenken zu behaupten, dass du ihn nicht kennst! Bei solch einem Allerweltsnamen. Da war ich sicher, dass du nicht nur allgemein Dreck am Stecken hast, sondern mir auch in dem Fall weiterhelfen kannst.«

»Unfug!« Der Dozent schickte sich an aufzustehen.

»Bleib sitzen!« Sherlocks Stimme war schneidend.

Der Mann ließ sich wieder auf die Bank sinken.

»Erinnert mich an früher, dein Vorgehen, wenn du Seminararbeiten von älteren Semestern verkauft und gegen Bezahlung Prüfungsergebnisse organisiert hast. Seltsam eigentlich, dass du nicht Manager geworden bist ...«

Carl Janners starrte ihn böse an. »Ich habe niemandem geschadet. Man kann diese mit Drittmitteln finanzierten Forschungen schließlich generell als unethisch ansehen. Wenn du an der Uni arbeiten würdest ...«

Sherlock schüttelte den Kopf. »Keine Zeit für deine Rechtfertigungen. Also los: Ich weiß bereits, dass es sich um einen Deutschsprachigen handelt, und dass der Deckname Joe ist.«

Carl Janners Blick, wenig fokussiert nach den Bieren, wirkte verwirrt; der Detektiv fuhr ohne Zögern fort:

»Mit den Kontaktdaten, die ich ebenfalls kenne, würde ich auch ohne deine Hilfe herausfinden, wer es war, aber wenn du mir jetzt den Namen nennst, werde ich dich nicht melden.« Er stützte die Ellenbogen auf den schmierigen Tisch und sah seinem ehemaligen Kommilitonen in die Augen. »Also, wird's bald?«

»Es war jemand von einer kleinen belgischen Pharmafirma«, antwortete der Dozent endlich.

»Belgien!«

Sein Gegenüber war irritiert über den Ausruf. Wieder wedelte Sherlock ungeduldig mit seiner Hand in der Luft herum. »Name, Kontaktdaten.«

»Ich habe nur eine Handynummer.«

»Her damit!« Der Detektiv war bereits aufgestanden. »Jetzt.«

Carl Janners sah aus, als wollte er auf Sherlock losgehen, endlich zog er jedoch sein Handy aus der Tasche. »Dr. Joost«, presste er zwischen den Zähnen hervor. »Frau Dr. Joost.« Der Nachtrag kam in einem seltsamen Tonfall.

Die Telefonnummer hatte Sherlock bereits von Janners Gerät abgelesen, bevor dieser sie nannte. Mit schnellen Bewegungen übertrug er sie in sein eigenes Handy:

»Und dass wir uns richtig verstehen: Natürlich wirst du in Zukunft mit deinen kleinen, dreckigen Geschäften aufhören«, lautete Sherlocks Abschiedsgruß. »Ich behalte dich im Blick.«

10. Kapitel

»Eine perfekte Möglichkeit für kleinere Firmen, an Forschungsergebnisse zu kommen, ohne allzu viel investieren zu müssen«, erklärte Sherlock im Taxi.

Um den Wagen zu erreichen, hatten sie sich durch unzählige feierwütige Jugendliche hindurchlaviert, die vom Bahnhof Liverpool Street aus das East End stürmten.

John spürte seine Müdigkeit nicht mehr. »Aber wie bist du darauf gekommen? Das war brillant!«

Wie stets bei solchen Gelegenheiten ließ der Freund sich nicht anmerken, wie er die Reaktion genoss, sondern begann sachlich zu reden: »Ich hatte ihn gestern beobachtet, lange, bevor er mich gesehen hat. Und ja«, kam er einem Einwand des Freundes zuvor, »dass ich ihn nicht sofort wiedererkannt hätte, war gespielt. Sein ganzes Auftreten hat mich so an früher erinnert. Mir war gleich klar, wie er sein Dozentengehalt aufstockt.«

Darauf hatte sich also die Äußerung bezogen, man würde »das mit dem schlecht bezahlt« sehen!

Sherlocks Miene war grimmig, das erkannte John auch im diffusen Licht der Straßenlaternen an der London Wall. »Dann habe ich an der UCL ein paar Erkundigungen angestellt und ihn in den diversen Netzwerken aufgespürt.«

»Du willst mir aber nicht erzählen, er hätte ebenfalls offen seine Dienste bei Facebook angeboten?«

»Das nicht, aber er hat mit seinen vielen Kontakten geprahlt. Und auf Twitter folgt er quasi jeder einzelnen Arbeitsgruppe des UCL, während er in der Realität nicht für seine Forschungsneugierde bekannt ist, sondern dafür, auf jeder Festivität der Uni aufzutauchen.« Der Fahrer war in Holborn auf die Gravy's Inn Road eingebogen, anstatt sich durch Bloomsbury hindurchzuschlängeln, und beschleunigte auf der freien Strecke. »Was Lukas ja auch sagte.« Sherlock machte eine Pause. »Es war nur eine Hypothese, aber der Dummkopf hat sie ja selbst bestätigt.« Er lachte heiser auf. »Der Hellste war er noch nie.«

Fast ohne vom Gas zu gehen, nahm der Wagen die langgezogene Einmündung auf die Euston Road.

»Dann ist es also doch eine europäische Firma.«

Der Detektiv gab ein nachdenklich-zustimmendes Geräusch von sich. »Belgien: kleiner Vielvölkerstaat, wohlhabend, aber zerrissen, deutschsprachige Minderheit. Nun ja, wir werden sehen ...«

Wann und wie?, fragte John sich. Würde der Freund Lestrade um Hilfe bitten, um diese Frau Dr. Joost am Montag bei der Grotkamp-Med dingfest zu machen, oder den Fall ohne Scotland Yard noch am Wochenende zum Abschluss bringen? Er hoffte auf Letzteres. Am Montagmorgen 5.30 Uhr musste er wieder im Charing Cross Hospital antreten. Er wollte nicht daran denken. Zeiten mit Sherlock vergingen schneller als nächtliche Taxifahrten durch London.

*

Am nächsten Morgen saßen sie beim Frühstück in der Küche, als es klingelte. Sherlock grinste spöttisch. In seinem Hausmantel über dem Pyjama ging er zur Wohnungstür, betätigte den Haustüröffner und kehrte zurück, ohne auf den Besuch zu warten, lümmelte sich wieder auf seinen Stuhl. Gleich darauf erschien Mycroft im tadellosen, hellgrauen Anzug im Türrahmen, eine Zeitung unter den Arm geklemmt, Stockschirm in der Hand. Der stechende Blick seiner blassblauen Augen fuhr über die Arbeitsplatte, auf die John Sherlocks Laborutensilien verlagert hatte, den schmutzigen Herd mit der fettigen Bratpfanne und das benutzte Geschirr in der Spüle, um schließlich auf seinem Bruder zu verweilen, der freundlich nickend grüßte.

Mit einer heftigen Bewegung warf der ältere Holmes die Zeitung auf den Tisch. Es war der *Guardian*, auf dessen Titelseite die Überschrift prangte: *Das Geld wird knapp – Teil 2 unseres Blickes hinter die Kulissen der Brexit-Verhandlungen.* »Ich nehme an, du hattest noch keine Zeit für mein Anliegen.« Die Stimme troff vor Sarkasmus.

»Du sagst es, Bruderherz. Setz dich doch. Kaffee? Etwas zu essen ja vermutlich nicht. Neuer Anzug?«

Beflissen stand John auf und holte eine weitere Tasse aus dem Schrank. Mycroft sagte nichts dazu, ließ sich jedoch auf dem dritten

Stuhl nieder, nicht ohne vorher mit der Hand darüber gewischt zu haben. »Es ist ernst, Sherlock. Ich will dir ja nicht drohen, aber …«

»Dann lass es auch! Was haben wir denn hier?« Sherlock nahm die Zeitung hoch, faltete sie auseinander und begann zu lesen. »Ich weiß gar nicht, warum du wie ein aufgeschrecktes Huhn herumflatterst.«

John musste bei dem Bild grinsen. Mycroft rührte sich nicht.

»Das war doch alles absehbar: *Die Europäische Investitionsbank sieht die Grundlage der bestehenden Kredite an Großbritannien nicht mehr als gegeben an und wird ab dem Zeitpunkt des faktischen Austritts aus der Union deutlich höhere Zinsen verlangen*«, las Sherlock vor. »*Damit würde die Bank of England vor einem gewaltigen Refinanzierungsproblem stehen.* ›*Wir reden hier von mehr* als 40 Milliarden Pfund‹, so unsere Quelle. ›*Das ersetzen Sie nicht so schnell durch Kredite aus China*‹« Er griff nach seiner Kaffeetasse und trank einen Schluck. »Logisch und seit langem klar«, lautete sein abschließender Kommentar.

Im Stillen stimmte John ihm zu, trotzdem dachte er an die Zündkraft des Artikels. Mycroft gönnte seinem Bruder keine Antwort.

Der legte den *Guardian* auf den Tisch und nahm sich eine Toastscheibe, beschmierte sie dick mit der Butter, die auf Johns Einkaufsliste ganz oben gestanden hatte. »Du weißt natürlich selbst, dass es wenig nutzt, jetzt noch die Quelle ausfindig zu machen.«

»Lass das mal meine Sorge sein.«

Sherlock strich Marmelade auf den Toast und biss ein Stück ab, kaute langsam, während er seinen Bruder wie ein zu untersuchendes Objekt betrachtete. »Natürlich! Ihr habt ja in diesen Tagen den Gesetzesentwurf eingebracht, nach dem die Berichterstattung über geheime Dokumente strafbar ist! Wie hieß es darin noch gleich? Auch die Enthüllung wirtschaftlich schädlicher Daten soll geahndet werden.«

Mycroft schwieg und trank einen Schluck Kaffee.

»Und du wirst schon dafür sorgen, dass solch ein wichtiger Entwurf auch das Parlament passiert, nicht wahr?«

»Du überschätzt meine Möglichkeiten, Bruderherz. Ich bin nur –«,

»– ein kleiner Angestellter, ich weiß. Als solcher wirst du dann den Whistleblower und den *Guardian* drankriegen.«

Es bestünde die Möglichkeit, den Informanten zu verschonen, meinte Mycroft ruhig. »Das könntest du so weitergeben.«

John erwartete, dass der Freund aufbrauste. Schließlich würde in dem Fall jemand aus dem Dunstkreis der Regierung davonkommen, die freie Presse aber drangsaliert. Sherlock sagte jedoch nichts dazu, aß einen Bissen und fragte dann in lockerem Plauderton:

»Du könntest mir übrigens einen Termin bei Alpha-Health besorgen. Ich nehme doch an, der gute alte Jim Lightmer ist noch in Amt und Würden?«

Fragend blickte John ihn an. Mycroft zog indigniert die rechte Augenbraue hoch.

»Wie kommst du auf die Idee, dass du noch etwas gut hast bei mir?«

»Ganz im Gegenteil. Ich weiß doch, wie tief in deiner Schuld ich stehe. Aber jetzt brauchst du mich.«

»Und wann geruhst du, dich um Brüsselgate zu kümmern?«

»Wenn ich dazu komme. Du weißt, ich bin ein vielbeschäftigter Mann.«

Sein Bruder stand auf. »So nicht, Sherlock! Erst lieferst du.« Ohne ein weiteres Wort verließ er Küche und Wohnung.

Sherlock seufzte theatralisch auf. »Familie! Wie heißt es so schön: Es geht nicht mit ihr und nicht ohne sie.«

»Wieso willst du jetzt noch einen Termin bei Alpha-Health?«, fragte John. »Ich dachte, es ist klar, dass ›Joe‹ diese Dr. Joost ist?«

Die Mimik des Freundes wurde ernster. »Zumindest ist doch die Frage interessant, ob sie dort wussten, dass Dennis die bislang von ihnen finanzierte Forschung zu einem anderen Unternehmen tragen wollte. Nicht vergessen: Es geht um sehr viel Geld.«

»Meinst du etwa, dass sie Dennis –«,

»Mach dich nicht lächerlich. Dennis hat sich selbst getötet. Aber wer weiß: Sie können ihm gedroht haben – solch ein Unternehmen hat Macht, wenn es um die Zukunft von Wissenschaftlern ihrer Branche geht. Deshalb würde ich mich einfach mal gern mit jemandem dort unterhalten.« Er trank einen Schluck Kaffee, stellte die leere Tasse ab. »Und natürlich ging es auch darum, Mycroft auf die Palme zu bringen!«

Breit grinsend stand er auf und verschwand in sein Zimmer. John dachte erneut darüber nach, wie unmöglich es war, dass ein europäisches Pharmaunternehmen mit solchen Tests arbeitete, wie Dennis

Jones sie vorgenommen hatte. Die Details musste er noch einmal nachlesen, aber er wusste, dass in der Klinischen Phase der Medikamentenentwicklung regulär mit zwei Gruppen von Testpersonen gearbeitet wurde, eine mit Erkrankungen, eine ohne – oder wurden der einen Gruppe Placebos verabreicht und der anderen das Präparat? Egal. Das Ganze unter genau definierten Bedingungen, mit regelmäßigen Untersuchungen und so weiter. Niemals hätten die Ergebnisse, die Dennis sich von seinen Versuchen mit den Obdachlosen versprochen hatte, für das komplizierte Genehmigungsverfahren ausgereicht.

»Wie um alles in der Welt wollte die belgische Pharmafirma Dennis' Tests verwerten?«, fragte er Sherlock, als der im Anzug wieder in der Küche erschien.

»Auch wenn du das immer gern glaubst: Ich bin nicht allwissend«, lautete die Antwort. Im Übrigen müsse er jetzt weg.

Würde er sich nun doch um das Anliegen seines Bruders kümmern – damit der ihm den Termin bei Alpha-Health beschaffte? Als John etwas dazu sagen wollte, ertönte abermals die Klingel.

Wenige Sekunden später stürmte Shinwell Johnson in die Küche, er rang nach Atem.

»Es ist nicht vorbei!«, brachte er vor, sein Blick auf Sherlock war anklagend.

»Was ist passiert?«, fragte der Detektiv alarmiert.

»Sunny Mick, heute Nacht in Lambeth am Militärmuseum.«

Shinwell Johnsons alter Kiez, dachte John. Vermutlich war dieser »sonnige« Mick ein Freund von ihm gewesen.

»Du hast gesagt, der Mörder –«,

»Das Wort habe ich nicht gebraucht«, murmelte Sherlock, die Stirn in Falten gelegt.

»– wäre tot. Und ich habe nach deiner Nachricht gestern Entwarnung gegeben. Überall …« Erschöpft ließ der junge Mann sich auf den Stuhl sinken, auf dem vor wenigen Minuten noch Mycroft gesessen hatte. »Du verdammter Klugscheißer!«, fluchte er kraftlos.

»Wieder eine Infektionskrankheit?«, fragte John.

Johnson zuckte die Achseln und berichtete, dass der Obdachlose erst vor wenigen Stunden gefunden worden war, woraufhin ein Freund ihn benachrichtigt hatte. »Äußerlich war er unversehrt. Und er hatte auch nichts. Gar nichts!« Wieder ein verletzter Blick zu Sherlock, der still dastand.

»Jemand von dieser Firma könnte auf eigene Faust weitergemacht haben«, brachte John vor. »Ettie muss den Toten auf das Präparat hin untersuchen.«

Sherlock nickte nachdenklich. »Fahr du mit Shinwell zum Yard. Ich treffe euch später.«

John wollte protestieren; die Vorstellung, mit Johnson gemeinsam Lestrade aufzusuchen, war nicht gerade verlockend. Aber der Detektiv sah ihn so eindringlich an, dass er sich fügte.

*

Während der Fahrt nach Westminster war Sherlocks Informant, der ansonsten jederzeit seine Weisheiten zum Besten gab, sehr schweigsam. Johns Frage, ob Mick ein Freund gewesen wäre, beantwortete er mit einem schiefen Grinsen und einem »Schon«. John beließ es dabei.

Noch von der Baker Street aus hatte er Lestrade angerufen, den er bereits im Yard erreichte. Oder war er über Nacht dort geblieben – auf dem Besucherstuhl vor seinem Schreibtisch? Der Detective Inspector war geschieden, hatte keine Kinder – und seine Freunde waren seine Kollegen. In gewisser Weise auch er und Sherlock. Inmitten seines Bedauerns, ab Montag kaum noch bei den Ermittlungen dabei sein zu können, erfüllte John ein warmes Glücksgefühl beim Gedanken an Mary, die er am morgigen Abend wiedersehen würde.

Wieder waren Parliament Square und Westminster Bridge voller Touristen. *London, der große Sündenpfuhl, der alle Müßiggänger und Faulpelze magisch anzieht,* kam ihm eine Zeile aus einem Roman in den Sinn.

So zügig wie möglich bahnte er sich einen Weg durch die Menge hindurch, ging auch über den kleinen Vorplatz am Embankment voraus. Er spürte bei Johnson ein gewisses Unbehagen, das Gebäude von Scotland Yard zu betreten.

Guy Lestrade, der sie beim Pförtner abholte, hatte nicht in seinem Büro geschlafen. Tatsächlich sah er deutlich frischer aus als am Vorabend; er war rasiert, trug saubere Kleidung und tat so, als sei es das Normalste der Welt, am Wochenende durchzuarbeiten.

»Bloß, dass die Serie eben nicht vorbei ist …« Er beendete den Satz nicht, beschwerte sich stattdessen, dass Ashley Beard noch nicht erschienen war. »Will die gute Frau bis Montag warten? Die Polizei sitzt immer noch hier und nicht in der Baker Street.«

Das spielte ein kleines Lächeln auf Shinwell Johnsons Lippen.

John sagte, dass Ashley bestimmt bald käme; dass sie mit den Nerven am Ende gewesen war und er ihr ein starkes Beruhigungsmittel verabreicht hatte. Es war klar, dass Johnson wusste, woher die Tabletten kamen.

»Ihr kennt euch ja«, sagte er diplomatisch, als sie in Lestrades Büro waren. Der Jüngere nickte lediglich, unbeeindruckt studierte er den grandiosen Ausblick über die Themse. Lestrade gab etwas wie »Sherlocks kleiner Besserwisser-Freund« von sich.

Er hatte den Mann im Frühjahr anstelle des Detektivs verhaftet und eingesperrt, woraufhin der Informant alle Beamten in den Wahnsinn getrieben hatte.

»Stets zu Diensten«, gab Johnson mit einem Anflug seines üblichen Selbstbewusstseins zurück.

»Gut, dann sollten wir mal Ihre Aussage aufnehmen«, lautete Lestrades Antwort.

»Ist Ettie auch schon an Bord?«, fragte John, als Lestrades Telefon klingelte.

Der Beamte nickte und hob mit einem Blick auf das Display den Hörer ab. »Sie haben jetzt schon was zu dem Neuen?«

Während er zuhörte, ließ er seinen Blick von John zu Shinwell Johnson gleiten. Beide standen vor seinem Schreibtisch.

»Gut. Vielen Dank für die schnelle Arbeit, Ethel.« Er beendete das Gespräch.

»Entwarnung: Die Serie ist doch vorbei. Keine rätselhafte Infektionskrankheit in diesem Fall, sondern eine Überdosis Morphium – bekanntermaßen ein beliebter Ersatzstoff für Heroin.«

»Mick war kein Junkie«, sagte Johnson sofort mit fester Stimme.

»Wissen Sie das genau? Wann haben Sie ihn zuletzt gesehen?«

»Ist schon eine Weile her«, gab Johnson nach einer kleinen Pause zu. »Aber …« Er verstummte und biss sich auf die Lippen.

»Gut.« Damit war der Fall für Lestrade abgeschlossen. »Überdosierungen passieren schnell.« Er machte eine Pause, in der ihm aufzufallen schien, dass Shinwell Johnson persönlich betroffen war. »In dem Fall können wir auf Ihre Aussage verzichten«, schloss er in sanfterem Tonfall.

Johnson nickte bloß und der Inspector schwenkte wieder um:

»Und ich werde jetzt trotzdem versuchen, dieser Ms Beard Beine zu machen, damit ich weiterkomme! Und irgendwann vielleicht noch etwas von meinem Wochenende habe.«

*

John hatte erwartet, dass Shinwell Johnson lange Ausführungen darüber halten würde, dass Sunny Mick kein Junkie gewesen und umgebracht worden war, aber kaum hatten sie den Ausgang des Yards erreicht, als er sich mit einem knappen Gruß verabschiedete und in Richtung Westminster Bridge ging. John blieb in der Morgensonne stehen und sah zu, wie der junge Mann mit schnellen Schritten auf die Brücke einbog. Auf der anderen Seite der Themse lag Lambeth, vermutlich wollte er sich dort noch einmal umschauen und mit Stadtstreichern reden, die seinen Freund in letzter Zeit öfter gesehen hatten als er.

Es war gut, wenn er das allein machte, beschloss John. Außer seiner Einschätzung hatten sie ohnehin nichts, was auf Mord hinwies. Morphin war eine gängige Ersatzdroge, auch in Tablettenform, so dass es keine frischen Einstichstellen geben musste. Alte allerdings schon, falls Mike doch ein Junkie gewesen war. Ob Ettie dazu etwas gesagt hatte?

Wenn es sich tatsächlich um Mord handelte, konnte es natürlich auch ein Trittbrettfahrer gewesen sein. Am Vortag hatte er an einem Zeitungsstand die Titelseite der *Sun* mit der fettgedruckten Überschrift *Feige Morde unter Brücken* gesehen. Die toten Obdachlosen waren im Bewusstsein der Öffentlichkeit angekommen; dass der Fall vordergründig geklärt war, konnte hingegen noch niemand wissen.

Die Touristen standen am Geländer des hochgelegenen Themseufers und bestaunten den Blick auf das Riesenrad. John ging ein Stück stromabwärts, um ungestört zu sein, und rief Sherlock an. Als er sich meldete, war zunächst nur ein gewaltiges Stimmengewirr zu vernehmen.

»Wo bist du?«, rief John in sein Telefon.

»… Market«, verstand er und schüttelte spontan den Kopf. Sherlock Holmes auf einem Wochenmarkt?

»Du kannst mir gerne was mitbringen, ich muss auch noch einkaufen.«

Die Antwort des Freundes ging komplett in der Geräuschkulisse unter, darunter war eine nahe weibliche Stimme. John schaute einem Vergnügungsdampfer hinterher, während es an Sherlocks Ende leiser wurde. Offenbar bewegte er sich vom Zentrum des Marktgetümmels weg.

»Was sagst du?«, fragte John nach.

»Dass du das selbst machen sollst. Besorgungen gehören nicht zu meinen Kernkompetenzen«, verstand er endlich. »Was meint Lestrade?«

John gab ihm einen knappen Bericht, während er weiter versuchte zu erraten, wo der Freund war. Und mit wem er dort war.

»Gut. Ich kümmere mich darum«, verkündete Sherlock. »Du kannst nach Hounslow fahren und alles für Marys Rückkehr vorbereiten. Wir holen dich dort gegen fünf ab.«

Wir? Laut fragte er, wohin es gehen sollte.

»Ein kleines Dankeschön für deine Hilfe. Gutes Essen, erstklassiges Hotel. Wähl deine Garderobe entsprechend. Ach ja, und pack auch deine Sportsachen ein. Du kommst endlich einmal wieder ins Fitnessstudio.«

Während John noch nach einer Antwort suchte, beendete der Freund das Gespräch.

11. Kapitel

Wähl deine Garderobe entsprechend! Um halb fünf stand John vor seinem Kleiderschrank und verfluchte Sherlock. Was sollte das heißen? Der Freund kannte ihn und seinen begrenzten Fundus. Er besaß einen sieben Jahre alten Anzug, in dem er sich stets unwohl fühlte, zwei Blazer und drei Stoffhosen. Eine Kombination davon, hatte Mary gemeint, als er mit ihr telefonierte. Es hatte so gut getan, ihre Stimme zu hören!

Das Häuschen war ebenso bereit für die Rückkehr der Liebsten wie er es war: John hatte aufgeräumt und gestaubsaugt, ihren Lieblingskäse eingekauft und italienischen Schinken, Rotwein und einen Trifle. Dazu würde es Aufback-Baguette tun müssen, in Hounslow gab es am Sonntag keine frischen Backwaren, und da er nicht wusste, wohin Sherlock ihn entführen wollte und wann er zurück sein würde …

Im Endeffekt legte er seinen besten Blazer, eine gut sitzende Hose und ein schmal gestreiftes Hemd, von dem Mary einmal gesagt hatte, es stehe ihm gut, in die Reisetasche. Gleich darauf klingelte es auch schon. Ein Blick aus dem Fenster zeigte einen schnittigen roten Sportwagen, ein älteres Modell zwar, aber immerhin. »Wir« bedeutete also nicht die Holmes-Brüder; Mycroft würde sich kaum in solch ein Auto setzen. John nahm die Tasche und lief die Treppe hinunter.

»Hallo!« Hinter dem Steuer saß Deborah Bellamy, mindestens so attraktiv, wie er sie in Erinnerung hatte, und strahlte ihn an.

Sherlock klappte den Beifahrersitz vor, damit er auf die Rückbank klettern konnte. Es sei sehr eng, entschuldigte Deborah sich, aber die Fahrt würde ja nicht lange dauern. Kaum hatte Sherlock sich neben ihr niedergelassen, ließ sie den Motor an, legte den ersten Gang ein und brauste die Basildene Road hoch.

Der Wagen war ein Aston Martin, realisierte John neidvoll, während die BBC-Reporterin die M4 ansteuerte. Aus den Lautsprecherboxen klang Retro-Soul von Rumer, und John musste die Stimme heben, um Musik und Motorengeräusche zu übertönen. Er fragte Sherlock, ob er etwas im Fall von Shinwell Johnsons totem Freund unternommen habe.

Deborah drehte die HiFi-Anlage leiser.

Er habe Lestrade zu Dr. Joanna Lexington geschickt, gab der Detektiv lapidar Auskunft.

»Was?«

»Ich bitte dich!« Er drehte sich in dem schmalen Sitz um und schaute John mit seinen grauen Augen spöttisch an. »Morphin. Damit war es doch klar.«

»Vollkommen klar.« Die Ironie war vergeudet.

»Du würdest doch auch problemlos darankommen, oder?«

»Problemlos nicht unbedingt.« Darauf zumindest bestand er. Wobei Sherlock natürlich – wieder einmal – Recht hatte. Bei Schwerstkranken wurde das Präparat häufig eingesetzt und manche Kollegen verschrieben es als Schmerzmittel ziemlich freihändig. Ja, jeder Arzt kam an Morphin. Und natürlich war Lambeth nicht allzu weit entfernt von Pimlico, wurde ihm klar, während sie in Richtung Westen auf die Autobahn fuhren, hinaus aufs Land.

Sherlock wandte sich wieder zu ihm um: »Kate Meyers, die Freundin mit der Neurodermitis, erwähnte an dem Abend im Pub das Imperial War Museum. Sie arbeitet dort.«

Vergeblich kramte John in seinem Gedächtnis.

»Micks Platz befand sich in dem Park daneben, er gehörte zu der Gruppe Clochards dort, von denen unsere Hautkranke sich so bedroht fühlt. Mir war gleich klar, dass das kein Zufall sein konnte.« Er nahm Johns Gesichtsausdruck wahr und zog die linke Augenbraue hoch. »Kannst du mir folgen?«

John weigerte sich, darauf zu reagieren. »Vermutlich hast du die Obdachlosen in dem Park über Facebook aufgespürt«, versuchte er, Boden gutzumachen, was ihm einen amüsierten Blick von Deborah im Innenspiegel einbrachte, die auf die rechte Spur wechselte und an den Abbiegern zum Flughafen Heathrow vorbeizog.

»Nein, wir waren ganz altmodisch persönlich da«, sagte sie.

Die Wirtschafts-Reporterin hatte also Sherlock schon nach Lambeth begleitet. Vermutlich war er auch mit ihr auf dem Markt gewesen. Und nun ging es über Nacht in ein, Zitat, erstklassiges Hotel. Fast hätte John Sherlocks weitere Ausführungen überhört.

»… gemeinsam mit ihrer Freundin, der Ärztin, oft genug darüber fantasiert haben, dass man in dem Park etwas unternehmen müsste.«

Ob die beiden in einem Zimmer übernachteten?

»Nachdem in der Presse die Rede von einer Mordserie war, haben sie ihre Chance gesehen. Ich setze auf die Lexington allein, als Beschützerin ihrer kleinen Freundin, aber es kann auch ein Gemeinschaftswerk gewesen sein. Das wird Lestrade schon herauskriegen.« Sherlock machte eine Kunstpause. »Hoffe ich zumindest.«

»Aber wie –« Vermutlich sollte es ihm klar sein, schließlich gehörte es irgendwie zu seinem Fachgebiet.

»Morphintropfen in Gin«, ratterte der Freund herunter. »Das Zeug schmeckt bitter, deshalb ein Schnaps mit starkem Eigengeschmack.«

Ja, darauf hätte er kommen können, und natürlich hätte er bei der Nennung des Opioids an die Kollegin denken sollen. Immerhin war sie ihm bei seinem Besuch in der Praxis verdächtig vorgekommen, bereit, etwas gegen »Gesindel« zu unternehmen.

»Ethel hat bestätigt, dass Sunny Mike Gin intus hatte, was laut seinen Kumpels sonst nicht die Droge seiner Wahl war.« Mit diesen Worten war der Mordfall für Sherlock abgeschlossen – und vermutlich war er es zu diesem Zeitpunkt auch schon für Scotland Yard. Die Beamten würden die Kleinigkeiten aufgespürt haben, um die der Freund sich kaum je kümmerte – die Ginflasche mit Fingerabdrücken der Ärztin, eine Lücke in ihrem Alibi oder ihrer Aussage.

Irgendwie ging das John alles zu schnell – oder war er einfach eifersüchtig, dass Deborah und nicht er an Sherlocks Seite gewesen war, als der Freund seine Schlussfolgerungen gezogen hatte?

Würde er sich an diesem Wochenende denn jetzt noch um Frau Dr. Joost kümmern? Oder um das Leck bei den Brexit-Verhandlungen? John hatte wenig Lust, bei einem Vergnügungsaufenthalt das fünfte Rad am Wagen zu sein oder Anstandsdame für seinen verqueren Freund und die verführerisch schöne Reporterin zu spielen.

Kaum hatten sie den Großraum London hinter sich gelassen, als Deborah auch schon von der Autobahn abfuhr und den kleinen Flitzer geschickt über eine schmale Landstraße mit hohen Mauern und Hecken an beiden Seiten lenkte. Das warme Spätnachmittagslicht ließ die herbstlich verfärbten Blätter glänzen und leuchten; es war eine englische Idylle aus dem Bilderbuch.

Plötzlich elektrisierte John ein Gedanke: »Ist die Lexington dann vielleicht doch auch verantwortlich für die anderen Toten? Joe könnte eine Kurzform von Joanna sein!«

Interessiert sah Deborah ihn im Rückspiegel an, aber Sherlock wischte die Idee gleich mit der Bemerkung beiseite, dass es ebenso gut für seinen Namen stehen könnte.

Damit machte er es sich doch arg einfach, fand John. Zumindest sollte man die Verbindungen der Kollegin zur Pharmaindustrie überprüfen und herauszufinden versuchen, ob sie Kontakt zu Dennis Jones gehabt hatte.

Während er die Möglichkeiten in Gedanken durchspielte, fuhren sie durch eine Toreinfahrt. Auf einem geschotterten Weg passierte der Aston Martin einen prachtvollen Springbrunnen, steuerte danach auf ein Gebäude zu, das wie eine kleine Version des Buckingham Palace aussah, und John konnte sich nicht mehr auf profane Verbrechen konzentrieren. »Was ist das?«

»Cliveden House. Ein netter Ort, um einmal abzuschalten.«

Er konnte nur hoffen, dass der leise Spott in Deborahs grün-blauen Augen Sherlock galt und nicht ihm. »Die Londoner Gesellschaft vergnügt sich hier seit Jahrhunderten«, sagte sie anzüglich.

»Und hierhin willst du mich einladen?« Unwillkürlich schaute John zuerst an sich herunter, dann auf seine Tasche neben ihm auf dem Rücksitz.

Sherlock lachte glucksend. »Ich nicht, Mycroft. Ich werde es ihm als Spesen auf die Rechnung setzen.«

*

Keine Livree. Der große, stattliche Mann, der sie an der Eingangspforte begrüßte, trug einen gut sitzenden, dreiteiligen Anzug.

»Mr Holmes, nehme ich an?« Er reichte Sherlock die Hand. »Und Sie müssen Ms Bellamy sein und Dr. Watson.« Mit einer einladenden Geste bat er sie in die Halle, die nichts von einer Hotellobby hatte, sondern wie der Empfangsraum eines adligen Landsitzes aussah. Sofas und Sessel waren um niedrige Tische gruppiert; vor dem imposanten Kamin lasen zwei Männer Zeitung.

Sherlock trat an einen zierlichen Schreibtisch in einer Nische, der offenbar als Rezeption fungierte; gleichzeitig erschien bereits ein Angestellter und streckte die Hand aus, um Johns Tasche zu nehmen und ihn auf sein Zimmer zu führen. Er folgte dem Mann, drehte sich jedoch noch einmal um und sah, dass Sherlock etwas unterzeichnete, während Deborah neben ihm stand.

Fröhlich rief sie ihm »In einer Stunde in der Bar« zu, hob dabei die Stimme am Ende ein wenig, so dass er nicht sicher war, ob es eine Aufforderung oder eine Frage war.

Er nickte und lief wie im Trance durch verwinkelte Flure, bis der Bedienstete vor einer Tür mit einem Messingschild stehen blieb. Das Wort »Vanderbilt« war eingestanzt, ein Kärtchen mit dem Schriftzug »Dr. J. Watson« in die Halterung gesteckt.

»Bitte sehr.« Der Mann hatte den Zugang mit einer Chipkarte geöffnet und ließ John vorantreten in ein kleines Entree, wo ein Champagnerkübel auf einem Sekretär stand.

Weiter ging es in einen Wohnraum, an den sich wiederum das Schlafgemach anschloss. Johns Reisetasche wurde auf einem Hocker in dem begehbaren Kleiderschrank deponiert, wo sie lächerlich klein aussah.

Gab man dem Angestellten ein Trinkgeld? Wie er aussah und auftrat, könnte man vermuten, dass er mehr verdiente als er, und die Geste ein Affront wäre.

Während John sich den Kopf darüber zermarterte, wurde ihm versichert, dass man jederzeit für ihn da sei, er sich nur melden sollte, wenn er ein Anliegen hätte – und er stand allein in der Suite, die in etwa die Wohnfläche ihres Hauses in Hounslow hatte.

Mehr als das, wurde ihm klar, als er die Tür zum Badezimmer öffnete. Was tat er hier? Und warum war Mary nicht bei ihm, damit sie es gemeinsam genießen konnten?

Er ging zurück in den Wohnraum und setzte sich auf das Sofa gegenüber einem herrschaftlichen Kamin aus weißem Marmor, über dem das Ölgemälde einer dunkelhaarigen Schönheit hing. Das Gesicht der Frau erinnerte ihn an Deborah Bellamy. Mit der Sherlock vielleicht jetzt in der überdimensionalen Badewanne lag und Champagner trank. Fragezeichen. Schwer vorstellbar.

John ließ die Flasche verschlossen im Kühler und machte ein paar Fotos mit seinem Smartphone, um Mary einen Eindruck vermitteln zu können. Dann verließ er die »Vanderbilt«-Gemächer und drehte eine Runde um das Gebäude, bestaunte die Weite des umliegenden Gartens, betätigte mehrfach den Auslöser der Handykamera.

Zurück in der Suite stellte er sich unter die Dusche und zog danach seine guten Sachen an. Natürlich war das Hemd in der Tasche knittrig geworden, so dass er sich noch weniger passend gekleidet fand, als es ohnehin der Fall gewesen wäre.

Als er die als Bibliothek ausgestattete Bar mit Ausblick auf den Park im Sonnenuntergang betrat, saßen Sherlock und Deborah bereits auf einem Sofa. Die Reporterin sah umwerfend aus. Sie trug eine weit offen stehende, weiße Hemdbluse, die ihr zart gebräuntes Dekolleté zur Geltung kommen ließ, und einen Marlene-Dietrich-Hosenanzug; ihre langen Haare waren kunstvoll aufgesteckt. Sherlock wirkte in seinen Anzügen immer elegant; John hatte den Eindruck, dass er an diesem Abend einen noch perfekter sitzenden als sonst trug. Wie stets war sein Hemdkragen geöffnet. Beide hatten Gläser vor sich stehen. Deborah einen Sektkelch – es würde Champagner sein, korrigierte er sich, Sherlock einen Longdrink mit der klaren Flüssigkeit eines Tonics.

Unwillkürlich taxierte John den Sitzabstand der beiden, es war etwa ein halber Meter, und versuchte, aus ihren Mienen zu lesen, nachdem er sich in einem Sessel niedergelassen hatte.

»Kann ich dir behilflich sein?«, fragte Sherlock spöttisch.

Ein Kellner trat an den Tisch und fragte nach seinen Wünschen. John orderte einen Malt-Whisky und ignorierte die Frage des Freundes.

»Habt ihr auch so ein Namensschild am Zimmer?«, unternahm er stattdessen einen Vorstoß.

»Natürlich!«, rief Deborah gleich begeistert aus und begann von der Suite mit Blick bis auf die Themse zu schwärmen, ohne dass eindeutig war, ob sie allein in »Blakeney« eingecheckt hatte oder mit Sherlock.

Der saß entspannt zurückgelehnt da, ein angedeutetes Lächeln auf dem schmalen Gesicht.

John nahm seinen Lagavulin entgegen und versuchte sich angesichts des durch und durch britischen Ambientes an einer Schlussfolgerung: »Es geht um Brüsselgate.«

»Manchmal kann die Arbeit doch richtig Spaß machen, oder?« Deborah hielt ihm ihr Glas zum Anstoßen entgegen.

Er vermutete, dass sie den Champagner im Zimmer bereits getrunken hatte – allein. Im Gegensatz zu Sherlocks Blick war ihrer nicht mehr ganz klar, als sie sich zuprosteten. Auch der Detektiv ließ sein Glas gegen ihre klingen, wurde jedoch bereits ungeduldig:

»Mit der Arbeit sollten wir dann auch beginnen«, ordnete er an.

John, der erst einen winzigen Schluck des rauchigen Whiskys getrunken hatte, wäre gern noch ein wenig sitzen geblieben, als pflichtbewusster ehemaliger Soldat nickte er jedoch und fragte, was sie tun würden.

»Uns nach nebenan begeben und essen«, lautet die Auskunft.

*

Der Ausblick blieb ihnen erhalten. Sie wurden an einen runden Tisch direkt an einem der bodentiefen Fenster geführt, die sich an der Längsseite des Saals aneinanderreihten, umrahmt von schweren Brokatvorhängen. Der rechteckige Raum war groß, aber nur zur Hälfte belegt, was vermutlich der Diskretion geschuldet war, die man in solchen Häusern den Gästen garantierte. In seinem Polstersessel drehte John sich nach Prominenten um.

»Setzt sich der Brexit-Minister gleich zu uns?«, fragte er, ein hysterisches Lachen in der Kehle.

»Kaum. Für solche Gäste gibt es einen separaten Raum«, antwortete Sherlock ungerührt.

John hatte es nicht über sich gebracht, den Whisky stehenzulassen, und trank einen Schluck, bevor er nachhakte, wie der Abend weitergehen würde.

Wieder erhielt er keine Auskunft; der Freund meinte, er sollte sein Menü wählen.

Also wählte er: Glasierter Schweinebauch auf Kürbis-Risotto als Vorspeise, Seebarsch-Filet mit Muscheln als Hauptgang. Die Preise ignorierte er. Mycroft sollte froh sein, wenn sein Bruder bei dieser Gelegenheit endlich einmal wieder richtig aß.

Ein Kellner brachte den Wein, den John und die Reporterin sich teilen würden, sowie das Mineralwasser, ein anderer reichte ihnen kleine Tellerchen mit dem »Gruß aus der Küche«, einer Gänseleber-Terrine. Angeekelt verzog Sherlock das Gesicht und gab den Teller kommentarlos zurück.

John probierte den Chardonnay und befand ihn für gut. Der Kellner schenkte ihnen ein, Deborah kostete ebenfalls und stieß noch einmal mit ihm an, sie aßen die Leberpastete. Wusste die BBC-Reporterin, was Sherlock plante? Schließlich mussten es ihre Kontakte zum *Guardian* gewesen sein, die dem Detektiv weitergeholfen hatten. Aber nun sah sie sich ebenfalls neugierig im Speisesaal um und schien bestenfalls eine Ahnung zu haben, was sie erwartete.

John schickte sich in die Geheimniskrämerei des Freundes und brachte das Gespräch nochmals auf die Ärztin aus Pimlico und die toten Obdachlosen. »Als Diabetes-Expertin wird sie reichlich Kontakt zu Pharmafirmen haben«, stellte er in den Raum.

Deborah nickte sofort. Sie habe kürzlich erst einen Beitrag über die gewaltigen Gewinnmargen bei Diabetes-Arzneimitteln gemacht. »Die Firmen haben ein gewaltiges Interesse an Arzt-Kontakten.«

»Ja, ja, Golf-Fortbildungen und so weiter, alles bekannt«, winkte der Detektiv ab und ließ einen gelangweilten Blick durch den Raum schweifen.

»Zumindest sollte man doch einmal schauen, welche Firma aus dem deutschsprachigen Raum auch Diabetes-Präparate herstellt«, beharrte John. Er musste dringend etwas essen, der winzige Happen war nicht annähernd genug gewesen, um gegen den Whisky anzukommen.

»Vermutlich alle«, meinte Deborah, ihre Stimme schwamm ein wenig.

»Genau. Und warum soll es in dem Fall auch ein Unternehmen sein, in dem Deutsch gesprochen wird?«, fragte Sherlock in seinem besten Oberstudienrat-Tonfall.

»Weil –« John hatte den Faden verloren.

»Dr. Joanna Lexington hat also mit Dennis Jones und einer Pharmafirma gemeinsame Sache gemacht?«

Vermutlich nicht. John sah, dass Deborah noch angetrunkener war als er. Sie hob eine Hand, um auf etwas hinzuweisen, ließ sie gleich wieder sinken.

»Seid ihr in der Lage zu erkennen, dass es etwas komplett anderes ist, ob ich jemanden mit Morphintropfen vergifte oder sein Leben bei illegalen Medikamententests riskiere?«

»Du hättest wenigstens ›noch‹ sagen können«, beharrte die Reporterin mit undeutlicher Artikulation und schaffte es damit, Sherlock zu verwirren.

John war klar, was sie meinte: »Du hättest fragen sollen, ob wir noch dazu in der Lage sind, das zu erkennen«, präzisierte er und grinste Deborah an, erntete ein seliges Nicken.

»Nein, das wäre überflüssig gewesen«, kanzelte der Freund ihn ab. »Obwohl es vermutlich hilft, wenn ihr nicht mehr trinkt. Oder redet. Oder beides.«

Er hatte Recht. John wusste es und das machte ihn ärgerlich. Immerhin steckten sie mitten in einem Fall – oder besser: in zwei Fällen. Schweigend nahm er seine Vorspeise entgegen und aß, ohne den Chardonnay anzurühren; zum Hauptgang trank er ein Glas und machte ein wenig Konversation mit Deborah.

Sherlock schwieg; als die Teller abgeräumt wurden, zog er sein schmales Notizbuch hervor, schrieb etwas auf und reichte die herausgerissene Seite samt einer Visitenkarte dem Kellner. »Geben Sie das bitte Mr William Morris. Den Kaffee nehmen wir in der Bar.«

Nachtisch war anscheinend nicht vorgesehen. John hatte mit dem Käsekuchen mit Mango geliebäugelt, aber gut, so bot er dem Freund keine Gelegenheit, über seine Figur zu lästern. Deborah erhob ebenfalls keine Einwände.

Kurz darauf ließen sie sich in der gleichen Sitzgruppe wie vor einer Stunde nieder. Draußen war es mittlerweile dunkel, der Raum durch das indirekte Licht einzelner Tischlampen beleuchtet.

»Mr William Morris?«, fragte John.

Sherlock deutete ein Nicken an. »Staatssekretär im Brexit-Ministerium.«

Warum hatte er daraus nun so ein Geheimnis gemacht? Weil es zu den Spielchen gehörte, die er liebte, gab John sich selbst die Antwort. »Was ich mich die ganze Zeit schon frage, ist, warum dein Bruder den Verantwortlichen nicht selbst herausfinden konnte«, brachte er vor. Hatte der scheinbar allmächtige Mycroft Holmes dafür wirklich Sherlock gebraucht?

Espresso in kleinen Tässchen wurde gebracht und auf dem niedrigen Tisch abgestellt. Sherlock bedachte seinen Freund mit einem kritischen Blick. »Er weiß es natürlich längst, aber er kann in solch einem Fall nicht persönlich intervenieren. Und die Angelegenheit ist zu delikat, um einen seiner Untergebenen damit zu betrauen.«

Deborah stürzte den starken Kaffee herunter, als wolle sie mit Macht wieder nüchtern werden. »Außerdem –«, begann sie, als ein hochgewachsener Mann Mitte 40 an ihren Tisch trat.

»Mr Morris, schön, dass Sie Zeit für mich haben«, begrüßte Sherlock ihn lässig. Er machte keine Anstalten aufzustehen.

Der Staatssekretär warf einen raschen Blick auf John und Deborah, fragte, ob sie unter vier Augen reden könnten. Sein Englisch war dem Sherlocks ebenbürtig, kündete von der besten Ausbildung, die das Vereinigte Königreich zu bieten hatte, sein Anzug trug ein unsichtbares Label »handgenäht in der Savile Row«.

»Ich fürchte, das ist nicht möglich«, antwortete der Detektiv. »Aber seien Sie ganz unbesorgt: Dr. Watson und Ms Bellamy von der BBC sind in alles eingeweiht.«

Auf dem glattrasierten Kinn des Mannes zeigte sich ein kurzes Zucken, gleich darauf hatte er sich wieder im Griff. Er zog einen Sessel heran. »Nichts für mich, danke«, schickte er den Kellner weg.

»Ein wahres politisches Talent, unser Mr Morris«, sagte Sherlock an John gewandt. »Gilt bereits als Anwärter auf den Posten des Wirtschaftsministeriums, verfügt auch über den nötigen ökonomischen Sachverstand.« In der Pause zeigte er ein Haifischlächeln.

Der Staatssekretär saß angespannt da, wirkte jedoch geschmeichelt. John wusste, wie gering Sherlock solches Wissen einstufte, und musste grinsen.

»Genau die Art Verstand, die ihm signalisiert hat, dass mit seiner Partei nichts mehr zu holen sein wird.«

William Morris rutschte ein wenig zur Seite.

»Die Stimmung im Land dreht sich. Die Menschen fühlen sich betrogen – und die zu erwartenden schlechten Ergebnisse der Brexit-Verhandlungen tragen nicht dazu bei, das zu ändern.«

Bei Deborah schien der Kaffee gewirkt zu haben. Aufrecht und konzentriert saß sie da, den Blick auf Mr Morris gerichtet.

»Wir versuchen –«, begann der Mann im überzeugenden Ton des Berufspolitikers.

»Sie spielen seit einiger Zeit ein doppeltes Spiel«, fiel Sherlock ihm ins Wort. »Demonstrieren unbedingte Loyalität zur Regierung und scheinen sich in Brüssel aufzureiben, gleichzeitig sorgen Sie mit den Informationen an den *Guardian* dafür, dass die Zustimmung zum Brexit bröckelt. Letztlich wird das Parlament nicht umhin können, noch einmal neu abstimmen zu lassen.«

Eine gewagte Prognose, fand John. Deborahs Mimik hingegen zeigte Zustimmung.

»Wir können hoffen, dass die Dummheit rückgängig gemacht wird«, konstatierte der Freund.

»Genau das –« Offenbar sah der Politiker eine Gelegenheit, Sherlock davon zu überzeugen, dass er in hehrer Absicht gehandelt hatte.

»Ja, Ihre Illoyalität hat eventuell etwas Gutes bewirkt. Bloß haben Sie es nicht deshalb getan, sondern vielmehr, um sich zur rechten Zeit auf die andere Seite zu schlagen. Bereits jetzt haben Sie die entsprechenden Kontakte aufgebaut und an den entscheidenden Stellen etwas über ihre – nun ja – Zusammenarbeit mit dem *Guardian* durchblicken lassen.«

Morris holte Luft, um etwas zu erwidern.

»Wie gesagt: ein politisches Talent.« Sherlock lehnte sich zurück.

Deborah schlug ihre langen Beine übereinander und zeigte einen schlanken Knöchel in hauchdünnen Strümpfen. »Ich habe die Informationen, die der *Guardian* noch nicht gebracht hat und werde sie für die BBC aufbereiten«, kündigte sie an. Überrascht sah der Staatssekretär sie an.

»Sie sehen, Ihre Mission wird weitergeführt.« Sherlocks Stimme triefte vor Sarkasmus. »Während ihr Plan, die Zeitung zu ruinieren, nicht aufgehen wird.«

John hatte Mühe, nicht den Mund aufzureißen. Der Politiker hatte den *Guardian* benutzt und wollte ihm zugleich schaden?

»Der Gesetzentwurf Ihrer Partei zum so genannten Geheimnisverrat wird das Parlament passieren, und den ökonomisch angeschlagenen Verlag würde eine hohe Geldstrafe schnell ruinieren. Sie hatten ihrer Informantin und dem Chefredakteur des *Guardian* für diesen

Fall unbedingte Unterstützung zugesichert und sie im Gegenzug darauf eingeschworen, mit den Artikeln fortzufahren.«

Morris bemühte sich, ein Pokerface zu zeigen, Sherlock übertraf ihn darin: »Die Unterstützung erscheint jedoch äußerst fraglich, wenn man weiß, dass Ihre Geliebte sich kürzlich die Aktienmehrheit an der Konkurrenzzeitung gesichert hat – als Strohfrau für Sie natürlich.«

Nun war der Politiker blass geworden.

»Von meinem Bruder soll ich Ihnen ausrichten, dass er Sie verschonen wird. Mycroft schätzt ihre Begabung, nehme ich an, und geht davon aus, dass Sie ihm noch einmal nützlich sein können. Für mich gilt das jedoch nicht. Sobald ich mitbekomme, dass Sie endgültig Ihre Schäfchen ins Trockene bringen wollen und den Wechsel zur Opposition vollziehen, wird Ms Bellamy eine große Geschichte über Sie bringen.«

Der Staatssekretär saß sehr still da. Endlich erhob er sich von seinem Sessel, deutete ein Nicken zur Verabschiedung an und verließ die Bar.

12. Kapitel

John hob die Hand, um noch einen Whisky zu bestellen. Er fühlte sich auf einmal komplett ausgenüchtert. »Es ging ihm um die eigene Karriere und zugleich darum, den *Guardian* über die Klippe springen zu lassen? Unglaublich.«

»Das nun nicht gerade«, meinte Sherlock. »Eher folgerichtig. Bestürzend ist allerdings, wie naiv die Journalisten den Deal eingegangen sind. Der Chefredakteur! Ein kleiner Hintergrundcheck hätte gereicht.«

»Wohl kaum!«, wies Deborah ihn zurecht. Sie wollte noch etwas sagen, ihn vielleicht darauf hinweisen, dass nicht jeder sofort die Verbindungen sah, die ihm offensichtlich erschienen, überlegte es sich jedoch anders. Auch ihr war wohl schon klar, dass man Sherlock nicht dazu bringen konnte, nachsichtiger über andere zu urteilen.

»Und du willst weiter berichten?«, fragte John besorgt.

»Ein paar Details noch«, sagte sie. »Aber alles im richtigen Kontext.«

»Und wenn das neue Gesetz kommt?« Er nahm den Tumbler entgegen.

»Ist die BBC groß und mächtig genug, um ein Verfahren zu überstehen.«

John trank einen Schluck und musste plötzlich lachen: »Sherlock, du hast es also geschafft, den Auftrag deines Bruders zu erfüllen, ohne dass die Regierung wirklich glücklich mit dem Ausgang sein dürfte.«

Der Freund nickte nur, ein kaum sichtbares Lächeln umspielte seine Lippen, und John dachte, dass er unbedingt dabei sein wollte, wenn er Frau Dr. Joost dingfest machte. Er konnte jetzt nicht einfach in seinen Job zurückkehren. Nicht, nachdem er an einem einzigen Tag zweimal daran erinnert worden war, wie genial der Detektiv war. Und wie gut es sich anfühlte, Zeuge und Helfer zu sein, wenn er etwas aufdeckte.

Ob er einfach krankfeiern sollte? Nein, das ließ sein Pflichtbewusstsein nicht zu.

»Aufbruch morgen früh acht Uhr«, verkündete Sherlock unvermittelt und erhob sich.

Warum so früh, wollte John fragen, und wozu er seine Sportsachen mitgebracht hatte. Als jedoch auch Deborah aufstand, wünschte er beiden nur eine gute Nacht.

Nebeneinander verließen die hochgewachsenen, schlanken Gestalten die Bar. Sie wirkten wie ein Paar und John musste sich beherrschen, ihnen nicht zu folgen, um herauszufinden, ob sie in das gleiche Zimmer gingen.

∗

Beim Frühstück sah er weder den Detektiv noch die Reporterin. Nach dem großartigen Dinner hatte John wenig Appetit und nahm sich nur ein paar Happen von dem reichhaltigen Buffet, genoss dabei wieder den Ausblick auf die nun in der ersten Morgensonne frisch-grün leuchtenden Wiesen. So früh am Sonntagmorgen war noch kaum Betrieb im Restaurant.

Eine Schande, dass sie das Haus bereits wieder verlassen mussten! Er drehte noch eine kleine Runde und nahm den herrschaftlichen Treppenaufgang in den ersten Stock, um den Blick hinab auf die Halle mit ihren riesigen Ölgemälden schweifen zu lassen.

Wenn er einmal dort war, konnte er auch nach der »Blakeney«-Suite Ausschau halten. Deborah hatte vom Ausblick bis zur Themse geschwärmt, also musste sie hier oder noch weiter oben sein, und John wollte jetzt wissen, ob auf dem Kärtchen an der Tür zwei Namen standen! Kaum hatte er allerdings drei Eingänge inspiziert, als Sherlock plötzlich hinter ihm auftauchte.

»Guten Morgen. Du bestaunst die Architektur?« Sein süffisanter Tonfall bezeugte, dass er genau wusste, warum John auf der Etage war.

»Ich muss Mary doch berichten«, behauptete der Freund dennoch und schloss scheinheilig die Frage nach Deborah an.

Er wisse nicht, wo sie sei, lautete die amüsiert klingende Antwort. »Bist du abfahrbereit?«

War John, natürlich. Nachdem er seine Reisetasche geholt hatte, trafen sie sich in der Halle wieder. Wo auch Deborah zu ihnen stieß und mit strahlenden Augen von den Gärten schwärmte, die sie sich offenbar gerade angeschaut hatte.

∗

Als sie auf der fast leeren M4 bereits wieder das Häusermeer der Stadt ausmachen konnten, klingelte Johns Handy. Emma McCully, eine nette Kollegin vom Krankenhaus, die stets ein wenig mit ihm flirtete. Erfreut nahm er das Gespräch entgegen, spürte wegen der Reaktion zugleich den Anflug eines schlechten Gewissens.

»Es tut mir so leid, dich so früh am Sonntagmorgen zu stören!«, beteuerte sie.

John beeilte sich zu versichern, dass es in Ordnung sei.

»Ach, gut! Denn ich habe ein wirklich großes Problem. Hannahs nichtsnutziger Vater kann oder will sie am nächsten Wochenende nicht nehmen. Hat einfach einen Flug nach Spanien gebucht, ohne das auch nur vorher mit mir zu besprechen.«

Über ihnen zog ein Flugzeug hoch, verschwand zwischen den Schäfchenwolken.

»Und da dachte ich, vielleicht magst du ja jetzt deine freien Tage verlängern …« Emma klang verlegen.

»Du übernimmst meine Dienste morgen und übermorgen und ich komme dafür für dich am Samstag und Sonntag?« John gab sich keine Mühe, seine Begeisterung über diese Fügung zu verbergen. Hoffentlich hatte Mary keine gemeinsamen Aktivitäten für das kommende Wochenende geplant, dachte er bloß und versicherte Emma, es würde gut passen.

Deborah war hinter dem Flughafen auf den Parkway abgefahren; es ging also nicht zurück nach Hounslow. In bester Stimmung verabschiedete John sich von der Kollegin und beugte sich nach vorn, um Sherlock mitzuteilen, dass er zwei weitere Tage bei den Ermittlungen dabei sein könne.

»Schön, schön«, meinte der, und John war ein wenig enttäuscht. Wollte der Freund ihn vielleicht gar nicht mehr als Partner, sondern lieber mit Deborah weitermachen?

Die ließ sie allerdings eine knappe halbe Stunde später in einer ruhigen Wohngegend in Kilburn aussteigen und verabschiedete sich. Von John mit einer federleichten Umarmung, von Sherlock außerdem mit einem Küsschen auf die Wange. Gleich darauf brauste der Aston Martin davon in Richtung Innenstadt.

»Du solltest wirklich deine Mimik besser im Griff haben«, befand Sherlock. »Komm!«

»Wohin?«

Der Freund deutete auf eine Ladenzeile auf der anderen Straßenseite. »Du kannst mir demonstrieren, wie sportlich du bist.«

Zwischen einem Spar und einem Smoothie-Shop las John auf einem Schild *Gym # One*. »Ins Fitness-Studio?«

»Keine Lust?«

Er habe wegen eines Probetrainings angerufen, sagte Sherlock wenig später am Empfang zu einer osteuropäischen, jungen Frau. Die reichte zwei Spindschlüssel über den Tresen und wies ihnen den Weg in die Sammelumkleide.

John hätte nie gedacht, dass der Detektiv überhaupt Sportkleidung besaß, aber natürlich machte er im Trainingsanzug genauso eine gute Figur wie in feinem Zwirn. Auf dem Stepper kam er nicht ins Schwitzen, sondern absolvierte souverän das Aufwärmen, um sich dann von einem Mann mit der eindrucksvollen Figur eines Turners Übungen für seine Ellbogengelenke zeigen zu lassen.

»Du willst etwas für deinen Maus-Arm tun«, erkannte der Arzt. »Sinnvoll.«

Er selbst begann mit Butterflys und spürte schnell, wie ihm der Schweiß über die Stirn lief. Dagegen sah das, was Sherlock machte, wenig anstrengend aus.

Der Raum verfügte über die Fläche eines Reihenhauses und war etwa halbvoll. Berufstätige Menschen, die unter der Woche keine Zeit hatten, die meisten vermutlich Singles, dachte John. Wenn er mit Mary ein freies Wochenende in Hounslow verbrachte, schaffte er es jedenfalls nicht am Sonntagmorgen um 9 Uhr zum Sport. Dann saßen sie um diese Zeit noch bei ihrem gemütlichen Frühstück.

Sherlock hatte seine Übung beendet und näherte sich einem Seilzugturm, der von vier Seiten genutzt werden konnte. Eine etwa 40-jährige Frau mit sehr weiblichen Formen mühte sich mit einem Dreiecksgriff, zog ihn vorbildlich langsam an die Brust, um ihn danach kontrolliert wieder hochgleiten zu lassen. John wusste, dass das sehr viel anstrengender war, als es aussah und konnte ihren Gesichtsausdruck nachvollziehen.

Sherlock setzte sich im rechten Winkel zu ihr und fasste beidhändig nach der langen Stange, die an diesem Platz eingehängt war. John war mit den Butterflys fertig und gönnte sich die nötige Pause, ging hinüber zu dem Freund.

Der hatte die Hände unverrichteter Dinge wieder sinken lassen und sagte gerade etwas in einer hart klingenden Fremdsprache. Deutsch? Ebenso wie in Johns Studio in Hounslow lief auch hier grässliche, störende Musik. Die Frau ließ den Griff oben am Seilzug hängen und drehte sich mit einem erfreut-amüsierten Gesichtsausdruck zu Sherlock um, antwortete etwas, das sich wie eine Frage anhörte. Ihr Deutsch – nun war John sich sicher – klang weicher, kehliger als das des Freundes.

Sherlock ging nicht auf ihre Äußerung ein, sondern sagte nur: »Dr. Amelie Joost.«

Sein Wunsch sollte also in Erfüllung gehen! Wenngleich John nicht im Traum daran gedacht hätte, dass der Detektiv Dennis Jones' Kontaktperson im Fitnesscenter aufspüren würde.

Die braunen Augen der Angesprochenen verengten sich ein wenig. Knapp gab sie auf Englisch die Bestätigung, fragte dann in charmantrollendem Sprachduktus: »Und Sie sind?«

»Sherlock Holmes, Chemiker. Cambridge Universität.«

John setzte sich auf eine Bank neben dem Gerät und tat so, als gehöre er nicht dazu, ließ seine Schultern kreisen und dehnte die Oberarme.

»Ich habe gehört, Sie interessieren sich für Antibiotika-Substitute«, fuhr der Freund fort und behauptete, er sei mit seiner Forschungsgruppe zu vielversprechenden Ergebnissen gekommen.

Wo er das gehört habe, wollte die Frau wissen. Sie wischte sich mit einem Handtuch den Schweiß ab, schien auf der Hut, aber bereit, das Gespräch fortzuführen.

Sherlock machte eine Handbewegung, die ausdrücken sollte, das sei egal. »Sie leiten die Entwicklungs-Abteilung der Grotkamp-Med.«

Ein angedeutetes Nicken. »Und wer hat Ihnen gesagt, dass Sie mich hier antreffen?«

Das fragte John sich auch.

»Das haben Sie selbst getan.«

»Ich habe Sie niemals zuvor gesehen!« Dr. Joost angelte wieder nach dem Griff, bewegte ihn nun jedoch eher unkonzentriert. Sie atmete schwer.

»Ihre Fotos sind auf Facebook für alle sichtbar, nicht nur für Ihre Freunde. Da findet sich auch dieses Studio. Und dass eine vielbeschäftigte Singlefrau am Sonntagmorgen herkommt, war reine Statistik.« Der Detektiv griff nun ebenfalls wieder nach der Stange und zog sie nach unten, wobei auch ihm ein wenig Anstrengung anzumerken war.

Es klirrte metallisch, als Amelie Joost den Zug zu schnell freigab. Sie schüttelte spontan den Kopf und nahm die umstehenden Geräte ins Visier. Neben ihnen ließ sich ein junger Mann auf der Beinpresse mit seiner eigenen Musik beschallen. John hatte mit Situps begonnen und tat so, als nehme er nichts um ihn herum wahr. Es funktionierte: In ihrem kehligen Singsang fragte die Belgierin Sherlock, was er anzubieten habe und wie weit er wäre.

Der Detektiv hielt die Stange auf halber Höhe. »Vor den klinischen Tests«, behauptete er schwer atmend und ließ die Gewichte zurücksinken.

»Natürlich.« Die Frau nickte wissend. »Die Präklinik komplett abgeschlossen?«

»Prüfung der Wirksamkeit und der Toxikologie in Zellkulturen und Tierversuchen erfolgt«, antwortete Sherlock ebenso knapp.

»Das hört sich in der Tat vielversprechend an.« Amelie Joost fixierte Sherlock. »Wer hat Ihre Forschung bis dato gefördert?«

Er wich ihrem Blick aus. »Ein großes Unternehmen, bei dem die Prozesse sehr langwierig sind. Ich hoffe, mit einer kleineren Firma kann man das effektiver gestalten.«

Aus den Lautsprechern drang eine Version eines Madonna-Songs, aus den Kopfhörern des jungen Mannes auf der Beinpresse etwas Härteres, in der Ecke fiel ein Gewicht mit lautem Knall in die Halterung zurück. Dr. Joost schwieg.

»Vermutlich schon«, sagte sie endlich. »Aber von heute auf morgen geht auch bei uns nichts.«

Frustriert verzog Sherlock das Gesicht. »Haben Sie das Dennis Jones auch so gesagt?«

Ganz leicht zuckte die Frau zusammen. »Sie kennen Mr Jones?«

Gegenwart, registrierte John. Nicht: kannten.

»Sagen wir es so: Wir haben einen gemeinsamen Freund am UCL.«

»Carl Janners.« Das klang verächtlich.

»Genau. Der gute, alte Carl – ein Meister der Kontaktanbahnung, der auch gern doppelt verdient.«

»Und natürlich keinerlei Erfolgsgarantie übernimmt.« Amelie Joost hatte sich wieder komplett im Griff, klang sehr geschäftsmäßig. Fast hatte es den Anschein, als würde sie sich auf dem kleinen Hocker bequem zurücklehnen. »Ich war soweit einig mit Mr Jones und hatte alles in die Wege geleitet«, begann sie, als würde sie vom Kauf einer Waschmaschine erzählen. »Dann erhielt ich jedoch einen Anruf von ihm, dass er sich anders entschieden hätte.« Sie machte eine Pause und schoss einen entschlossenen Blick auf Sherlock ab: »So viel kann ich Ihnen sagen: Das passiert mir kein zweites Mal!«

Die Frau klang viel zu selbstsicher, dachte John und war erleichtert, dass auch der Freund irritiert wirkte. Was genau sie in die Wege geleitet hätte, fragte er nach.

»Die Antragsformalitäten für die Klinische Phase«, antwortete die Frau sofort und taxierte Sherlock kopfschüttelnd. »Ich weiß nicht, was dieser Janners Ihnen erzählt hat, Mr –«,

»Holmes, Sherlock Holmes. Und um die Wahrheit zu sagen, arbeite ich nicht als Chemiker, sondern als Detektiv. Gemeinsam mit Dr. John Watson.«

Die Handbewegung stellte John vor, der seine Bemühungen, sich unsichtbar zu machen, aufgab und sich an Amelie Joosts freie Seite an den Seilzugturm setzte. Auch, dass sie zu zweit waren, schien ihr nicht viel auszumachen; mit einem angedeuteten Nicken grüßte sie ihn.

»Dennis Jones hat auf eigene Faust Tests an Obdachlosen vorgenommen, die tödlich verlaufen sind«, fasste Sherlock zusammen. Noch immer sagte die Belgierin nichts. »Dann hat er Schlaftabletten geschluckt.«

Jetzt wischte sie sich langsam mit dem Zipfel ihres Handtuches über das rundliche Gesicht. »Er war so ein kleiner, naiver Spinner«, sagte sie danach in weichem, singendem Tonfall. »Als ich ihm gesagt habe, ich würde das Projekt priorisieren, da hätten aber auch noch ein paar andere Leute ein Wörtchen mitzureden, und wie schnell das klappt, könnte ich ihm nicht versprechen, da fiel er aus allen Wolken.« Sie drehte das Handtuch in ihren Händen. »Ich habe keine Ahnung, was er sich eigentlich vorgestellt hat.«

Nachdem Carl Janners ihr die Kontaktdaten des Wissenschaftlers gegeben hatte, war sie ein einziges Mal mit ihm zusammengetroffen – am 22. August, dem Montag vor der großen Party am UCL, bei der »Joe« mit dem jungen Mann gesprochen hatte. Sie war nicht einmal dort gewesen. Was hätte sie auch dort gesollt, nachdem sie doch dachte, sie sei sich mit Dennis Jones einig geworden? Am Dienstag, dem 5. September, hatte der junge Mann sie dann jedoch angerufen, um ihr mitzuteilen, er habe sich anders entschieden.

Der gleiche Termin, an dem Ashley das Telefonat mit »Joe« mitangehört hatte, registrierte John sofort.

Dr. Joost war wütend gewesen, hatte aber natürlich angesichts der halbseidenen Übereinkunft keinerlei Möglichkeiten gehabt, Ansprüche geltend zu machen.

*

»Wie konnte ich bloß so dämlich sein? Verdammt!« In der Umkleide schlug Sherlock mit der Faust gegen die offene Spindtür, deren Halterung daraufhin beängstigend knirschte. »Nicht die Daten abzufragen. Ein Anfängerfehler!« Er zog sein Handy aus der Tasche.

John wandte ein, dass er auch nicht darauf gekommen sei, die Kontakttermine zu überprüfen; der Gesichtsausdruck des Freundes besagte, dass er das von ihm nicht anders erwartet hätte. Gekränkt griff er nach seinem Kulturbeutel und Handtuch und ging in den angrenzenden Duschbereich.

»Wem hast du noch einen Kontakt zu Dennis Jones verkauft?«, hörte er Sherlocks schneidende Stimme, bevor er die Tür schloss.

Dr. Amelie Joost hatte eindeutig nichts mit den Tests an Obdachlosen zu tun, sie war nicht »Joe«. Ganz offenbar war sie bereit, sich auf illegalem Weg Forschungsergebnisse zu besorgen – danach würden sie und ihre Firma jedoch das vorgeschriebene Prozedere einhalten. Wie auch sonst, dachte John wieder einmal. Er zog die Sportsachen aus und drehte das Wasser in einer der beiden offenen Duschkabinen an, stellte sich darunter.

Mit einem lauten Knall schlug die Tür zur Umkleide zu und Sherlock erschien in der feuchten Luft des kleinen Raums. »Carl schwört, er hätte sonst niemandem den Kontakt zu Dennis vermittelt.« Ungeduldig zerrte er seine Sachen vom Körper und ging in die zweite Kabine.

»Und glaubst du ihm?« John hatte sein Wasser abgedreht und trocknete sich ab.

»Ja«, drang es durch das Prasseln auf der anderen Seite der Trennwand. »Er weiß, was ihm blüht, wenn er mich anlügt.« Eine kleine Pause. »Und er weiß, dass ich es herausfinden würde.«

John nickte, obwohl der Freund ihn nicht sehen konnte. Standen sie also wieder am Ausgangspunkt? Ohne einen Anhaltspunkt, wer Joe war? Nur bestätigt darin, dass Dennis Jones ein von seiner Forschung besessener Wissenschaftler gewesen war, der Schwierigkeiten hatte, die Realitäten der Pharma-Entwicklung anzuerkennen?

*

»Wir müssen jemanden finden, der auf dieser UCL-Party war«, lautete Johns Fazit, als sie wieder auf der Straße standen. »Jemanden, der gesehen hat, mit wem der junge Jones gesprochen hat. Das kann doch nicht so schwierig sein!«

Sherlock sah ihn sinnierend an. Seine Haare waren deutlich länger als Johns und hingen ihm noch feucht in die Stirn. Ein Taxi näherte sich von Osten und er hob die Hand. »Genieß dein Wiedersehen mit Mary! Ich melde mich.«

Der Wagen hielt, er stieg in den Fond und schloss die Tür, bevor John auch nur etwas sagen konnte. Er schickte dem davonfahrenden Auto eine Grimasse hinterher und orientierte sich, steuerte dann die nächste größere Straße an und stand bald darauf in dem S-Bahnhof Kilburn High Road, studierte den Netzplan.

Es gab keine schnelle Verbindung nach Hounslow. Am besten, er lief bis Kilburn Park, dort könnte er in die Bakerloo Linie zum Bahnhof Paddington steigen und sich weiter nach Süd-Westen schlängeln.

Anstatt jedoch das Gebäude zu verlassen, ging John hoch auf das Gleis in Richtung Osten. Was für einen Sinn sollte es haben, wenn er jetzt nach Hause fuhr? Er würde bestimmt eine Stunde brauchen und es gab nichts zu tun für ihn, bis Mary um 15.46 in King's Cross eintraf – einen Katzensprung vom Bahnhof Euston entfernt, wohin ihn die S-Bahn bringen würde. Nach Bloomsbury, in das Viertel am University College London.

Er würde einfach herumfragen, ob jemand auf dem großen UCL-Treffen gewesen war, nahm er sich vor, als er kaum zehn Minuten später auf der Gower Street stand. »Beinarbeit« in ihrer ursprünglichsten Form.

Die allerdings an einem Sonntag nichts brachte, wie er sich sehr schnell eingestehen musste. Der Campus war menschenleer und die wenigen jungen Leute, die er auf den Straßen antraf, reagierten verständnislos auf seine Frage; die älteren sprach er erst gar nicht an. Sie waren vermutlich Touristen, die die malerischen quadratischen Plätze des Viertels bewunderten oder auf dem Weg zum British Museum waren.

Frustriert setzte John sich in ein Café in der Montague Street. Wenn das Vorgehen, das ihm logisch erschienen war, so wenig erfolgreich war, was tat Sherlock dann in diesem Moment?

Warum hatte er ihn wieder einmal so abserviert? Traf er sich vielleicht mit Mycroft im Diogenes-Club? Schließlich hatte John schon häufig mitbekommen, dass die Brüder sich in gewisser Weise besser verstanden, als es den Anschein hatte. Aber nach Sherlocks Coup mit William Morris würde er den Älteren eher meiden.

Nach dem Training stand John der Sinn nach etwas Gesundem und er bestellte einen frisch gepressten Saft und einen kleinen gemischten Salat.

Oder verbrachte der Freund den Nachmittag mit Deborah, stellte mit ihr Nachforschungen an? Vielleicht zog er auch mit Shinwell durch das East End. Dort traf man am Sonntag vermutlich mehr Studenten an als hier in Uni-Nähe.

War er eifersüchtig? Unsinn! Er wusste, dass er für Sherlock immer die erste Wahl sein würde, wenn es um Unterstützung bei seinen Abenteuern ging. Und heute stand für ihn sowieso seine geliebte Mary im Vordergrund.

Es gab ja auch noch die Zusammenkünfte der deutschsprachigen Community, von denen Leonie in der WG ihnen erzählt hatte – eine weitere Möglichkeit, »Joe« aufzuspüren. Ob Sherlock gerade um die

Ecke in der Huntley Street war, um von der Deutschen zu erfahren, wo und wie er Teilnehmer dieser Treffen aufspüren konnte?

Oder aber … John starrte die hübsche, junge Bedienung an, die seinen Salat zubereitete. Als ihr Blick seinen streifte, schien sie irritiert.

Oder aber Sherlock saß in 221B Baker Street und suchte über Facebook Leute, die ihm etwas über das UCL-Event sagen konnten.

Ja! Fast hätte John laut aufgelacht. Genau das würde der Detektiv tun und damit sehr viel effektiver sein als er mit seiner Beinarbeit. Ob er ihn dort aufsuchen sollte? Da er jedoch Sherlocks spöttische Mimik vor Augen hatte, mit der er nachfragen würde, was ihn umtrieb, ließ er es und verbrachte die Zeit bis zu Marys Eintreffen in King's Cross im British Museum.

13. Kapitel

Am Morgen hielt John es nicht mehr aus. Nachmittag, Abend und Nacht mit Mary waren wunderbar gewesen – aber die Liebste hatte Frühdienst und so fand er sich um sechs Uhr allein vor einer zweiten Tasse Kaffee wieder, nachdem sie in die Klinik aufgebrochen war. Eine halbe Stunde lang beschäftigte er sich noch in ihrem Häuschen, dann brach er in die Baker Street auf, wo er das sah, was er erwartet hatte: Hellwach saß Sherlock vor seinem Laptop. Hatte er seit dem gestrigen Nachmittag mögliche Zeugen im Internet gesucht?

»Eine nicht unbedingt verlässliche Aussage eines trinkfreudigen Post-Docs lautet: Dennis hätte sich auf der Party längere Zeit mit jemandem von Alpha-Health unterhalten«, gab der Freund prompt anstelle einer Begrüßung bekannt.

»Wäre ja grundsätzlich nicht so ungewöhnlich, dass er mit einem Mitarbeiter der Firma redet, die seine Forschungen unterstützt, oder? Auch wenn er zu dem Zeitpunkt schon nicht mehr gut auf sie zu sprechen war. Wusste der Typ auch, mit wem?«

Sherlock lehnte sich mit einem Seufzer in dem Stuhl zurück und schloss kurz die Augen. »Njet. Überhaupt hatte ihm bloß ein anderer Besucher gesagt, der Mann sei von Alpha-Health. Und dieser andere wiederum ist in diesem Semester in Mumbai. Ich habe gleich in der Nacht noch eine E-Mail losgeschickt, aber warte seit Stunden auf die Antwort.«

»Nicht jeder Mensch checkt pausenlos seine Nachrichten«, versuchte John ihm klarzumachen. »Indien ist fünfeinhalb Stunden voraus.«

Das Gesicht des Freundes fragte, warum er ihm das mitteilte, dabei hatte John nur laut nachgedacht.

»Er kann es morgens eilig gehabt haben«, fuhr er fort. »Und wenn er Forscher ist, macht er jetzt vielleicht Versuche unter Reinraumbedingungen oder sonst etwas ohne Zugang zum Internet.«

Der Detektiv zog eine Grimasse. Neben ihm stand ein halbvoller Steingutbecher mit Tee – kalt, schätzte John.

»Sonstige Treffer?«

»Zwei Frauen, die ich noch gar nicht erwischt habe. Bei einer von ihnen kommst du vielleicht weiter. Sie ist Anästhesistin am UCL Hospital, Dr. Mary-Lou Forkman.«

»Erwischt?«

Der Freund griff nach dem Becher, trank einen Schluck, verzog das Gesicht. »Ich sitze nicht nur hier am Rechner, auch wenn du das denkst. Mögliche Zeugen aufspüren, lokalisieren und dann ganz altmodisch kontaktieren …« Seine Stimme wurde leiser, das Ende des Satzes verlor sich.

»Okay, ärztliche Anordnung: Du schläfst jetzt eine Stunde und ich versuche die Kollegin zu kontaktieren. Dann gibt's frischen Tee und Frühstück und wir sehen weiter.«

Zwar wehrte Sherlock die Vorstellung, etwas zu essen, mit einer Handbewegung ab, erhob jedoch zu Johns Überraschung keine Einwände gegen eine Ruhepause. Er legte sich auf das Sofa, zog eine Decke über seine langen Beine und drehte sich zur Wand. Fast im gleichen Moment wurden seine Atemzüge tief und gleichmäßig.

John nahm den Laptop mit in die Küche. Der Freund hatte sein Mailprogramm geöffnet, außerdem Facebook und Twitter. Die Seiten, aus denen ihn Stacey Hopkins anschaute, klickte John weg.

Der naheliegende Gedanke war, dass die Anästhesistin in einer Operation steckte. Über die Webseite der Uniklinik fand er heraus, dass sie Oberärztin im Haupt-OP-Trakt war. Keine separate Telefonnummer. Logisch, niemand wollte dort Anrufe von außerhalb des Krankenhauses entgegennehmen. John wählte die Zentrale an und teilte der wieder einmal osteuropäischen Frau am anderen Ende der Leitung mit, dass er, Dr. Watson vom Charing Cross Hospital, einen Patienten für einen komplizierten Eingriff überweisen müsste, aber im Vorfeld gern mit Frau Dr. Forkman sprechen würde.

»Dr. Forkman ist ja heute Morgen gefragt«, kam die schnippische Antwort. »Wie sagten Sie, ist Ihr Name?«

»Dr. Watson. Dr. John Watson.« Er ließ den Blick über die schmutzigen Tassen auf der Arbeitsplatte schweifen und fragte sich, ob er erst spülen musste, bevor sie Tee trinken könnten.

»Ja, ich erinnere mich, Dr. Watson.« Die Stimme klang überheblich. »Vor etwa einer Stunde haben Sie bereits angerufen. Ich glaube, da hatten Sie eine Patientin.«

Sherlock, natürlich! Er hatte noch nie Skrupel gehabt, seinen Namen – und Titel! – zu verwenden. Ob er sich sogar die Mühe gemacht hatte, seine Stimme zu imitieren? Immerhin war er sehr gut darin.

John räusperte sich und schaffte es, halbwegs souverän zu behaupten, dass die Telefonistin sich irren müsse.

»Wenn Sie das sagen … Auf jeden Fall kann ich Sie nicht mit Dr. Forkman verbinden.«

»Ist sie gerade im OP?«

»Ich wünsche Ihnen einen guten Tag.«

Und sie hatte aufgelegt. Erbost starrte John sein Handy an. Vorbei die Zeiten der guten alten englischen Höflichkeit! Manchmal war er doch sehr nah daran, die Abneigung vieler Landsleute gegen die Einwanderer zu verstehen. Wenn man ehrlich war, musste man zugeben, dass sie in ihrer Arbeit effektiv waren – er hatte einmal eine BBC-Reportage gesehen, der zufolge die britische Baubranche zusammenbrechen würde ohne die polnischen Alleskönner –, aber häufig waren sie auch kurz angebunden und regelrecht unhöflich. Wie diese Angestellte. Eine Britin hätte ihn nie so abserviert! Dann dachte er jedoch: Eine Schottin schon, auch die eine oder andere Nordengländerin. So einfach war es nicht.

Er setzte den Kessel auf und spülte zwei Tassen notdürftig, dann klickte er nochmals die Seite des OP-Teams des UCLH an. Und erkannte den Namen einer Krankenschwester: Liza Wraight hatte einmal im Charing Cross gearbeitet, sie und Mary waren bis heute befreundet. Kurzerhand rief er seine Liebste an und bat sie um die Handynummer der Schwester. Kurz darauf hatte er sie am Apparat – und erfuhr, dass Dr. Forkman vor einer Woche die Diagnose Eierstockkrebs bekommen hatte.

»Es geht ihr sehr schlecht. Sie ist sofort operiert worden und liegt jetzt hier auf der Gyn. Wir machen uns alle große Sorgen.«

John biss sich auf die Unterlippe. Das ließ auch das Verhalten der Rezeptionistin in einem anderen Licht erscheinen. So riesig war das UCL Hospital nicht, dass sie die Kollegin nicht persönlich gekannt hätte, und dann die dreiste Doppelanfrage …

Er murmelte ein paar mitfühlende Worte und verabschiedete sich von Liza.

Als er den Tee aufbrühte, kam Sherlock in die Küche. »Die Anästhesistin ist gestorben«, vermutete er nach einem Blick auf den Freund.

»Noch nicht«, entgegnete John. Sollte er ihm Vorhaltungen machen, dass er seinen Namen benutzt und es ihm noch nicht einmal gesagt hatte?

Mit einem aufrichtig klingenden »Das tut mir leid« nahm der Freund ihm den Wind aus den Segeln.

»Wieso bist du schon wieder wach?«, fragte er stattdessen.

»Innere Uhr, Wecker gestellt«, gab Sherlock Auskunft, goss sich eine Tasse Tee ein, stürzte einen großen Schluck herunter und wollte danach Genaueres über den Zustand der Ärztin wissen.

Dann könnten sie sie doch im UCL Hospital aufsuchen, meinte er, nachdem John ihm das Wenige gesagt hatte, was er wusste. »Nur ganz kurz«, reagierte er auf dessen Gesichtsausdruck.

»Auf keinen Fall!« Sein Bedauern war vermutlich der Tatsache geschuldet gewesen, dass die Zeugin nicht zur Verfügung stand, dachte John wütend und setzte nun doch zu einer Standpauke an, als Mycroft in der Tür zur Küche erschien.

Hatte er einen Schlüssel zu der Wohnung? Oder hatte Mrs Hudson ihn hereingelassen? John klopfte stets zuerst unten bei der alten Dame, um ein paar Worte mit ihr zu wechseln. Er konnte sich jedoch nicht vorstellen, dass Mycroft darauf Wert legte.

Mit dem Griff seines Stockschirms klopfte der ältere Holmes an den Türrahmen, sein Blick war mokant. »Ich bin ja fast beeindruckt angesichts der Art und Weise, wie du deinen Standpunkt klargemacht hast«, sagte er mit einem strichdünnen Lächeln, während er seinen Bruder taxierte.

»Ein Lob vom Meister!« Sherlock ließ sich auf einen Stuhl fallen. »Das überwältigt mich.«

»Es war keineswegs als Lob gemeint.« Das Lächeln war verschwunden.

»Umso schöner.« Der Jüngere amüsierte sich großartig.

»Weißt du eigentlich, in was für eine Situation du mich gebracht hast?«

»Sag's mir!«

Mycroft verzog das Gesicht, als hätte er Zahnschmerzen. »In die gleiche wie früher, wenn ich dein Spielzeug aufräumen und die Wohnung hinter dir wieder in Ordnung bringen musste. Bloß, dass die Wohnung jetzt England ist.«

»Ach ja, wir sind alle größer geworden, nicht wahr?« Sherlock griff nach der Teekanne. »Magst du eine Tasse, Bruderherz? Übrigens gehe ich davon aus, dass ich noch heute meinen Terminwunsch bei Alpha-Health präzisieren kann. Ich melde mich dann mit dem Namen bei dir.«

»Du glaubst doch nicht im Ernst, dass ich dir jetzt noch den Gefallen tue!« Ohne ein weiteres Wort drehte Mycroft sich um und verließ den Raum.

»Was war das?« Auch nach all der Zeit, die John die Holmes-Brüder nun schon kannte, kam ihm der Auftritt seltsam vor.

»Eine Überprüfung, ob mein Vorgehen am Wochenende chemisch induziert war«, erklärte Sherlock fröhlich.

»Ja, Koks macht größenwahnsinnig«, kommentierte John, dann wurde ihm etwas klar: »Für solche Fälle hat er einen Schlüssel?«

»Ja, darauf haben wir uns mal geeinigt.« Sherlock überprüfte ein weiteres Mal sein Postfach, verzog frustriert das Gesicht. »Also gut, gehen wir!« Er stand auf.

Johns Appell, etwas zu frühstücken, ignorierte er.

*

Wieder einmal das Uni-Viertel, wieder einmal die WG-Wohnung in dem alten Backsteingebäude. Sie hatten Glück – oder besser: Sherlock, der stets davon ausging, dass die Leute ihm zur Verfügung standen, hatte Glück – und die junge deutsche Literaturwissenschaftlerin war zuhause.

»Nachdem ich noch immer so erkältet bin, dachte ich, ich gönne mir einen freien Tag.«

Auch an diesem Morgen saß sie in der Küche; ihre Nase war stark gerötet, während des Sprechens kämpfte sie mit einem Hustenreiz.

»Viel trinken und vielleicht doch mal an die frische Luft gehen«, empfahl John.

»Sehr gut, Herr Doktor!« Während der kurzen Taxifahrt hatte Sherlock gar nicht gesprochen, nun kam seine Ungeduld durch – Resultat des zähen Vorankommens und der Schlaflosigkeit, diagnostizierte John. Das Hochgefühl des Triumphs über seinen Bruder hatte nur kurz angehalten.

Er bräuchte einen Kontakt zu dem deutschen Stammtisch, verlangte der Detektiv.

Es war immer wieder ein Wunder, wie selten die Leute Sherlock sein Benehmen übel nahmen, fand John. Die junge Frau jedenfalls nickte nur.

»Nachdem Sie am Freitag hier waren, habe ich nachgeschaut und festgestellt, dass heute Abend ein Treffen ist, sogar mit einem interessanten Thema. Es gibt häufig Vorträge und Diskussionen zu einem bestimmten –«

»Sehr gut«, fiel Sherlock ihr ins Wort.

»Es geht um die Frage, was man jetzt schon sagen kann über die Konditionen für uns Nicht-Briten nach einem Brexit«, führte sie aus, obwohl es den Detektiv ganz offensichtlich nicht interessierte.

John fühlte sich bemüßigt, ein teilnehmendes Geräusch von sich zu geben.

»Ich wollte eigentlich nicht gehen – es sieht nicht so gut aus, wenn ich mich an der Uni krankmelde und dann –«,

Das Argument würdigte Sherlock in keinster Weise. »Wir holen Sie um halb sieben ab.«

Noch auf dem Weg zur Wohnungstür zog er sein Smartphone aus der Hosentasche und überprüfte den Maileingang. »Endlich!«, rief er laut aus. »Dr. Johannes Frankenland.«

Leonie, die halbherzig Zustimmung signalisiert hatte, sie zu dem abendlichen Treffen mitzunehmen, war ihnen in den Flur gefolgt und schaute fragend von John zu Sherlock.

»Sagt Ihnen der Name etwas?«, fragte der Detektiv wie aus der Pistole geschossen.

»Auf Anhieb nicht, nein.«

»Schade. Dann also bis heute Abend.« Damit war er aus der Tür.

John grinste die junge Frau entschuldigend an und folgte ihm. Laut der Antwortmail aus Mumbai hatte Dennis Jones sich also auf dieser

Uni-Party mit einem Alpha-Health-Mitarbeiter mit einem deutsch klingenden Namen, zu dem die Kurzform »Joe« passte, unterhalten. Wenn es auch undenkbar war und blieb, dass das Unternehmen – so etwas wie ein Staatsbetrieb! – auf Basis der Versuche an Obdachlosen ein Präparat zu Ende entwickeln und zur Genehmigung anmelden würde, hatten sie dennoch einen neuen Ansatzpunkt!

»Also zu Alpha-Health«, vermutete er.

Sherlock war auf dem Treppenabsatz stehengeblieben und hantierte mit seinem Telefon. Er antwortete nicht.

»Oder willst du Mycroft noch einmal um Mithilfe bitten?«

Daraufhin gab der Freund ein abfälliges Geräusch von sich.

»Stand noch mehr in der Mail aus Mumbai?«, fragte John ungeduldig.

Sherlock steckte sein Smartphone wieder ein und wandte sich der Treppe zu. »Nur, dass es sich um einen der Chefs der Entwicklungsabteilung bei Alpha-Health handelt.«

John nickte. Das Unternehmen war eines der größten auf dem Markt, entsprechend musste der Bereich Entwicklung riesig sein. Konnte es sein, dass dieser Dr. Frankenland – wenn er denn nun der richtige Drahtzieher war – darauf gesetzt hatte, dass Dennis Jones' Hinterhofpraktiken quasi in der Menge untergingen? Es war eindeutig: Sie mussten in das Unternehmen hineingelangen, um mehr in Erfahrung zu bringen.

»Soll ich vielleicht mal als Arzt da vorstellig werden?« Aber er wusste, dass das so nicht funktionierte. Die Konzerne suchten sich selbst Mediziner für ihre mehr oder weniger fragwürdigen Kooperationen aus.

»Gemach. Gut möglich, dass wir deinen Doktortitel und dein Allgemeinmediziner-Wissen später noch benötigen«, meinte Sherlock gönnerhaft.

»Du meinst, ohne das dazugehörige Wissen nutzt es dir nichts, dir meinen Titel anzueignen?«, parierte John.

»Ich meine, dass wir hier in Bloomsbury sind und erst einmal die nächstliegende Quelle anzapfen!« Er stürmte hinaus auf die Straße, wandte sich nach rechts und war schon fast um die nächste Ecke verschwunden, als John die Haustür hinter sich geschlossen hatte.

Mit ausholenden Schritten steuerte der Detektiv auf den Campus zu. Obwohl er sich lächerlich vorkam, legte John einen Sprint ein, um zu ihm aufzuschließen. Im warmen Licht des Herbsttages strebten noch vereinzelt junge Menschen in Richtung der College-Gebäude; das Gros war längst in den Vorlesungssälen, Seminarräumen und Laboren. Ob Sherlock Ashley Beard nach den Kontaktpersonen ihrer Arbeitsgruppe bei Alpha-Health fragen wollte? Aber sie würde doch von sich aus erwähnt haben, wenn sie es mit jemandem mit deutsch klingendem Namen zu tun gehabt hatte.

Der Freund hielt sich links; also ging es nicht in die medizinische Fakultät. »Abteilung für Naturwissenschaften« stand neben der grauen Tür, die gerade eine junge Frau geöffnet hatte. Hinter ihr betraten sie das Gebäude. Sherlock orientierte sich mit einem raschen Blick und stieg eine geschwungene Steintreppe in den ersten Stock hoch, wo er eine Tafel voller Hinweisschilder überflog und die Tür an der rechten Seite aufstieß.

Es handelte sich um die Art Großraumbüro, in der ein Minimum an Privatsphäre dadurch erzeugt werden sollte, dass die Angestellten in winzigen Kabinen saßen, deren schulterhohe Trennwände mit grauem Stoff bespannt waren.

Sie seien mit Carl Janners verabredet, behauptete Sherlock gegenüber der ersten Person, die sie sahen, einem älteren, bärtigen Mann.

Er deutete den ersten Gang zwischen den Stellwänden entlang. »Vierte Zelle rechts.« Nichts an seinem Tonfall ließ darauf schließen, ob er das Wort im Spaß verwandt hatte.

Immerhin waren die Mini-Räume nicht abgeschlossen. Es gab überhaupt keine Türen, sondern sie konnten die Zelle, in der Sherlocks ehemaliger Kommilitone mit dem Rücken zu ihnen am Schreibtisch saß, direkt betreten. Als er ihre Schritte vernahm, wandte er sich um, sein Blick zunächst verärgert, dann ängstlich.

»Was willst du noch? Ich hab dir doch gesagt –«,

»Hast du.« Der Detektiv warf sich auf den Klappstuhl, der an der Seite stand. John blieb neben einem Bücherregal stehen. Damit war der Raum voll. Sherlocks lange Beine stießen fast auf den Gang hinaus.

Carl Janners griff nach den Unterlagen, die auf seiner Tischplatte lagen, und stand auf. Ihm reichten die grauen Wände fast bis zu den

Augen, durch die Breite seines Körpers wirkte der Raum noch winziger.

»Ich habe jetzt ein Seminar.« Er schickte sich an, die Kabine zu verlassen, verharrte vor der Schranke aus Sherlocks Beinen. Sie zu übersteigen, hätte ihn lächerlich aussehen lassen, und wieder einmal dachte John, dass der Freund mit Janners nebenher noch alte Rechnungen beglich.

»Anorganische Chemie II, ich weiß. Deine Studenten sind bestimmt froh, wenn ich ihnen ein paar Minuten ohne dich beschere. Was sollen sie von dir schon lernen? Betrügen? Täuschen? Tricksen?« Während er sprach, nickte Sherlock jemand auf dem Gang freundlich grüßend zu.

Janners machte einen Schritt zur Seite, versuchte zu erkennen, wer da vorbeigegangen war. Seine Kiefer waren aufeinandergepresst. »Du hast mir versprochen –«, presste er hervor.

»Ich habe dir gar nichts versprochen!«, machte Sherlock klar und fuhr nach einer kleinen Pause fort: »Frankenland, Johannes Frankenland. Einer deiner wertvollen Kontakte?«

»Du bist also nicht nur gekommen, um mich zu beleidigen?«

»Nicht nur.«

Er hätte ihm doch gesagt, setzte der Dozent an, wieder fiel Sherlock ihm ins Wort: »Also nein. Aber du kennst ihn.«

Der Dozent war Sherlock nicht so unterlegen, wie es den Anschein gehabt hatte. Jetzt wurde ihm klar, dass der Detektiv etwas von ihm brauchte.

»Dann wirst du aber ein für alle Mal deinen Klugscheißer-Mund halten«, zischte er.

Sherlock zuckte die Achseln.

»Ich will dein Wort!«

»Wenn du etwas anzubieten hast, das es wert ist …« Der Freund schaffte es, Carl Janners herablassend anzuschauen, obwohl er den Blick von unten auf ihn richten musste. Janners starrte finster zurück. Sekundenlang schwiegen beide. Endlich rotzte der Dozent ein »Wichtiger Mann« heraus, woraufhin Sherlock sich noch raumgreifender in den Stuhl fläzte und den Mund zu einem Gähnen aufriss.

Janners' Hände krampften sich um die Din-A4-Bögen. »Hat sehr schnell Karriere gemacht bei Alpha-Health.«

»Ich warte.«

»Auf meine Kontakte war er jedenfalls nie angewiesen. Und jetzt lass mich –« Ohne weitere Forderungen überstieg er die Beine seines ehemaligen Kommilitonen, wobei er vergeblich versuchte, Haltung zu bewahren.

»Viel war das ja nicht«, gab Sherlock ihm mit auf den Weg. »Also fühl dich nicht zu sicher!«

Der Blick, den Janners ihm zuwarf, bevor er seine Zelle verließ, versprühte schieres Gift. Als sie ihm auf den Gang folgten, sahen sie ihn auf den Ausgang zuhasten.

»Und nun?«, fragte John, während sie die Treppe ins Erdgeschoss hinunterstiegen. »War das dein Warm-up für Alpha-Health?«

»Wie kommst du bloß immer auf diese Sport-Vokabeln? Im Gegenteil, jetzt werde ich ihn Ruhe ein wenig nachdenken. Vielleicht hole ich auch ein bisschen Schlaf nach.«

Das würde ihm bestimmt gut tun, entgegnete John sarkastisch. Es konnte doch nicht wahr sein, dass der Freund ihn jetzt schon wieder zurücklassen wollte! Worüber wollte er nachdenken? Carl Janners hatte ihnen schließlich nichts gesagt.

Aber tatsächlich. Mit einem »Also, wir sehen uns heute Abend«, beschleunigte Sherlock auf dem Campus seine Schritte und steuerte den Durchlass zur Gower Street an.

Langsam folgte John ihm. Die Uhr auf dem linken der beiden Backstein-Torhäuschen zeigte fünf vor elf. Was sollte er mit dem restlichen Tag anstellen? Ein junger Mann, der nur Augen für den Bildschirm seines Handys hatte, lief in ihn hinein. »Verzeihung«, murmelte John und ärgerte sich sofort über seine urenglische Angewohnheit, sich für jemand anderen zu entschuldigen.

Also gut. Er würde seine eigenen Recherchen anstellen. Schließlich war die British Library gleich um die Ecke.

Um zwei bis drei Ecken, wurde ihm klar, als er realisierte, dass die ehrwürdige Bibliothek ja längst nicht mehr im British Museum untergebracht war, sondern gegenüber dem Bahnhof St. Pancras in einem eigenen riesigen Bau residierte.

So peinlich er das für sich als Londoner fand, aber er war noch nie dort gewesen und musste sich erst orientieren, als er die prachtvolle Halle betrat und fasziniert die haushohen Bücherregale betrachtete.

Gern könne er die von ihm benötigte Literatur bestellen und in einem Lesesaal damit arbeiten, teilte ihm eine freundliche Angestellte an der Information mit. Allerdings benötige er dazu einen Leseausweis.

»Und leider haben wir momentan wegen eines Ausfalls unseres Transportbandes recht lange Wartezeiten«, ließ sie ihn wissen. Wofür er sich denn interessiere – und ob er schon den Katalog genutzt habe, um sicherzugehen, dass sie auch hätten, was er wolle? Aufmunternd lächelte die Mittzwanzigerin ihn an.

Das habe er noch nicht, sagte John und teilte ihr mit, dass es ihm um Pharmaforschung und Medikamentenentwicklung ginge.

»Historische?«

»Nein.« Plötzlich fühlte er sich gegenüber dieser Frau mit der frischen Gesichtsfarbe und dem strahlenden Lächeln uralt. Er hätte ihr jetzt sagen können, dass er die Geschichte der Pharmakologie schon vor Jahren im Studium absolviert hatte, glaubte aber nicht, dass er sich dann besser fühlen würde. »Die aktuelle.«

»Dann schauen Sie doch vielleicht erst einmal im Internet, ob Sie da nicht fündig werden«, schlug sie vor.

»Ja, natürlich«, antwortete John lahm und fragte nach einem PC, den er nutzen könne.

Wie sich herausstellte, brauchte er auch dafür einen Leseausweis, so dass er erst eine Stunde später an einem Computer saß und sich an die Internetrecherche begeben konnte. Die Sherlock garantiert schon vor Tagen gemacht hatte. Bloß gut, dass der Freund das Gespräch gerade nicht mitbekommen hatte!

Er fand sich in dem bestätigt, was er bereits gedacht, und was auch Ashley angesprochen hatte: *Der Weg, den ein Wirkstoff zurücklegt, bis er in einem Medikament eingesetzt werden kann, ist lang,* hieß es in einem populärwissenschaftlichen Artikel. Dann wurden die einzelnen Stationen aufgelistet, von der Grundlagenforschung, in der der Ansatz für ein Arzneimittel auf molekularer Ebene gesucht wird, wobei mehrere Tausend Substanzen überprüft werden, über die präklinische Phase, in der die Präparate an Zellkulturen und in Tierversuchen getestet werden. Allein diese Phase wurde mit einer Dauer von drei bis fünf Jahren und Kosten von rund 120 Millionen Dollar angegeben.

Wenn diese Tests positiv verliefen, wurden für die klinische Prüfung Präparate hergestellt, die man menschlichen Probanden verabreichen konnte. Schon die Herstellung dieses Prüfpräparats musste genehmigt werden, ebenso wie die gesamte Klinische Phase, in der zunächst gesunde Freiwillige den Wirkstoff erhielten, um das Präparat auf seine Verträglichkeit hin zu testen. Der Absatz schloss mit: *Dauer 2 Jahre, Kosten 15,2 Millionen Dollar.*

John kniff die Augen zusammen. Es war einfach unmöglich, dass Dennis Jones mit seinen unprofessionellen Hinterhoftests irgendwie in dieses Procedere passte! Es ergab keinen Sinn.

Der Vollständigkeit halber überflog er den Rest des Artikels. Nach den Versuchen an Gesunden folgten wiederum zwei- bis dreijährige Testphasen mit einer Gruppe möglichst homogener Erkrankter, und danach noch eine weitere mit Patienten verschiedenen Alters, aus unterschiedlichen Regionen, eventuell mit Zweiterkrankungen. Was mit weiteren zwei bis drei Jahren und knapp 90 Millionen Dollar zu Buche schlug. Danach ging es dann um die Zulassung, für die sämtliche Untersuchungsergebnisse in einem Antrag zusammengefasst wurden.

Aufwendig, langwierig – und durchaus gerechtfertigt, wenn man an die Opfer von Dennis Jones' Forschungswahnsinn dachte. Aber jemand hatte diesen Wahn befördert, hatte gedacht, er könnte ihn für sich nutzen.

John reckte sich und stand auf, verließ den Lesesaal, um im Café im ersten Stock einen Kaffee zu trinken und ein Sandwich zu essen. Auch das verhalf ihm jedoch zu keiner zündenden Idee.

Er kehrte an den PC-Platz zurück, tippte Alpha-Health in die Suchmaske ein, ging auf die Homepage des Unternehmens. Unter dem Link *Forschung und Entwicklung* wurde in bestem Marketing-Sprech die Innovationskraft des Unternehmens zum Wohle der Menschheit gelobt. An erster Stelle stünden stets solide wissenschaftliche Erkenntnisse. Natürlich. Von einigen der vorgestellten Projekte hatte John bereits gehört oder gelesen; Antibiotika-Substitute tauchten nicht auf.

Was nun?

Frankenland, Dr. Johannes Frankenland.

Auf der Alpha-Health-Seite wurde er nicht fündig, es gab keine Links zu einzelnen Mitarbeitern. Die Suchmaschine schickte ihn als erstes auf eine Facebook-Seite, wo er in einem Kästchen ein Bild von einem vielleicht 20-Jährigen sah, der breit in die Kamera grinste. Daneben stand: *Aus München, liebt Partys.* Bei Twitter war der junge, feierbegeisterte Bayer ebenfalls vertreten. Frustriert verzog John das Gesicht. Der war garantiert nicht Chef der Entwicklungsabteilung eines riesigen Pharmaunternehmens.

Ansonsten gab es ein paar deutschsprachige Netzauftritte, wo der Name auftauchte. Auch hier schien jedoch niemand etwas mit der Pharmabranche zu tun zu haben.

Was tat er hier eigentlich? All das würde Sherlock längst überprüft haben, schneller und effektiver. Es gab wenig, worin er dem Freund überlegen war – selbst in medizinischen Fragen zog Sherlock dank seines Chemiestudiums, seiner Experimente und nicht zuletzt auch seiner Drogenerfahrungen in der Regel die richtigen Schlussfolgerungen.

John musste grinsen, als er sich daran erinnerte, dass bei einem früheren Fall herausgekommen war, dass Sherlock erstaunlich wenig über das Sonnensystem wusste; außerdem fiel ihm die Politik ein – wobei der Detektiv immer wieder tiefergehende Verstrickungen abseits des Tagesgeschehens erkannte. Von Philosophie hatte der Freund so gut wie keine Ahnung, ebenso wie von Literatur.

Bei dem Stichwort dachte er an die junge Deutsche, mit der sie am Abend ein Treffen der deutschen Community besuchen würden, dann fielen ihm Shinwell Johnson und dessen Ambitionen als Schriftsteller ein. Er schaute, ob er etwas über das Buch fand, das er über ihr Abenteuer im Frühjahr geschrieben hatte. Tatsächlich! Einer der bekanntesten Verlage Englands kündigte »Der griechische Reeder« für das kommende Jahr an. *Sherlock Holmes ist der Inbegriff des Detektivs,* hieß es im Werbetext. *Shinwell Johnson arbeitet seit langem mit ihm zusammen und kennt dessen Genie ebenso wie seine Schwächen. Die Auflösung dieses verwickelten Falls hat er aus allernächster Nähe miterlebt und für die Leser daraus einen mitreißenden Krimi gemacht.*

John hätte am liebsten laut aufgeschrien. Irgendein Geräusch musste er von sich gegeben haben, denn der ältere Herr am Pult neben ihm sah ihn missbilligend an. John starrte so finster zurück, dass er schnell den Blick abwandte.

14. Kapitel

Orientierungslos schreckte John hoch. Was war das für Musik? Dann wurde ihm klar, dass Sherlock nebenan Geige spielte; virtuos zwischen einem Walzer und Improvisationen wechselnd. Und dass er selbst auf seinem Bett eingeschlafen war. Nach dem frustrierenden Besuch der British Library hatte er gehofft, bei einem Spaziergang durch den Regent's Park auf eine Idee zu kommen, wie Dennis Jones' Experimente in die genau normierten Abläufe der Pharma-Entwicklung passen konnten. Ergebnislos. Also hatte er sich in der Baker Street hingelegt, um seine Gedanken schweifen zu lassen. Das war vor über einer Stunde gewesen. Nun war es halb sechs. Er rieb sich die Augen und versuchte, munter zu werden.

Sherlock war bei seiner Rückkehr nicht in der Wohnung gewesen. Hatte er den Fall bereits aufgeklärt? Nein, dann würde er den Walzer – war das Brahms? – nicht immer wieder durch die freien, suchenden Passagen unterbrechen.

Steif erhob John sich und betrat das Wohnzimmer. Der Freund stand spielend am Fenster und kehrte ihm den schmalen, geraden Rücken zu, dennoch bekam er seine Anwesenheit mit, ließ den Bogen sinken und wandte sich um.

»Ausgeschlafen?«

»Nein. Und du?«

»Keine Zeit. Ich habe Deb in den heiligen Hallen der BBC besucht.«

»Ach so.« Missmutig stapfte John in die Küche, füllte den Wasserkocher und stellte ihn an. »Willst du auch einen Tee?«, rief er laut und verfluchte diesen Haushalt, in dem kaum Lebensmittel vorrätig waren.

»Das Treffen heute Abend findet in einem Pub statt«, reagierte Sherlock aus dem anderen Raum auf die Gedanken des Freundes. »Da bekommst du etwas zu essen.«

John versuchte erst gar nicht, ihm klarzumachen, dass er jetzt Hunger hatte, goss Tee auf und bereitete sich einen Käse-Toast. Während er ihn hinunterschlang, kam der Detektiv in die Küche und betrachtete ihn wie ein Studienobjekt, als wollte er die Phänomene Müdigkeit und Hunger analysieren.

»Sag jetzt bloß nichts!«, drohte John ihm.

»Gut.« Sherlock grinste und unwillkürlich verzog John ebenfalls die Mundwinkel. Nein, er würde sich jetzt keine kindische Eifersucht auf die BBC-Reporterin gestatten, sondern sich vielmehr für den Freund freuen, der endlich ein Privatleben hatte.

»Sag mal«, leitete er eine Frage ein, die ihn beim Einschlafen beschäftigt hatte, um sofort von dem Freund unterbrochen zu werden:

»Ich dachte, ich soll nichts sagen.«

»Ha, ha!« Aber John musste sich das Lachen verkneifen. Sherlock konnte wirklich witzig sein: eine Eigenschaft, die die meisten nicht wahrnahmen. »Müsste Mycroft nicht eigentlich selbst ein Interesse daran haben, die Vorgänge bei Alpha-Health aufzuklären – immer vorausgesetzt, das ist jetzt die richtige Spur?«

Die Miene des Detektivs wurde schlagartig entschlossen. »Mycroft wird intervenieren, um die Dinge auf seine Weise zu regeln, wenn ich ihm nicht zuvorkomme. Aber genau das werde ich nicht zulassen.«

Mehr ließ Sherlock sich dazu nicht entlocken. Also trank John seinen Tee und telefonierte mit Mary, während der Freund an seinen Laptop zurückkehrte. Um Viertel nach sechs bestiegen sie vor dem Haus ein Taxi, um Leonie in Bloomsbury abzuholen.

Die heisere Zielangabe der jungen Frau an den Fahrer lautete: »Lambeth, Black Prince Road, das Zeitgeist – also das Jolly Gardeners.«

Erleichtert seufzte John auf, obwohl er Sherlocks verständnislosen Blick von der Sitzbank gegenüber voraussah. Ja, der Freund hatte ihm gesagt, dass das Treffen in einer Kneipe stattfand. Wo es hoffentlich etwas Vernünftiges zu essen geben würde!

Zügig hatte der Taxifahrer über den Torrington Place die Bloomsbury Street angesteuert und fuhr nun südwärts. Sherlock wandte sich Leonie zu und sagte etwas für John Unverständliches. Sie lachte, was in einen Hustenanfall mündete.

»Entschuldigung«, sagte sie schließlich. »Nichts für ungut – aber als Deutscher gehen Sie nicht durch.«

Das sei auch nicht seine Absicht gewesen, versicherte der Detektiv, wobei er allerdings das Gesicht ein wenig verzog.

»Müssen Sie aber auch nicht«, versicherte die Frau. »Bei den Treffen sind häufiger mal Briten, die sich für unsere Kultur interessieren, germanophil ist wohl das Wort.«

Sie hatte einen dicken Pullover mit Zopfmuster übergezogen und außerdem noch einen Schal um den Hals geschlungen. Mit ihrer Erkältung wäre sie wirklich zuhause besser aufgehoben gewesen.

Über die Waterloo-Brücke erreichten sie das andere Themse-Ufer und standen schließlich vor einem traditionellen Pub in einem hübschen Backsteingebäude. Der alte Name des fröhlichen Gärtners prangte noch in großen, metallenen Lettern über den Fenstern, während das deutsche – oder vielleicht besser internationale – Wort »Zeitgeist« in geschwungener Schrift auf einer der Scheiben stand. Dieser Teil von Lambeth war eindeutig bereits »gentrifiziert«, wie die Sozialforscher das nannten.

*

Nichts Genaues weiß man nicht, konnte man das Resümee der Vortragenden im modern gehaltenen Innern der Kneipe zusammenfassen, das Leonie für sie leise übersetzte. Sherlocks Miene besagte, dass ihm das klar gewesen war – und wohl auch, dass er es bereits auf Deutsch verstanden hatte.

Daraufhin verzichtete die Wissenschaftlerin bei der sich anschließenden Diskussion auf weitere Übertragungen. Sie hatte eine Gulaschsuppe gegessen und trank nun Tee; die Fragen interessierten sie, aufmerksam vorgebeugt verfolgte sie den Austausch, ohne sich selbst zu beteiligen.

Zufrieden hatte John Wiener Schnitzel auf der Karte der »ausgewählten deutschen Spezialitäten« entdeckt und bestellt, was Sherlock zu der Frage veranlasste, ob man im »Zeitgeist« deutsch im Sinne der Grenzen von 1938 verstand. Der junge Kellner, der eindeutig aus Süd-London kam, hatte den Detektiv angeschaut wie ein Alien. John war es egal, gemeinsam mit einem starken deutschen Bier sorgte das Essen dafür, dass er sich schnell sehr viel wohler fühlte als noch bei ihrem Eintreffen.

Sherlock wollte wieder einmal nichts essen, er trank Kaffee und unterzog die knapp 20 Anwesenden einer eingehenden Begutachtung.

Hatte er irgendwo ein Foto dieses Dr. Frankenland aufgetan und hoffte darauf, ihn hier anzutreffen?

Das Referat war von einer etwa 40-jährigen Mitarbeiterin der deutschen Botschaft gehalten worden, sie stand noch immer an ihrem Platz vor der Theke, um die Fragen zu beantworten. Deren Inhalt konnte John nur aus der Betonung ableiten. Demnach ging es nicht kontrovers zu, sondern fast alle klangen besorgt und verunsichert. Kunststück. Nicht zu wissen, wie das eigene Leben weitergehen würde in einem Land, in dem man einst mit seinen Qualifikationen willkommen geheißen worden war, war eine grauenhafte Vorstellung. Und das im Kerneuropa des 21. Jahrhundert, wo Nationalitäten nur noch folkloristische Bedeutung hatten – so war es ihm zumindest immer erschienen.

Von ihrem äußeren Erscheinungsbild her waren die meisten in dem Pub zumindest gehobene Angestellte; niemand sah aus wie ein Klempner oder Maurer. Je mehr der verschiedenen deutschen Biersorten durch die Kehlen gelaufen war, umso lauter wurden Einzelne dann schon. Einmal vermeinte John zu verstehen, dass es um einen Hinauswurf aus England ging; die Botschaftsangestellte zuckte resigniert die Achseln, ringsumher wurde äußerst unwillig reagiert. Auch Leonie verzog frustriert die Mundwinkel.

Als er zu der jungen Literaturwissenschaftlerin schaute, streifte Johns Blick den Sherlocks. Er wirkte ebenfalls ungehalten; seine Stimmung war jedoch garantiert darauf zurückzuführen, dass er fürchtete, mit weiter anhaltendem Bierkonsum kaum noch etwas von den Anwesenden in Erfahrung bringen zu können.

Unvermittelt ergriff er das Wort. Er sprach Englisch, wofür er sich entschuldigte, und John überlegte, ob es eine nette Geste ihm gegenüber war, oder eher auf Leonies Bemerkung in Kombination mit seinem Hang zum Perfektionismus zurückzuführen war.

Wie es denn für die Angestellten der europäischen Behörden in London aussähe, fragte der Detektiv. »Diese Institutionen werden doch vermutlich nun in andere Städte verlegt, oder?«

Davon müsse man leider ausgehen, war die ebenfalls auf Englisch geäußerte, höfliche Auskunft der Referentin.

»Und wird den Angestellten dann freigestellt, ob sie mit der Behörde umziehen wollen?«, wollte Sherlock wissen.

Ihm ging es nicht um die Antwort. John registrierte, wie aufmerksam seine Blicke über die Gesichter der Gäste strichen, und folgte ihnen.

»Dafür bin ich nicht wirklich die richtige Ansprechpartnerin«, äußerte die Frau.

Fixierte der Detektiv den kahlköpfigen Mann, der sich konzentriert vorgebeugt hatte? Frankenland? Aber wieso …

Nein, Sherlocks Interesse galt bereits dem Nebentisch.

Sie würde jedoch erwarten, dass den Mitarbeitern Angebote gemacht würden, führte die Botschaftsangestellte aus.

Drei Frauen mittleren Alters, die leise miteinander redeten, waren dem Freund auch nicht mehr als eine kurze Observation wert.

»Letzten Endes geht es ja um das Fachwissen und die Qualifikationen. Wie bei ihnen allen.« Die Geste, mit der die Frau auf die Zuhörer deutete, schloss Sherlock nicht mit ein. »Man kann immer nur hoffen, dass das entsprechend gewürdigt wird.«

Sherlocks Blick war bei zwei jüngeren Frauen am Tisch neben ihrem angelangt. Die eine sah sehr mitgenommen aus, die andere wollte sie offenkundig aufmuntern. Der Detektiv lehnte sich in seinem Stuhl nach hinten. Konnte er so ihre Stimmen inmitten des ringsum einsetzenden, zustimmenden Gemurmels verstehen? Sie sprachen miteinander, das erkannte John, der Sherlock gegenüber und damit zu weit weg saß, um Worte auszumachen. Ganz davon abgesehen, dass es sich mit hoher Wahrscheinlichkeit um deutsche Äußerungen handelte.

Die eine hatte nun den Arm um ihre Freundin gelegt. Die war sehr dünn, ihre Gesichtshaut fleckig, und unter den Augen lagen dunkle Schatten. Auf eine Frage hin schüttelte sie den Kopf, legte ihn dann Trost suchend auf die Schulter der anderen Frau.

Keiner der Anwesenden ging auf das spezielle Problem der EU-Institutionen ein, und damit war der offizielle Teil des Abends beendet. Nach einer kleinen Pause wandte ein älterer Mann sich an die Botschaftsangestellte und sagte etwas, das wohl ein Dankeschön war. Mit einer Handbewegung zur Theke schien er die Frau einzuladen, noch etwas zu trinken und an allen Tischen begannen privat klingende Gespräche.

Begierig, Sherlocks Schlussfolgerungen zu erfahren, setzte John zu einer Frage an; im gleichen Augenblick sagte der Freund jedoch zu

Leonie, dass sie jetzt gern zurückfahren könnten. Es klang wie eine Anordnung.

John adressierte er mit den Worten: »Weiter geht's morgen früh um neun. Es wird angenehmer für dich sein, wenn du noch einmal in der Baker Street schläfst. Gut, dass du eine Zahnbürste im Bad deponiert hast.«

Wider alle Vernunft fühlte John sich ertappt. Ja, er hatte Vorbereitungen getroffen, über Nacht in der Stadt zu bleiben. Schließlich musste man bei Sherlocks Ermittlungen immer damit rechnen, dass es spät wurde und früh weiterging. Und es ergab tatsächlich wenig Sinn, jetzt noch nach Hounslow hinauszufahren, wo seine Liebste bereits schlief. Sherlocks herablassende Art jedoch führte dazu, dass er kurz davor war, genau das zu tun.

»Und was sollte das jetzt hier?«, fragte er schlecht gelaunt.

Wie stets bei solchen Gelegenheiten schien der Freund ernstlich überrascht, dass ihm das nicht klar war. Immerhin zeigte Leonies Blick, dass sie ebenfalls komplett ahnungslos war.

»Ja, ja, ich weiß schon: Cherchez l'allemand«, reagierte John auf Sherlocks Mimik, musste dabei registrieren, wie wenig elegant sein Französisch im Vergleich zu dem des Freundes klang.

Auf dessen Gesicht sich nun ein zufriedenes Lächeln zeigte: »Darüber sind wir doch längst hinaus! Jetzt lautet die Parole: Cherchez la femme.«

*

»Ihr Bruder ist bei der Premierministerin, Mr Holmes.«

»Ich weiß«, versicherte Sherlock. »Wir hatten verabredet, dass ich in seinem Büro auf ihn warte.«

Kurz wirkte die attraktive Sekretärin skeptisch, deutete dann jedoch mit einer knappen Geste auf die hohe Tür zu ihrer Rechten.

John war noch nie in Mycrofts Räumlichkeiten in Whitehall gewesen. Im rückwärtigen Teil des palastähnlichen, weißen Gebäudes an der King Charles Street und damit in direkter Nachbarschaft zum Sitz der Regierungschefin in 10 Downing Street, wo der Pförtner Sherlock freundlich zugenickt und mit seinem Dienstausweis eines der Drehkreuze in Bewegung gesetzt hatte. Danach mussten sie eine Sicherheitsschleuse passieren.

»Warum sitzt dein Bruder im Auswärtigen Amt?«, fragte John.

Der Detektiv hatte die gepolsterte Zimmertür sorgfältig geschlossen und steuerte mit großen Schritten auf den Schreibtisch zu. Er produzierte eine ungeduldige Handbewegung: »Nicht jetzt. Ich muss mich beeilen, für diese Fälle gibt es Anordnungen.« Leise glucksend zog er das Telefon auf der riesigen, spiegelblanken Tischplatte heran. »Falls er nicht fünf Minuten nach mir hier ist, wird sie ihn anrufen und davon informieren, dass ich in seinem Heiligtum weile.« Er betätigte eine Taste, zog einen Zettel aus seiner Hosentasche und tippte die darauf notierte Rufnummer ein.

John wurde klar, dass der Angerufene den Anschluss dieses Ministerium-Büros auf seinem Display sehen sollte. Weder am Vorabend noch am heutigen Morgen hatte Sherlock ihn über seine Pläne ins Vertrauen gezogen. Bis vor wenigen Minuten war er darüber verärgert gewesen, nun überwog jedoch die Abenteuerlust und das Vergnügen an der Dreistigkeit des Freundes.

»Einen schönen guten Tag, Mycroft Holmes hier.« John biss sich auf die Unterlippe, um nicht laut zu lachen. Perfekt ahmte Sherlock die distinguierte Sprechweise seines Bruders nach. »Ich würde gern mit Mr Lightmer sprechen.«

In der Pause löste John den Blick von dem schmalen Gesicht des Freundes, um den Raum genauer in Augenschein zu nehmen. Auf dem Schreibtisch befand sich außer einer schmalen Stiftschale und dem Telefon nur noch ein Bilderrahmen.

»Jim! Wie geht es dir?«

Ein Bücherregal voll ledergebundener Werke stand an der Seite; ihm gegenüber hing ein Ölgemälde, das ein echter Turner sein konnte.

»Gut, danke. Aufregende Zeiten, wie du ja selbst weißt.«

Keine Besucherecke, offenbar war dies kein Ort, an dem der Politiker Gäste empfing.

»Ja, es dürfte noch einiges an Arbeit auf uns zukommen.«

Während des Smalltalks suchte Sherlocks Blick das Zifferblatt von Johns Armbanduhr. Die fünf Minuten waren fast vergangen.

»Warum ich deine Zeit in Anspruch nehme, Jim, ist Folgendes: Es wäre mir sehr lieb, wenn mein Bruder einmal mit Dr. Frankenland von eurer Entwicklungsabteilung sprechen könnte. Wie es scheint –«

Sherlock verdrehte die Augen.

»Genau, der«, er machte eine Pause, als fände er das Wort anstößig. »Ermittler. Keine Sorge, es ist eine reine Formalität, danach können wir alles Weitere unter uns klären.«

In der Pause spielte er mit den Fingerkuppen der linken Hand eine unhörbare Melodie auf der Tischplatte.

»Wunderbar! In einer Stunde? Das sollte passen. Ich danke dir, Jim. Auf Wiedersehen.«

Er legte auf und drehte den Zettel mit der Telefonnummer um, kritzelte etwas darauf. John beugte sich vor, um zu erkennen, was für ein Bild der ältere Holmes auf seinem Arbeitsplatz stehen hatte, nahm dabei auch Sherlocks Text wahr:

Besser, du rufst nicht mehr bei Jim Lightmer an. Beste Grüße, S.

In dem Bilderrahmen war der Nachruf, den Mycroft nach dem fingierten Tod seines Bruders vor drei Jahren in der Times platziert hatte.

∗

Mit einem »Sagen Sie meinem Bruder bitte, ich konnte nicht länger warten!«, hatte Sherlock das Pult der Sekretärin passiert und lotste John die Treppe hinunter und durch einen langen Flur zum Ausgang an der Horse Guard Road. Gegenüber lockte das Grün des St. James's Park.

»Leben wir nicht in einer großartigen Stadt?«, meinte der Detektiv. »Komm, genießen wir es!« Mit großen Schritten überquerte er die Straße und sprang über den niedrigen Metallzaun.

Er wollte sich nicht von seinem Bruder erwischen lassen, dachte John und amüsierte sich bei der Vorstellung, wie Mycroft in seinem tadellosen Outfit den Jüngeren durch den königlichen Garten jagte.

Jenseits des schmalen Wiesenstücks glänzte der See, vor dem skurrilen Duck Island Cottage auf der Landzunge stand eine staunende Touristengruppe.

»Also bist du Mycroft zuvorgekommen, indem du seine Identität angenommen hast«, stellte John fest. »Genial.«

Sherlocks schickte einen ziellosen Blick in Richtung der Pelikane am Ufer. Anders als sonst bei solchen Gelegenheiten wirkte er nicht geschmeichelt. »Das muss sich erst noch zeigen.«

*

»Schöne neue Welt«, meinte John, als sie auf einer der Rolltreppen im U-Bahnhof Canary Wharf dem Tageslicht entgegenfuhren. Die Dimensionen der Station ließen vermuten, welche Menschenmassen sie täglich frequentierten, rings um den Platz, auf dem sie landeten, ragten Hochhäuser auf.

Sherlock schwieg zunächst. John ging davon aus, dass er die umgestalteten Docklands ebenso gut kannte wie jede andere Ecke Londons, aber er wirkte unschlüssig. Während der zehnminütigen Fahrt mit der Jubilee-Linie von Westminster nach Osten war er nachdenklich in sich versunken gewesen.

»Nicht gerade innovativ«, reagierte er schließlich, und John fragte sich, ob er die Architektur meinte oder seine Bemerkung. »Wir haben noch ein wenig Zeit, uns umzuschauen. Der direkte Weg zu Alpha-Health wäre durch den anderen Ausgang gegangen.«

Er hatte also Recht gehabt: Natürlich kannte der Freund die Retortenstadt.

»P. J. Morgan« stand an einem der Glas-Stahl-Klötze, »HBC« an einem anderen. John erinnerte sich, schon vor Jahren gelesen zu haben, dass Canary Wharf dem Finanzplatz in der City den Rang ablaufen könnte.

Eine der führerlosen DLR-Bahnen rollte über ein ehemaliges Hafenbecken. Sherlock sah ihr hinterher und deutete nach rechts, lotste John zwischen »Reuters«, an deren halbrunder Fassade aktuelle Nachrichten entlangliefen, und dem hoch aufragenden Turm der »Citigroup« auf die nächste Straße zu, wo sie nochmals rechts abbogen. John sehnte sich nach dem Anblick eines kleinen Supermarkts oder eines Pubs.

Stattdessen gab es eine Shopping-Mall mit einem »Jamie's Italian Restaurant« am Ende der schnurgeraden Strecke nach Osten, dahinter weitere Hochhäuser.

»Churchill Place« las John, als sie das Einkaufszentrum umrundet hatten.

»Ja, jetzt wird es staatstragend«, kommentierte der Freund und steuerte das erste Gebäude auf der linken Seite an.

Mycroft hatte die Scharade seines Bruders nicht auffliegen lassen. Der Pförtner ließ sie sofort passieren, fragte lediglich nach Johns Namen, nickte angelegentlich bei dem Doktortitel.

»Zu was solch ein schlichter Abschluss doch gut ist«, spottete Sherlock einmal mehr, als sie im Aufzug standen und in den neunten Stock fuhren.

»Beratender Detektiv hat natürlich viel mehr Klang«, parierte John.

*

Dr. Johannes Frankenland erwartete sie in einem hypermodernen Besprechungsraum. Die Schalensitze an dem ovalen Konferenztisch, die Monitore an der Wand und nicht zuletzt der Ausblick auf andere Hochhäuser hätten gut zu dem Typus Mann gepasst, den John erwartet hatte – jemanden mit jugendlichem, ambitioniertem Auftreten oder sogar einem dämonischen Frankenstein-Habitus. Der leitende Angestellte aber war ein väterlich wirkender Endfünfziger in einem schlecht sitzenden Anzug, dem ein sehr gepflegter, dezenter Duft anhaftete, und der sie zuvorkommend begrüßte.

»Guten Morgen. Wir sind Ihnen sehr verbunden, dass Sie ein paar Minuten erübrigen können«, sagte Sherlock.

»Kein Problem. Wollen wir vielleicht Platz nehmen, Mr Holmes und«, er hielt kurz inne, »Dr. Watson, habe ich das richtig verstanden?«

John nickte. Sie ließen sich in den erstaunlich bequemen Sitzen nieder, und der Detektiv holte tief Luft:

»Wie Sie ja bereits wissen, bin ich von der Regierung beauftragt, Ihnen einige Fragen zu stellen.«

John musste sich das Grinsen verkneifen; wenn Sherlock Namen und Telefonanschluss seines Bruders nutzte, dann richtig. Der Angestellte schien ein wenig irritiert, aber nicht wirklich verunsichert oder schuldbewusst. Es hätte die normale Reaktion eines Wissenschaftlers darauf sein können, dass »die Regierung« sich für seine Forschungsprojekte interessierte.

»Es geht um die Antibiotika-Substitute.«

Sehr schnell antwortete Frankenland: »Das Projekt haben wir derzeit auf Eis gelegt.« John meinte, sehen zu können, wie es in seinem Kopf arbeitete: Sherlock Holmes ist ein Ermittler, von der Regierung geschickt, was weiß er? »Da kann ich Ihnen also leider kaum weiterhelfen«, schloss er etwas lahm.

»Es ist eine reine Formsache«, versicherte der Detektiv. »Unabhängig davon, ob die Forschung weiter vorangetrieben wird. Es sind ein paar Fragen aufgekommen …« Der Detektiv ließ den Satz so ausklingen, als sei er unsicher, wie er sich in dieser Situation verhalten solle. Trotz der Hinweise auf seine Verbindungen zu höchsten Kreisen wirkte sein ganzes Auftreten fast unterwürfig. Vermutlich wollte er den Wissenschaftler in Sicherheit wiegen.

Der lächelte prompt gönnerhaft. »Wenn Sie meinen, lasse ich Ihnen zukommen, was die Arbeitsgruppe des UCL bislang erreicht hat. Aber da können Sie sich ebenso gut gleich an Ms Beard wenden.« Und müssen nicht meine Zeit vergeuden, stand damit im Raum.

»Natürlich, ja.« Sherlock machte eine Pause, fuhr dann zögerlich fort: »Tatsächlich haben wir schon mit Ms Beard gesprochen, so haben wir ja erst von ihrer informellen Weiterführung der Forschung mit Dennis Jones erfahren.«

Frankenland konnte ein winziges Zusammenzucken nicht vermeiden. »Ich weiß nicht, was Sie meinen«, behauptete er mit fester Stimme. Die deutsche Herkunft war ihm kaum anzuhören, die Worte flossen sanft ineinander. »Dennis wie?«

So schwierig war der Name nicht, dachte John, soufflierte aber höflich: »Jones, Dennis Jones.« Er vergewisserte sich mit einem Blick, dass Sherlock einverstanden war, wenn er fortfuhr: »Der junge Mann hat sich am Donnerstag umgebracht.«

Er studierte das Gesicht des Angestellten, das echte Betroffenheit zeigte.

»Weil er nicht ertragen konnte, dass durch seine Versuche mehrere Obdachlose zu Tode gekommen sind.«

»Das ist entsetzlich, aber ich habe keine Ahnung, was das mit mir zu tun haben soll. Es tut mir leid, wenn ich Sie darauf hinweisen muss, aber: Ich leite eine unserer Entwicklungsabteilungen, ich kannte noch nicht einmal einzelne Mitglieder dieser Arbeitsgruppe.« Er machte eine Pause, als sei ihm selbst gerade klargeworden, dass er vor wenigen Minuten einen Namen genannt hatte. »Ich weiß lediglich, dass der Kontakt an der Uni Dr. Beard ist.« Entschlossen stand er auf, registrierte irritiert, dass Sherlock und John sitzen blieben. »Noch nicht einmal mit Ms Beard hatte ich jemals persönlich zu tun, ich weiß also nicht, was sie da behauptet!« Sein Gesicht war rot geworden, und obwohl es im Raum eher kühl war, zog er sein Jackett aus.

John erwartete, dass der Freund den Mann jetzt in die Zange nahm, mit Fragen in die Enge trieb, vielleicht aus Dennis Jones' E-Mails zitierte.

Sherlock stand jedoch auf und sprach wieder fast unterwürfig: »Dann handelt es sich dabei wohl um ein Missverständnis. Entschuldigen Sie vielmals.«

15. Kapitel

»Was sollte das denn?« Im Gebäude hatte John sich mit Mühe beherrscht, vor dem Alpha-Health-Hochhaus brach sein Ärger aus ihm heraus. Oben auf dem benachbarten Glas-Stahlturm prangten die drei blauen Buchstaben EMA. Die Buchstaben waren ihm kürzlich erst untergekommen. Vergeblich zermarterte er sich das Hirn, in welchem Zusammenhang.

»Los, komm!«, forderte Sherlock ihn auf, anstatt seine Frage zu beantworten. Im Gegensatz zu der Dringlichkeit in seiner Stimme ging er eher langsam. Auf der linken Seite umrundeten sie das Einkaufszentrum. »Eine Falle, natürlich«, bequemte er sich endlich zu einer Erklärung, während er sein Handy aus der Jackentasche zog.

Das im gleichen Moment zu klingeln begann.

»Nicht jetzt, Mycroft«, murmelte der Detektiv und drückte das Gespräch weg, rief eine andere Nummer auf.

»Sind Sie im Institut?«, lautete seine Begrüßung; erst danach, vermutlich auf eine Nachfrage hin, schob er ein ungeduldiges »Sherlock Holmes« hinterher. Dabei beschleunigte er seine Schritte entlang der South Colonnade nach Westen, einer Parallelstraße derjenigen, die sie auf ihrem Hinweg benutzt hatten.

»Hören Sie mir zu: Dr. Frankenland von Alpha-Health wird sie kontaktieren, um sich mit Ihnen zu treffen.«

Die Angerufene war Ashley Beard, schlussfolgerte John.

»Ja. Alpha-Health, Frankenland.« Sherlock verzog das Gesicht. »Erkläre ich Ihnen gleich. Sie sagen zu und schlagen Sie vor, gemeinsam zu Mittag zu essen – im ›Prospect of Whitby‹, das ist eine Kneipe in Wapping am alten Hafen.«

Unwillig stoppte er seinen Redefluss, um zuzuhören.

»Lassen Sie sich etwas einfallen!«, fuhr er gleich darauf fort. »Sie haben in der Nähe zu tun, Sie lieben diese Kneipe wegen des gruseligen Ausblicks –«,

Er stöhnte auf. »Pittoresker Galgen am Themse-Ufer. Nachbildung des entzückenden Konstrukts, mit dem im 17. Jahrhundert dort im staatlichen Auftrag gemordet wurde. Reicht das? Machen Sie bei Gelegenheit einen dieser Kneipen-Stadtrundgänge, wenn Sie so was interessiert!«

Es war nur logisch, dass die Forscherin auf seine Bemerkung hin nachgefragt hatte, versuchte John dem Freund mit einem Blick klarzumachen.

»Wir treffen Sie da in einer halben Stunde. Frankenland bestellen Sie jedoch erst für halb eins. Verstanden? Dann bis gleich!«

Damit beendete er das Telefonat und schaltete sein Handy aus, riet John, das gleiche zu tun. »Wir können uns jetzt nicht mit Mycroft herumschlagen.«

Er beschleunigte seine Schritte, hielt vermutlich nach einem Taxi Ausschau. Waren sie nicht auf dem Hinweg an einem Stand vorbeigekommen? Vor einer der Banken?

Aber Sherlock schien auf etwas anderes aus zu sein, denn als ein Wagen an ihnen vorbeirollte, hielt er ihn nicht an. Stattdessen lotste er John in eine Mall hinein, an etlichen Geschäften vorbei in die Filiale einer spanischen Modekette.

»Aber so etwas –« setzte John zum Protest an.

»Es geht jetzt weder um deinen noch um meinen Geschmack, ganz im Gegenteil!«

Der Freund angelte ein Sweatshirt mit riesigem Aufdruck des Union Jacks und Schriftzug »I love London« aus einem Regal und hielt es John hin, stand kurz darauf bereits vor einem Ständer mit Holzfällerhemden, griff sich eines und klaubte vom Tisch daneben zwei Wollmützen.

Wenige Minuten später hatten sie ihre normale Oberbekleidung in der Papiertasche des Ladens verstaut und ein Taxi bestiegen, um sich die knapp drei Kilometer nach Wapping bringen zu lassen.

*

»The Prospect of Whitby« war eine jener alten Hafenkneipen, von denen es in den Docklands verstreut noch einige gab – und John damit sehr viel lieber als all die Latte-macchiato-Cafés in Canary Wharf. Sie trafen vor Ashley Beard ein und Sherlock steuerte direkt auf den hinteren Teil des Pubs zu, an das Fenster mit Ausblick auf Themse und

Galgen-Nachbau. Trotz regen Mittagsbetriebs waren genau dort noch zwei Tische frei. Der Detektiv setzte sich an den einen, warf die Papiertüte auf einen Stuhl an dem daneben.

Ein Pärchen, das hinter ihnen in die Kneipe gekommen war, wirkte irritiert; der junge Mann fragte Sherlock in breiter texanischer Aussprache, ob sie einen der beiden Tische haben könnten.

»Nein«, lautete dessen knappe Antwort.

Der Amerikaner setzte zu einer Entgegnung an, also behauptete John, sie würden noch Freunde erwarten. Frustriert zog das Paar sich an die Theke zurück.

»Also, was ist der Plan?«, fragte John, den die Essensgerüche in der Kneipe einmal mehr an die körperlichen Bedürfnisse erinnerten, die dem Freund so komplett fremd waren.

In dem Moment betrat Ashley den Raum. Sherlock winkte sie heran und platzierte sie direkt am Fenster. »John, holst du uns etwas zu trinken?«

Wie stets bei solchen Gelegenheiten zwang John sich, zu tun, was der Freund mehr forderte als erbat. Er ging an die Theke und orderte ein Ginger Ale und ein Pint London-Porter-Bier, wählte einen Cider für Ashley. Außerdem nahm er eine kleine Tüte Chips gegen den schlimmsten Hunger. Sherlocks Blick als Reaktion darauf hatte er vorhergesehen, die giftige Bemerkung, er solle mit der Tüte bloß nicht herumknistern, wenn Frankenland da wäre, geahnt.

Ashley schenkte ihm ein abwesendes Lächeln und stürzte einen großen Schluck Cider hinunter. Sie verströmte den Qualm der Zigarette, die sie auf dem Weg geraucht hatte, und wirkte fahrig.

»Und was soll das jetzt hier werden?«, fragte sie gerade. Sherlock würde ihr noch keine Erklärungen, sondern lediglich Anweisungen gegeben haben.

Auch jetzt bequemte er sich nicht zu einer Antwort. »Was genau waren Frankenlands Worte?«, wollte er wissen. In dem Holzfällerhemd sah er sehr fremd aus, vermutlich auch, weil er bereits die dazu passende Haltung übte: Mit den Ellbogen auf dem Tisch und krummem Rücken hätte er ein spätberufener Maschinenbau-Student sein können.

»Er hat angerufen, keine Mail geschickt.«

Der Detektiv nickte ungeduldig. Das war ihm klar gewesen.

»Er meinte, es sei zu Unstimmigkeiten gekommen, was unsere Substituts-Forschung angehe und dass er mich deshalb sprechen müsste.«

»Ganz der Chef«, vermutete Sherlock.

»Ja. Dem Tonfall nach dachte ich, wir müssen uns auf Rückzahlungen von Fördergeldern einstellen, weil irgendetwas nicht regelkonform abgelaufen ist.«

»Netter Witz.«

»Für mich nicht!«, fuhr sie auf und John wurde klar, dass sie noch keine Ahnung davon hatte, wie der Fall ihres toten Kollegen sich entwickelt hatte. Und dass es um ihre Nerven auch vier Tage, nachdem er ihr das Flurazepam verabreicht hatte, nicht zum Besten bestellt war.

»Entschuldigung«, sagte Sherlock immerhin. »Frankenland ist der Deutsche, mit dem Dennis an jenem Morgen telefoniert hat.«

»Was?« Verwirrt sah die junge Frau von ihm zu John und zurück. »Er stand immer nur cc auf den Mails. Ich dachte«, sie brach ab. »An ihn hätte ich nie gedacht, oder überhaupt an jemanden von Alpha-Health.«

»Das Offensichtliche wird gern übersehen«, meinte der Detektiv. »Aber damit wir das beweisen können, gibt es noch einiges zu tun.«

Deutlich sichtbar schluckte die Wissenschaftlerin ihre Fragen mit einem Blick auf ihre Armbanduhr herunter und nickte. »Was soll ich tun?« Dabei zuckte ihr linkes Augenlid nervös.

*

Als Frankenland wenige Minuten später hereinkam, war offensichtlich, dass er »The Prospect of Whitby« kannte. Keinerlei Zögern zur Orientierung am Eingang, vielmehr nickte er kurz zur Theke hinüber und wurde umgehend zurückgegrüßt. Dann suchte er mit seinen Blicken die Tische ab, um Ashley Beard zu finden.

Schnell wandte John sich ab und schaute Sherlock an, der sich nicht umgedreht hatte. Mit einem grimmigen Nicken antwortete der wieder einmal auf die Gedanken seines Freundes. Die beiden hatten sich an den Nachbartisch zurückgezogen, der weiter im Innern der Kneipe und damit nicht im direkten Tageslichteinfall vom Fenster stand. Die Wollmützen tief in die Stirn gezogen, die Köpfe ein wenig nach unten gerichtet, würde Frankenland sie nicht wahrnehmen – so die Kalkulation. Die Chips hatte John vertilgt, mit Ausnahme von ein paar, die Ashley gegessen hatte. Sherlocks Ginger Ale war kaum angerührt.

Nachdem Ashley Frankenland fragend angesehen und schüchtern eine Hand gehoben hatte, ging er mit energischen Schritten auf ihren Tisch zu, ließ sich wie erhofft mit dem Rücken zu John und Sherlock nieder.

»Ms Beard, nehme ich an? Schön, dass wir uns endlich einmal persönlich kennenlernen!« Er schien absolut Herr der Lage.

Ashley gab ein zustimmendes Geräusch von sich. Sherlock hatte ihr gesagt, es sei okay, wenn sie sich Frankenland gegenüber unsicher zeige. Der zog sein Jackett aus, hängte es über die Stuhllehne.

»Sie haben bereits etwas zu trinken, sehe ich. Und ihr Essen auch schon bestellt?«

Nein, sie habe auf ihn warten wollen, entgegnete die junge Frau, und als gäbe es nichts Wichtigeres, redeten die beiden über den Steak and Kidney Pie und das Schollenfilet der Mittagskarte. John lief das Wasser im Mund zusammen, Sherlocks Blick war ungeduldig.

Als Frankenland ihre Wahl an der Theke kundgetan hatte und mit einem Pint Lager an den Tisch zurückgekehrt war, hakte er nicht nach, warum Ashley ihn weit entfernt von ihrer Arbeitsstätte treffen wollte, sondern kam zur Sache: »Mir scheint, es gibt da ein kleines Missverständnis.«

Für John wäre er mit solchen Formulierungen jederzeit als Engländer durchgegangen. Die Deutschen, die er kennengelernt hatte, wählten kaum solche Worte, wenn sie einen Konflikt ansprachen.

»Sie hatten wohl Kontakt zu einem gewissen Sherlock Holmes.«

»Sie meinen den Detektiv?«

»Genau.« Johannes Frankenlands Tonfall war väterlich. »Von den Umständen habe ich gehört – entsetzliche Geschichte mit diesem jungen Forscher aus Ihrer Arbeitsgruppe.«

Kurz hob John den Kopf, um zum Nachbartisch hinüberzuschauen. Der Mann hatte sein Gesicht in tiefe Sorgenfalten gelegt. Ashley nickte betroffen.

»Natürlich muss nachvollzogen werden, was er getan hat. Wenn er denn wirklich diese Dinge, von denen die Rede war, getan hat.«

Das wäre selbst für einen Engländer sehr verschwurbelt gewesen: Frankenland wollte seine Aussage schwammig halten, damit Ashley nicht wusste, woran sie mit ihm war.

Sie zog sich aus der Affäre, indem sie nur ein leises »Ja« murmelte.

»Sie haben offenbar gegenüber diesem Mr Holmes den Eindruck erweckt, dass ich davon etwas gewusst haben könnte –« Das Ende des Satzes ließ er offen.

Ashley trank einen Schluck Cider. »Nun, also«, begann sie, hielt dann inne.

Sie machte das gut, dachte John, und registrierte Sherlocks spöttisch verzogene Mundwinkel.

»Das ist nun einmal das, was Dennis mir gesagt hat.«

»Ach so«, hörten sie Frankenland etwas verwirrt beginnen, dann brachte der Kellner das Essen, und er brach ab.

»Und was genau hat er gesagt?«, fragte er nach, als die Teller zugeordnet und das Besteck verteilt war.

Die junge Frau hatte sich erst einen Bissen Scholle in den Mund geschoben, so dass auch ihre Antwort sich verzögerte. »Er hat sich mir anvertraut«, meinte sie dann, und gab sich den Anschein, als wolle nun sie sich Frankenland öffnen. »Ich wusste schließlich, wie wichtig ihm diese Forschung war, wie sehr er daran geglaubt hat.« Sie machte eine winzige Pause. »Und wie es ihn getroffen hat, dass Alpha-Health das Projekt auf Eis gelegt hat.«

Frankenland aß genüsslich und in Ruhe. »Nun ja, auf Eis gelegt …«, entgegnete er mit vollem Mund.

Waren sie doch nochmals auf der falschen Fährte?

»Eine weitere Testreihe an Affen, darum ging es, wenn ich mich recht erinnere.«

Verwirrt suchte John Sherlocks Blick; der blieb jedoch ruhig.

Mit einem leisen Klirren ließ Ashley ihre Gabel fallen. »Ja, aber – das muss ich Ihnen doch jetzt nicht erklären, dass Dennis dachte, es ist das Aus für das Projekt!«

Damit war sie ein wenig aus der Rolle gefallen; der Mann reagierte mit einem unwilligen Geräusch.

»Sie haben ihm daraufhin doch gesagt, er solle ruhig Versuche auf eigene Faust machen! Sobald er Erfolge vorweisen könne, würde das Projekt dann ohne weitere Verzögerung in die Klinische Phase gehen.«

Wieder riskierte John einen vorsichtigen Blick, traf den Frankenlands und sah gleich wieder weg. Hatte er ihn erkannt? Unbehaglich hob John sein Pintglas an und trank einen Schluck.

Ohne auf ihn zu reagieren, führte der Leiter der Entwicklungsabteilung genau die Bedenken ins Feld, die John sofort in den Sinn gekommen waren, als Sherlock Ashley instruiert hatte, jenen Satz anzubringen:

»Hat er Ihnen auch gesagt, wie das funktionieren sollte?« Nun war der Tonfall des Mannes nicht nur väterlich, sondern regelrecht belehrend. »Ich muss Ihnen doch wohl nicht sagen, dass so etwas unmöglich ist angesichts all der Regeln, die eingehalten und beachtet werden müssen!«

Das habe sie ja auch gedacht, stimmte Ashley bereitwillig zu, aber Dennis hätte behauptet, er, Frankenland, habe da Mittel und Wege.

»Meine liebe Ms Beard, es liegt doch wohl auf der Hand, dass ihr junger Kollege Opfer seiner eigenen Wunschvorstellungen geworden ist, meinen Sic nicht?« Er war eindeutig zufrieden mit dem Verlauf des Gesprächs, schob sich eine weitere Gabel Pie in den Mund, fuhr kauend fort: »Ich muss Sie also wirklich bitten, nicht mehr mit solchen Geschichten hausieren zu gehen.« Väterlich-streng: »Wir haben immerhin beide einen Ruf zu verlieren, und Sie wollen ja auch weiterhin mit Alpha-Health zusammenarbeiten …« Das war eine kaum verhohlene Drohung.

Ashley fiel es sicherlich nicht schwer, daraufhin verunsichert zu antworten. »Ja, natürlich, unbedingt. Es ist bloß so, dass dieser Sherlock Holmes … es scheint, als würde er das sehr ernst nehmen. Also das, was Dennis mir erzählt hat.«

Frankenland setzte an, etwas zu sagen, bestimmt wollte er anführen, dass Sherlock sich ihm gegenüber sehr handzahm gegeben hätte, aber die Frau fuhr bereits fort: »Ich habe den Eindruck dass er die Sache unbedingt verfolgen will, ich weiß nicht, es wirkt wie etwas Persönliches … Er hat wohl den Verdacht, etwas sollte unter den Teppich gekehrt werden.«

Sie machte das wirklich gut.

»Aber wenn Sie vielleicht noch einmal mit ihm selbst sprechen«, setzte Ashley neu an. »Ich meine, wenn das alles bloß ein Missverständnis ist, können Sie es ja auch beweisen und dann sieht er, dass er auf der falschen Fährte ist.«

Das würde er auf jeden Fall tun, meinte der Mann. Aber sie, Ashley, solle doch bitte in Zukunft an sich halten, solche Gerüchte in die Welt zu setzen.

»Aufbruch«, murmelte Sherlock und erhob sich auch schon. Widerstrebend folgte John seinem Beispiel, riskierte dabei einen letzten Blick zum Nebentisch. Setzte Frankenland nicht gerade zu einer ernsthaften Drohung an? Sollten sie das nicht zumindest bezeugen können?

Regelrecht ärgerlich wurde er, als der Freund draußen vor dem »Prospect of Whitby« versonnen die öde Straße entlangblickte und es keinesfalls eilig hatte.

»Warum zum Teufel –?«

»Da kommt gerade der Bus, nehmen wir den doch. Dauert ja etwas, bis man hier ein Taxi bekommt.« Schon überquerte er mit großen Schritten die Fahrbahn und steuerte die Haltestelle auf der anderen Seite an.

»Vor allem ohne Handy«, schloss er an, als sie auf der für Kinderwagen und Rollstühle reservierten Fläche gleich hinter dem Einstieg stehenblieben, und zog ein Mobiltelefon aus der Boutique-Tüte.

»Frankenlands?«

»Yep. Aus seiner Jackentasche gezogen, als er an der Theke war.« Sherlock aktivierte den Bildschirm des Geräts, aber natürlich war der Zugang geschützt. Kurz kreiste sein Zeigefinger über der Fläche, dann zuckte er die Achseln. »Ach, was soll's.«

»Aber worum geht es jetzt? Was tun wir?« Der Bus steuerte die Straße entlang nach Nord-Osten, den Weg, den auch ihr Taxi zu der Kneipe genommen hatte. Sie fuhren zurück nach Canary Wharf.

»Lass dich überraschen!«, forderte der Freund, holte sein eigenes Handy hervor und schaltete es ein. »Sieh es doch mal so: Dein Leben ist so viel reicher durch all die Wendungen, die du nie vorhersiehst. Was würde ich dafür geben!«

»Dein Leben vielleicht?« John war kurz davor, ihn zu würgen.

Immerhin wurde er in den nächsten Minuten ein wenig durch Sherlocks Anblick entschädigt, der offenbar die vielen Stopps des Busses nicht einkalkuliert hatte und zunehmend nervös an der Haltestange herumtrommelte. Zwischendurch verschickte er eine SMS und zog die Wollmütze vom Kopf und das karierte Hemd aus, ohne sich um die irritierten Blicke einer älteren Frau zu kümmern. Er stopfte beides in die Papiertüte und zog wieder sein dunkelblaues Oberhemd samt Anzugjackett über. Ohne Kommentar reichte er John dessen unauffälligen Pullover, damit er ihn gegen das Touristen-Sweatshirt eintauschte.

Als sich die Bustüren an der West India Avenue, der ersten Haltestelle des Hochhausviertels, öffneten, meinte der Freund, es ginge schneller zu Fuß und sprang mit einem Satz auf den Bürgersteig, stürmte die Straße entlang. John hatte Mühe, ihm auf der südlichen der beiden Längsachsen zu folgen, an der Mall, wo sie ihre Verkleidung gekauft hatten, vorbei zum Churchill Place. Es ging also zurück zu Alpha-Health.

Nein. Sherlock stoppte ein Gebäude davor, an dem Stahl-Glasklotz mit den großen, blauen Buchstaben EMA am obersten Stockwerk. Er holte einmal tief Luft und schritt durch die Eingangstür.

Sie müssten zu Ms Zimmermann, teilte er dem jungen Mann am Empfang mit. »Dr. Frankenland schickt uns.«

»Einen Augenblick«, verlangte der Rezeptionist und telefonierte leise. Ms Zimmermann würde sie erwarten, teilte er ihnen danach mit. »24. Stock, dritter Raum rechts.«

16. Kapitel

»Brigitte Zimmermann ist in einer Schlüsselposition für die Zulassung neu entwickelter Wirkstoffe zur klinischen Prüfung«, ließ Sherlock sich im Aufzug zu einer Erklärung herab.

»EMA – die Europäische Medizin-Agentur. Natürlich!«, rief John aus, dem schlagartig einfiel, dass ihm das Kürzel bei seinen Recherchen in der British Library untergekommen war.

»Zuständig für die wissenschaftliche Beurteilung von Anträgen auf Erteilung der Genehmigung für das Inverkehrbringen von Arzneimitteln«, ratterte der Detektiv herunter. »Sprachgebrauch der Behörde, nicht meiner. Kein geistig gesunder Mensch sollte ein Substantiv wie ›Inverkehrbringen‹ benutzen, wenn du mich fragst.«

Der Aufzug war im 24. Stock angekommen. Sherlock ging jedoch nicht nach rechts, sondern orientierte sich mit einem raschen Blick, schlüpfte dann in das Herren-WC auf der linken Seite, bedeutete John, ihm zu folgen. Er ließ die Papiertüte auf den Fliesenboden sinken und sah durch die angelehnte Tür auf den Flur hinaus. Da John kleiner war als er, konnte er nur raten, dass die Schritte, die er hörte, Ms Zimmermann gehörten. Auf Sherlocks Zeichen hin liefen sie zu dem dritten Zimmer rechts vom Aufzug, dessen Tür offen stand.

Mit schnellen Blicken untersuchte der Detektiv jedes Detail des geräumigen Raums mit grandiosem Ausblick über die Satellitenstadt und bis hinüber zu den Hochhäusern des Zentrums. Er schien ein Versteck zu suchen, aber natürlich gab es in diesen modernen Bauten keine langen Vorhänge, hinter denen sie sich hätten verbergen können, und die Möbel waren funktionell in den Raum eingebaut, ohne Nischen und Winkel zu bilden. Keiner der Schränke verfügte über die nötige Tiefe, um gleich zwei Menschen aufzunehmen.

»Risiko!«, flüsterte Sherlock und öffnete eine zweite Zimmertür. Dahinter lag ein anderes, ebenfalls leeres Büro. Mit Riesenschritten war der Freund an dessen Zugang zum Flur und verriegelte ihn; dann bezogen sie Posten an der angelehnten Verbindungstür.

Gleich darauf hörten sie einen leisen Seufzer nebenan, dann fragte eine müde, weibliche Stimme, was mit den beiden Männern sei, die

Dr. Frankenland geschickt habe. Ob sie wieder gegangen seien. »Ich habe mich gerade ein wenig frisch gemacht und warte jetzt hier.«

In der Pause grinste Sherlock John an. Wie hatte er wissen können, dass diese Brigitte Zimmermann auf die Toilette gehen würde? Oder hatte sie versucht, das Treffen zu vermeiden?

»Was? Ja, in Ordnung«, vernahmen sie dann und etwas wie, es sei egal.

Nach dem leisen Piepton, der das Ende des Gesprächs anzeigte, war es still im Nebenraum. Endlich hörten sie das Öffnen der Tür und eine bekannte Stimme platzte ohne Begrüßung zwei deutsche Sätze heraus, in denen wiederholt der Name Holmes zu hören war. Dr. Johannes Frankenland.

John wünschte, er würde die Fremdsprache wenigstens ein bisschen beherrschen. Sherlocks Miene war absolut konzentriert.

Brigitte Zimmermann antwortete mit einer Frage, die er offenbar verneinte.

Natürlich. Sie wollte von ihm wissen, ob er jemanden geschickt hatte.

Er hielt sich damit jedoch nicht auf, sondern fuhr aufgebracht fort. Prospect of Whitby, machte John aus und Ashley Beard und wieder Sherlock Holmes; dann einen längeren, anklagenden Erguss.

In dem Moment, als Ms Zimmermann mit einem Seufzer zu einer erneuten Entgegnung ansetzte, rüttelte jemand an der Flurtür, die Sherlock versperrt hatte, und der Detektiv trat durch die Verbindungstür in das Büro der Deutschen.

Sobald John ihm gefolgt war, wobei er die Tür hinter sich wieder sorgfältig schloss, erkannte er die Frau, die am Vorabend im »Zeitgeist« von ihrer Freundin getröstet worden war. Jetzt sah sie noch schlechter aus; er tippte auf eine schlaflose Nacht mit Alkohol- oder Medikamentenmissbrauch.

Sherlock sagte zwei deutsche Worte, stellte dann John und sich selbst auf Englisch vor. Brigitte Zimmermann sah ihn mit leerem Blick an; sie schien keinen der beiden zu erkennen. Sie hatte vor ihrem Schreibtisch gestanden, nun ging sie mit langsamen Bewegungen darum herum und ließ sich auf ihren Stuhl sinken. Frankenland starrte Sherlock an wie ein wildgewordener Stier.

»Sie schon wieder? Was wollen Sie?«

In diesem Moment wurde nach einem nur angedeuteten Klopfen die Tür zum Flur geöffnet und eine Frau um die 40 stand im Raum. Verwirrt registrierte sie die drei Männer, stotterte, ihre Tür habe sich verklemmt, und sie müsste einmal …

Mit einer charmanten Geste öffnete Sherlock die Verbindungstür, schloss sie hinter der Büronachbarin wieder und beantwortete Frankenlands Frage:

»Eine Zusammenfassung der Abläufe wäre nett.« Eine Sekunde lang ließ er den Blick seiner grauen Augen auf dem älteren Mann ruhen. »Nein? Gut, dann übernehme ich das mal.« Entspannt lehnte er sich an eine Kommode und wandte sich der jungen Frau zu, sezierte sie mit seinen Blicken.

»Vaterkomplex, Essstörungen, Waschzwang. Macht normale Beziehungen zu gleichaltrigen Männern schwierig. Nach der letzten gescheiterten Verbindung – drei Jahre her – haben Sie sich vom Bundesinstitut für Arzneimittel und Medizinprodukte in Bonn auf diese Stelle hier beworben und sind genommen worden.«

Frankenland, dessen Stirn in Zornesfalten lag und der Sherlock mit unverhohlenem Hass ansah, brauste auf, wollte seine Geliebte verteidigen. Zimmermann hatte den Blick gehoben und fragte leise, woher Sherlock das wisse.

»Sie haben rosafarbene Einhörner auf Ihrer Facebook-Seite und schwärmen für Richard Gere und Alec Baldwin«, brachte er vor.

»Aber wie –?«

»Ich weiß, Sie haben ein geschütztes Profil. So dumm sind Sie ja nicht.« Sein Tonfall signalisierte das genaue Gegenteil. »Darf ich mich ein zweites Mal vorstellen? Stacey Hopkins.« Mit einem kalten Lächeln deutete er eine Verbeugung an. »Habe ich nicht großen Anteil genommen an ihren gesundheitlichen Problemen?«

Der Frau schoss die Schamesröte ins Gesicht und sie tat John leid.

»Ihre Geliebte ist gut in Ihrem Job, auch wenn ihr das nicht viel bedeutet, denn eigentlich wollte Sie ja immer nur Papi gefallen«, adressierte der Detektiv Frankenland. »Aber das wissen Sie ja. Beides.«

Zimmermann hatte den Kopf wieder gesenkt, der Mann ballte die Fäuste und schien kurz davor, sich auf Sherlock zu stürzen.

»Denn genau da kommen Sie ins Spiel. Vor reichlich einem Jahr haben Sie beide sich kennengelernt. Und – oh wundersame Wege der sexuellen Anziehung: Sie waren auf Anhieb Ms Zimmermanns Typ.«

John konnte nicht vermeiden, den älteren Mann in seinem schlecht sitzenden Anzug anzustarren.

»Väterliches Flair, Rasierwasser Tabac Original«, führte Sherlock aus, was John sehr dünn erschien.

»In der Hemdtasche steckt die Visitenkarte des ›Celeste‹ in Belgravia. Candlelight-Dinner mit der langjährigen Ehefrau, Dr. Frankenland?«

Die Pause war so kurz, dass der Angesprochene kaum etwas hätte entgegnen können. Er machte jedoch auch keine Anstalten, schien in seiner Wut wie erstarrt.

»Wohl kaum. Bevor Sie hergekommen sind, haben Sie den Ehering abgenommen.

Falsche Hand, John!«

Er hatte auf Frankenlands Linke geschaut. Ja, an der anderen konnte man mit viel Mühe einen Abdruck ausmachen.

»Die Deutschen tragen ihre Vereinigungssymbole an der rechten Hand!«

»Hören Sie auf, bitte!« Brigitte Zimmermann klang gleichzeitig schrill und verletzlich. »Ja, wir haben eine Affäre, und –«,

Frankenland riss sich aus seiner Starre und herrschte sie mit zwei kurzen deutschen Worten an, wollte ihr vermutlich verbieten weiterzureden. Sie zuckte zusammen, Sherlock beachtete ihn gar nicht, sondern hakte bei ihrem Satz ein:

»Und das Dinner war eine dieser kleinen Gesten, in die verheiratete Männer ab und zu investieren müssen, um ihre Geliebten bei Laune zu halten.«

Der Alpha-Health-Angestellte war offensichtlich kurz davor, auf Sherlock loszugehen, die Frau nickte kaum merklich.

»Immerhin taten Sie ihm ja auch wiederholt kleine Gefallen – und ich meine nicht diejenigen im Bett.«

Brigitte Zimmermanns Gesicht wurde von einer fleckigen Röte überzogen.

»Sie haben immer mal wieder die Anträge Dr. Frankenlands auf die Zulassung zur klinischen Prüfung etwas schneller bearbeitet als andere. Auch mal nicht so genau auf alle Nachweise geschaut. Sie wussten doch, dass er ein verantwortungsbewusster Wissenschaftler ist. Bei all seiner Erfahrung …«

Die Frau schluckte. Ihre Miene ließ auf ein schlechtes Gewissen schließen. John gestand sich ein, wieder einmal von Sherlocks Schlussfolgerungen fasziniert zu sein.

»Und die Zeit, die er nicht bei Alpha-Health verbringen musste, um unnötige Auflagen zu erfüllen, konnten Sie schließlich zu zweit genießen. Irgendwann würde er dann bestimmt auch seine Frau verlassen und mit Ihnen gemeinsam ein neues Leben beginnen, und dann wäre so etwas nicht mehr nötig.«

Nervös begann Zimmermann, ihre rechte Wange zu reiben.

Er müsse sich das nicht anhören, raunzte Johannes Frankenland. »Ich habe Ihnen bereits heute Vormittag gesagt, dass Sie einem Missverständnis aufgesessen sind und Sie gebeten, sich besser zu informieren.«

Sherlock grinste diabolisch. Genau das habe er getan im »Prospect of Whitby«. »Wo Sie beide ja Stammgäste sind. Praktisch für intime Lunch-Treffen, nicht wahr? Gut zu erreichen und doch sicher vor dem Klatsch der Kollegen, die sich nicht aus Canary Wharf hinausbemühen.«

Die Frau hob auch ihre linke Hand an ihr Gesicht; ihr Geliebter durchbohrte den Detektiv mit seinen Blicken.

»Ich könnte Ihnen das Karohemd zeigen, im dem Sie mich vielleicht erkennen würden, aber es befindet sich momentan im WC auf dieser Etage. Wie übrigens auch Ihr Handy.«

Es war Frankenland anzusehen, wie schwer es ihm fiel, sich nicht auf Sherlock zu stürzen. Aber er beherrschte sich.

»Jedenfalls haben wir dort gerade eben mitangehört, wie Sie Dr. Ashley Beard vom UCL bedroht haben, nicht mehr davon zu sprechen, dass Sie Dennis Jones zu seinen Versuchen an Clochards ermuntert haben.«

Der Detektiv wandte sich Zimmermann zu: »Mindestens fünf, vermutlich mehr Tote, Ms Zimmermann, weil ihr Geliebter noch ein großes karriereförderndes Produkt auf den Weg bringen wollte, bevor die EMA aus London abgezogen wird.«

Sie hatte nichts davon gewusst, das war eindeutig. Die blassblauen Augen weit aufgerissen sprang sie auf, machte einen Schritt auf die Tür zu.

Der Waschzwang. Wenn sie sich bedrängt fühlte, musste sie sich reinigen.

»Tut mir leid, ich brauche Sie noch einen Moment hier.«

Wie ein braves Mädchen setzte sie sich wieder. Johannes Frankenland sah sie nicht an.

»Sie haben es geahnt.« Sherlocks tiefe Stimme war weicher, er klang fast einfühlsam. »Dass er sie nur ausnutzt, um voranzukommen, um die Prämien zu kassieren, die mit jedem erfolgreich zur Prüfung angemeldeten Wirkstoff verbunden waren.«

»Aber doch nicht so etwas!« Die Frau brach in haltloses Weinen aus.

Frankenland machte keine Anstalten, sie zu beruhigen oder auch nur Sherlocks Aussage abzustreiten, sondern konzentrierte sich auf seinen vermeintlichen Ausweg:

»Zum letzten Mal: Was sollte ich mit diesen Experimenten an Obdachlosen anfangen?«

Aber das sei doch unendlich simpel, behauptete der Detektiv, während auch John noch im Dunklen tappte. »Dennis Jones war so überzeugt von seinem Wirkstoff, dass er Sie bekniet hat, die klinische Prüfung anzumelden ohne diese zusätzliche Testreihe an Affen, die noch einmal mindestens ein Jahr gedauert hätte.«

John rekonstruierte, was er in der British Library gelesen hatte. Ja, das kam hin. Wenn man dann die noch vollkommen unklaren Brexit-Zeitpläne in Betracht zog und Frankenlands offenbar skrupellosen Charakter …

»Da haben Sie Ihre Chance gesehen.« Sherlock dozierte regelrecht, und John gönnte es ihm. »Schließlich gibt es einen gewaltigen Markt für Antibiotika-Substitute. Derjenige, der es erfolgreich für ein Unternehmen entwickelt, dürfte ausgesorgt haben.«

So weit, so logisch. John hing ebenso an den Lippen des Freundes wie Brigitte Zimmermann, nur Johannes Frankenland starrte auf den Parkettfußboden.

»Ms Zimmermann wollte nicht mit der EMA auf den Kontinent umziehen. Sie wollte bei Ihnen bleiben. Also spielte der Faktor Zeit eine große Rolle.«

Die junge Frau senkte den Kopf. Die Tränen strömten nur so über ihr mageres, fleckiges Gesicht.

»Sie hätten nur ein letztes Mal Ihre Geliebte dazu bringen müssen, beide Augen zuzudrücken. Und das hätten Sie mit Sicherheit geschafft.«

Brigitte Zimmermann hatte beide Arme um sich geschlungen, sie machte sich so klein und schmal wie nur möglich, wollte verschwinden aus dem Zimmer, der Situation, vermutlich aus ihrem Leben. Sherlocks Aufmerksamkeit galt ausschließlich Johannes Frankenland, der nach wie vor jeden Blickkontakt vermied:

»Wer weiß schon, welche Auflagen eine neu aufgestellte EMA in einem anderen Land fordert? Und ob nicht ein neuer Ansprechpartner stutzig wird, dass Sie stets Ihre Anträge so schnell durchbekommen haben? Mit einem Riesenerfolg im Rücken hätten Sie sich allerdings überall auf der Welt neu bewerben können. Keine Abhängigkeit von der Gunst orientierungsloser Politiker, einfach Ihre letzten Berufsjahre mit einem ordentlichen Salär genießen. Sie hatten nie ernsthaft vor, im Job wieder kleine Brötchen zu backen und mit Ms Zimmermann irgendwo zu kuscheln.«

Die Frau begann, leise in sich hineinzuschluchzen. Frankenland rührte sich nicht vom Platz und sagte kein Wort.

»Ohnehin müssen wir noch über Mrs Frankenland reden.« Sherlock genoss die überraschten Blicke von drei Augenpaaren.

»Andrea Frankenland ist eine Kollegin von dir, John. Eine angesehene Allgemeinmedizinerin mit viel Verantwortungsbewusstsein, die kürzlich erst im *Britischen Journal der praktizierenden Ärzte* einen Aufsatz über die Krankheiten obdachloser Menschen veröffentlicht hat.«

Wie war der Freund darauf gekommen? Frankenland stand verkrampft da, die Arme vor dem Oberkörper verschränkt; er machte keine Einwände. Also hatte seine Frau etwas mit dieser Geschichte zu tun?

»Erinnerst du dich nicht daran, was Martin gesagt hat über die deutsche Ärztin, die in einer Notunterkunft hilft?« Sherlock schüttelte oberlehrerhaft den Kopf. »Kleinigkeiten sind immer wichtig, wie oft habe ich dir das schon gesagt. Und manchmal spielt einem eben auch der Zufall in die Hände.«

»Ja, aber …«

»Sobald ich wusste, dass es deutsche Verbindungen gibt in diesem Fall, habe ich Shinwell gebeten, die Ärztin für mich ausfindig zu machen. Was er mit der ihm eigenen Schnelligkeit und Effizienz erledigt hat.«

John sprach nicht aus, was er dachte. Er sah dem Freund an, dass er es auch so wusste. Die arme Ms Zimmermann schien nun komplett neben sich zu stehen, sie verfolgte Sherlocks Ausführungen, als beträfe es sie nicht, dabei rieb sie immer wieder an ihren geschundenen Wangen herum. Ihr Geliebter rührte sich nach wie vor kaum.

»Sobald ich den Namen Frankenland hatte, war klar, dass das kein Zufall sein konnte.«

Er ließ seinen Blick auf dem Mann ruhen: »Als Sie auf dieser UCL-Party mit Dennis Jones sprachen, kamen Ihnen die Ausführungen Ihrer Frau in den Sinn, dass viel mehr Clochards geholfen werden könnte, als es in den wenigen Unterkünften mit Freiwilligen möglich ist, wenn Streetworker Medikamente austeilen dürften. So konnten Sie sich sogar noch als Wohltäter fühlen, als Sie dem jungen Jones vorschlugen, seine Tests an diesen Menschen durchzuführen.«

Der Mann reagierte nicht, Brigitte Zimmermann wandte sich ihm zu und würgte ein paar Worte hervor, die John nicht verstand.

»Ja, ihr geschätzter Liebhaber war moralisch immer recht flexibel«, meinte Sherlock an sie gerichtet, um in sarkastischem Tonfall fortzufahren: »Dieser junge, engagierte Forscher war sich doch auch so sicher mit seinem Wirkstoff. Das war doch eindeutig die perfekte Lösung für alle Beteiligten.«

Immer noch sagte Frankenland kein Wort.

»Wie Sie wollen.« Fast gelangweilt zog Sherlock sein Handy aus der Jackentasche.

»Sie haben nichts in der Hand, gar nichts. Zumindest nicht gegen mich!« Frankenlands Stimme klang nun hoch und triumphierend.

Brigitte Zimmermann ließ ihre Hände sinken, die Wangen glühten feuerrot.

»Ja, vor Gericht könnte es schwierig werden, Ihre Schuld nachzuweisen«, stimmte Sherlock dem Mann zu, ließ dann mitleidig seinen Blick auf der jungen Frau ruhen. »Während Sie, Ms Zimmermann, vermutlich für Ihre Verstöße gegen die EU-Vorschriften belangt werden, besteht die Möglichkeit, dass ihr Geliebter, der Sie immer nur ausgenutzt hat, ungeschoren davonkommt.«

Er machte eine Pause; es war schwer zu sagen, ob die Deutsche ihn verstanden hatte. »Es wird wohl von Ihrer Aussage abhängen, ob er auch zur Rechenschaft gezogen wird«, wurde der Detektiv deutlicher.

Prompt machte Frankenland einen Schritt auf die Frau zu. John stellte sich ihm in den Weg.

Sherlock rief eine Telefonnummer auf. »Aber zumindest sollte ihr Ansehen, Dr. Frankenland, komplett zerstört sein, wenn die Geschichte erst einmal schön groß in der BBC gelaufen ist.«

Der Mann ballte die Fäuste und wollte auf den Detektiv losgehen, der in diesem Moment Deborah Bellamy aufforderte, mit ihrem Team hochzukommen; John wehrte den Älteren problemlos ab.

»Ms Zimmermann wird an der Rezeption Bescheid sagen, dass man euch hineinlassen soll«, versicherte der Detektiv der BBC-Reporterin.

Epilog

»Ganz viel Facebook, mein Lieber, und das, was Carl Janners nicht gesagt hat.« Sherlock genoss seinen Triumph, und John gönnte es ihm.

Sie hatten das EMA-Gebäude verlassen, sobald Deborah, wie stets umwerfend attraktiv in einem braun-roten Hosenanzug, mit zwei Männern und einer Menge Technik im Büro von Ms Zimmermann aufgetaucht war, und durchquerten nun zum vierten Mal an diesem Tag Canary Wharf.

»Und was hat er nicht gesagt?«, fragte John nach. Den Facebook-Teil ließ er erst einmal so stehen.

»Mit Hilfe welcher Kontakte Frankenland seine Karriere gemacht hat.«

»Du meinst, er wusste es?«

»Zumindest hatte er eine Ahnung. Dass er seine Verbindungen zu Arbeitsgruppen an der Uni nicht brauchte – geschenkt. Die hatte er über Alpha-Health schließlich selbst. Es musste in die andere Richtung gehen, dorthin, wo unser Carl selbst keine Kontakte hat.«

»Die Genehmigungsbehörde.«

»Genau. Mir war von Anfang an klar, dass hinter Dennis Jones jemand mit großem Geschäftsinteresse stand. Wirkungsvolle Ersatzstoffe für Antibiotika werden dringend gebraucht und würden für entsprechende Riesengewinne sorgen.«

»Logisch.«

Der Freund bog links ein, steuerte nun also wohl direkt die U-Bahnstation an, und John wurde erst jetzt klar, dass das Abenteuer vorbei war.

»Auch wenn es zunächst unwahrscheinlich erschien, dass ein großes Unternehmen hinter diesen Tests steckte, musste ich die Möglichkeit in Betracht ziehen.«

Sherlocks analytisches Vorgehen, natürlich.

»Nachdem einmal klar war, dass Deutsche im Spiel waren, hatte ich einen guten Leitfaden. Natürlich hätten auch deutschsprachige Geschäftemacher irgendwo auf der Welt dahinterstecken können. Ich bin jedoch von der Hypothese ausgegangen, dass jemand versucht, den Wirkstoff hier in London durchzusetzen.«

Er machte eine Pause. John konnte bereits das geschwungene Glasdach sehen, das über dem Zugang zur Tube aufgespannt war.

»Ich habe die EMA ins Visier genommen«, fuhr Sherlock fort. »Der wird seit langem eine viel zu enge Zusammenarbeit mit den Pharmaunternehmen vorgeworfen. Und dann kamen die Facebook-Freundschaften ins Spiel.«

Nun wartete der Freund auf eine Reaktion von John, der jedoch nur kapitulierend die Hände ausbreitete.

Fragend deutete Sherlock auf die parkähnliche Grünfläche, die hinter dem bis zum Boden herabgezogenen Dach lag. John nickte. Er hatte es nicht eilig, in die Jubilee-Linie einzusteigen und zurückzufahren in sein gewohntes Leben. Wenngleich er in Gedanken Mary sofort um Abbitte ersuchte.

»Wenn du auf diesem Netzwerk mit jemandem«, die erhobenen Hände deuteten Sherlocks Anführungszeichen an, »befreundet bist, kannst du auch alles sehen, was er oder sie in der Vergangenheit gepostet hat. Außer Brigitte Zimmermann kamen bei der EMA übrigens noch ein spielsüchtiger Abteilungsleiter und eine nymphomanisch veranlagte Assistentin in Frage. Menschen, die für Geld oder Liebe so einiges zu tun bereit wären.«

»Und mit Carls Aussage – oder Nicht-Aussage – hattest du dann die Bestätigung, dass das die richtige Spur ist.«

Das Grün entpuppte sich als eine regelrechte Oase mit hohen Bäumen inmitten der Wolkenkratzer. Auf einer Bank saßen drei Männer in Anzügen mit Kaffeebechern, die Blicke auf die Displays ihrer Smartphones geheftet.

»Um sicherzugehen, habe ich mir gestern mit Deb noch einmal alles angeschaut, was das BBC-Archiv zu Alpha-Health und zur EMA hergibt. Als ich dann Frankenland gesehen habe, wusste ich, dass er das Objekt von Zimmermanns vaterfixierter Schwärmerei ist.«

»Du hast gestern Abend in der Kneipe den Tisch neben der Frau angesteuert«, erinnerte John sich.

»Und das Gespräch auf den Umzug der EU-Behörden gebracht, um ihre Reaktion mitzubekommen«, bestätigte der Detektiv zufrieden. »Das Thema betrifft nur zwei Institutionen – neben der EMA noch die Bankenaufsicht.«

»Aber du hast nach dieser Äußerung erst einmal alle im Raum ins Visier genommen!«

»Habe ich das? Nein«, behauptete er.

John wollte aufbrausen, darauf beharren, dass er seinem Blick gefolgt war, da wurde ihm klar, dass das eine kleine Scharade des Freundes gewesen war. »Und woher wusstest du, dass Ms Zimmermann da sein würde?«, fragte er stattdessen, um sofort aufzustöhnen: »Schon klar: Facebook?«

Sherlock grinste und ließ sich auf eine freie Bank fallen, behaglich streckte er die Beine aus. »Falsch. Das war einfach logisch. Bei dem Treffen ging es um ein Thema, das existentiell für sie war. Natürlich musste sie dort sein.«

John setzte sich neben ihn. Die Nachmittagssonne erreichte sie nicht mehr, dazu war es zu spät im Jahr; dennoch fand er diese Ecke der Trabantenstadt sehr viel angenehmer als die Mall. »Und Stichwort Kneipe –«, holte er aus, um einen anderen Punkt zu klären.

»Ja, wir können jetzt in Ruhe etwas essen gehen.«

»Nein.« John lachte. »Oder doch, unbedingt. Aber woher wusstest du von den Lunch-Treffen im »Prospect of Whitby«?«

Der Freund prustete los. »Von Facebook«, gab er dann aufgeräumt von sich. »Ms Zimmermann hat keine Details über ihre Affäre gepostet, aber einmal ein Foto der Kneipe und einen Satz darüber, dass sie wieder soooo eine schöne Mittagspause gehabt habe.«

Sinnierend betrachtete John die Männer auf der Bank nebenan.

Sherlocks Handy klingelte und er nahm das Gespräch mit einem »Hallo Mycroft« entgegen. Er könne sich die Mühe sparen, bei Jim Lightmer zu intervenieren, um die Vorfälle bei Alpha-Health unter den Teppich zu kehren, ließ er seinen Bruder wissen.

»Viel Spaß mit den Nachrichten heute Abend.«